旧故里草木深

张学璞——著

中国致公出版社
China Zhigong Press

图书在版编目（CIP）数据

旧故里草木深 / 张学璞著. -- 北京 : 中国致公出版社, 2018
ISBN 978-7-5145-1293-9

Ⅰ. ①旧… Ⅱ. ①张… Ⅲ. ①短篇小说－小说集－中国－当代 Ⅳ. ①I247.7

中国版本图书馆CIP数据核字(2018)第121931号

旧故里草木深

张学璞 著

责任编辑：张洪雪　王阿林

责任印刷：岳　珍

出版发行：中国致公出版社

地址：北京市海淀区翠微路 2 号院科贸楼

邮编：100036

电话：010-85869872（发行部）

经销：全国新华书店

印刷：北京联合互通彩色印刷有限公司

开本：880mm×1230mm 1/32

印张：8.5

字数：190 千字

版次：2018 年 10 月第 1 版　2018 年 10 月第 1 次印刷

定价：38.00 元

序

白首重来一梦中，
青山不改旧时容

我记得第一次直接与张学璞对话，是2016年初秋。

那天我穿着长裙子，刚刚把车停好，便开始了与学璞关于故事创作的对话。之前我们都为微信公众号“美读”提供过非虚构故事类的文章，彼此是知道的，也读过对方的文章。只是那一天，属于我们的时机，在那个时刻，到来了。

令我有些意外的是，在交谈中，学璞非常坦诚真实，关于自己的写作，关于写作的方向和写作的方法，毫无保留，全部分享于我。在他的推荐下，我关注了一些推送非虚构故事的公众号，这些公众号推送的内容在后来我的写作中，确实起到了借鉴作用。

初秋的午后，阳光多少还是有些炽热的，但风毕竟很干爽，长裙子就那样漫不经心地、一下一下地轻轻拍打在我的小腿上。这就是我初与学璞接触的全部记忆。

后来我们偶尔联系，但这些联系都有一个节点。

比如他告诉我，他可能要出一本人物故事的书。

比如2017年4月30日，飞机刚刚落地，我打开手机，就看到学璞发来的信息，他告诉我，他的文稿完成了，刚刚交出去，他说很开心，要去看电影庆祝一下，他说：“祝福我吧！”

比如在那一个月之后，学璞告诉我，他的书稿，顺利通过初审，接下来就准备签约出版。

每一次，我都能从他的语言中感受到他热烈而又喜悦的情绪，我同样被深深感染着，而比这更重要的是，我很感谢他愿意把人生中这样勤奋而又美好的事，与我分享。因此，他提出想让我为他的这本书写序时，尽管我不知自己何德何能，但依然开心应承下来，毕竟，能够一路见证他第一本书的诞生，是我难得的荣幸。

当我在深夜阅读他笔下的那些故事时，我被一种奇妙的感觉笼罩着。那感觉，像是看着学璞，穿着干净的衬衫，站在张家庄的土路上，我跟着学璞，看着三狼的一生，走过他的结局，又见证了小龙的过往，转回头，又见到脸上挂着迷人笑容的田翠翠……就这样，我们缓慢而又沉默地看着身边的人，在四季轮转中，在月升日落中，在尘土飞扬中，从欢欣到惆怅，从满足到失落。

这才是真正的人生。

是的，学璞以笔代话，那些叙述故事的语言，利落真诚，就像我们初识的那个秋日的午后。究竟什么是好的写作者？我始终认为，一个好的写作者，并不会试图在故事中加入所谓的“意义”，不会刻意彰显正得不能再正的三观，而只是陈述，按着自己的心，客观而又诚实地陈述。于是你会发现，原来一个故事，在不同的读者心里，真的是有不同的解读角度，有着不同的感受。

当我跟在学璞身后，经历过那么多人的故事后，默然抬起头，张家庄土路上方的风沙，依然在漫无目的地飘扬，恍惚间，我却真切地看到微微低下头的学璞眼角的泪。

若你问我，我从这本书里得到的感受是什么，我会告诉你，悲悯，是学璞对每一个平凡渺小的生命的悲悯。

芸芸众生，劳顿奔波；时不我待，命运变幻。我们都如上帝扬在空中的一把沙，有些或许会成为天上明亮的星星，但更多的，终归化为后来人脚下的泥土，默默来，艰难活，再默默归去。

这份悲悯，大概就是学璞这本书所呈现出来的最大诚意。

写故事，是异常累人的。每完成一个故事，都像在主人公的故事里活过了一生。构思时的欣喜，创作时的专注，都敌不过写完一个故事之后心里深深的无力感。

我曾经在写完一个人一生的故事后，在深夜的街头痛哭流涕；或者在道路上不停行走，以冲淡心中涌起的巨大落寞与空虚。那感觉，就像是一眼望到宇宙的尽头，万事万物，兴起熄灭，仿佛也不过只在瞬息之间。

作为非虚构故事的写作者，我相信学璞与我一样，不敢称自己为作家，也不敢称自己的文章为作品，因为我们对写作是敬畏的，对我们笔下每一个真实的生命，是敬畏的。我们能够做的，只是表达，写尽一个人的故事后，又充满勇气地，进入下一个故事的表达。

毫无疑问，学璞是努力的，因为写作这条路，真的不容易。

在他这本书的很多故事里，都有他母亲的影子，那个善良而善感的母亲，眼中心里有很多故事、会给儿子娓娓道来的母亲。

很多故事里，都留下了学璞母亲的泪。

因此我感谢学璞的母亲，就像我的第一本书出版时，感谢我自己的母亲一样。她们是我们写作路上不停搬砖添泥的人，在长久的写作过程中，一点点，一点点充实着我们的精神和我们写下的故事，并且给予了我们无言却最有力的支持与陪伴。

写非虚构类型的故事，也许不是一件讨好的事，更不是迎合当下写作市场的事，但它带给写作者最大的益处，是会让我们懂得：越卑微的生命，越值得尊重。

就像墙角的蜘蛛，它究竟是如何把蛛丝从一棵树的树枝，抛到另一棵树的树枝上，然后来来回回，昼夜不停地绕着圈？就像蜉蝣朝生暮死，它究竟享受过怎样不为人知的欢愉，和生命终结时的迷茫？

丰子恺曾经为他早产死去的儿子写过一篇文章，叫《阿难》。在这篇文章中，丰子恺说，阿难在他手心一跳，就过完了一生。而我们为人这一生，在浩瀚宇宙中，跟阿难这一跳，又有什么区别呢？

是的，没有区别。感谢学璞记住了太多人在这阔大宇宙中的一跳，这是关于最平凡的生命，最长久而又最悲悯的纪念。

同时，感谢学璞一直以来没有放弃写作，感谢他的努力，感谢他愿意为这些平凡人记录独属于他们的故事，感谢他能够让我——一个读者，在窥尽别人的一生后，能够鼓起勇气过好自己的生活。

“白首重来一梦中，青山不改旧时容”，大概就是这个意思。

恭喜学璞。加油学璞。

斯为序。

苏小旗

于2017年江南初入梅雨时

目录

第一章

时光是一场旧梦

十年踪迹十年心

若不是大哥这个败家子，在张家庄，我家是当之无愧的首富。

从2007年开始，大哥欠了一屁股债，父亲恨铁不成钢，牙齿咬得咯吱响，多次扬言要与大哥断绝父子关系，可每次见大哥从外面回来时一副狼狈不堪的样子，之前说过的狠话立刻抛之脑后，屁颠屁颠地跑去为他还债。我粗略计算过，将近十年时间里，父亲为大哥还债至少六十万元。

六十万元对于有钱人来说不算什么，但在我们那个闭塞落后的小山村里简直就是天文数字。父亲教了大半辈子书，工资少得可怜，这些钱是他和母亲省吃俭用，外加去工地卖苦力，一点一点积攒下来的。原本指望它养老，享受儿孙绕膝之福，结果非但没有过上一天好日子，还被迫在六十多岁时，跟村里年轻人一起到山西修公路，累死累活一天才赚一百七十元。

大学毕业参加工作第三年，我曾到工地看望过父亲。我赶到工地已是晚饭时间，看到村里几个年轻人在一起买了菜和啤酒，一边欢快地聊天，一边大口大口地吞咽，父亲则在一旁的角落里，靠着墙，啃一个冷馒头。

看到这一幕，我的眼泪扑簌簌就掉下来。大家看到我，兴高采烈地跟我聊天，他们说："你爸特别节俭，每天吃饭都很少，叫他一起他都不愿意。"

听到乡亲们说话，父亲才缓过神来。他看到我，慌忙把手里的馒头往裤兜里塞，由于裤兜小，加上父亲有些慌乱，塞了几次，仍有一部分馒头露在外面。父亲拍拍手，站起身来，冲我尴尬地笑，他说："你个孬孩子，不好好工作，跑这儿干啥来了？"

我拉起父亲的手，被他手上的老茧硌得生疼，我说："不干了，咱回家。"

父亲挣脱了我的手，嘿嘿笑着："我干得好好的，不回家。"我的眼泪流得更凶了，我说:"我带您吃点好的，一会儿再说这个事情。"

说完也不等父亲答应，拉着父亲就向工地外面走去。

工地很偏远，但在工地大门左边，有一家专门为工友们开的东北小饭馆。

饭馆里人不多，我和父亲选一个角落位置坐下。我点了几个父亲平时爱吃的菜，父亲慌忙说："够了够了，点多了。"

我没理父亲，继续对服务员说："再来一瓶最好的白酒，我要陪我爸喝点。"

菜上得很快，父亲用筷子夹起一块肥肉放进嘴里咀嚼几下就咽下去了，他说："这肉真香。"看着父亲的神情，我一下变得非常难过。

这时我问："大哥给您打过电话吗？"

父亲原本就有些昏黄的眼神变得更加黯淡，他说："我也不知道他现在在哪里。”

说完，父亲喝了一口酒，喝完还很回味地咂吧了一下嘴。忽然，父亲像是想起什么开心事，眼神又渐渐明亮起来。他掰着手指给我算：“一天赚一百七，一个月赚五千一，一年就能赚六万多……”

我打断父亲的话：“您就当大哥死了……”

我的话还没说完，父亲“腾”一下子站起来，咆哮着对我说：“你怎么能这么说话？”

饭馆里正在吃饭的食客都放下筷子，扭头向我和父亲这边看过来，服务员听到响声从后厨跑出来，原本喧闹的吃饭声和说话声像是被按了暂停键，饭店里一下子鸦雀无声。

父亲就那样愣愣地站着，随即身子一点点蹲下去，把头埋在膝盖中间，肩膀开始耸动。我蹲下身，在父亲的背上轻轻地拍着。起初父亲用力忍着，但最终还是没忍住，在我轻轻地拍打下，他像是得到某种信号，憋在心中多年的委屈一下打开了闸门，终于发出山洪般的哭声。

张家庄不大，全村老少加在一起不足五百人。张家庄，顾名思义，村里住户大都是张姓人家。我家在村里是大家族，父亲排行老小，是村里第一个大学生。

大哥出生在1983年的冬天，属猪，在家族男丁中排行老十。大哥出生那天，村民们纷纷给父亲道喜，大家兴奋地聊着，这个时辰出生的孩子，将来肯定命好。

年幼时的大哥的确命好，自打出生起就成了爷爷的宝贝。大哥上面有两个姐姐，爷爷思想陈旧，重男轻女，在大哥出生前，爷爷很少来我家，大哥一出生，爷爷一天来好几趟，比谁都勤快。

爷爷把大哥抱在怀里，越看越喜欢。父亲是家中的老幺，老幺一般受宠，大哥又是父亲的长子，爷爷爱屋及乌，把大哥奉若至宝。爷爷拿花白的胡子扎大哥的脸蛋，大哥也不哭，就在爷爷怀里哈哈大笑，爷爷乐得合不拢嘴。爷爷说："这孩子，一定长得壮实，干脆，小名叫大熊吧。"

父亲不愿意，但也不敢违抗爷爷，就这样，大熊的乳名就叫开了。

大哥八岁时就已长得虎背熊腰，跟他的名字一样，个头要比村里同龄孩子高出一大截儿。家里好吃的、好玩的都是大哥的，我和两个姐姐只能眼巴巴地瞅着。

不过我很乐意当大哥的跟屁虫，不仅是为了从他那里得到好吃的、好玩的，还因为他确实有大哥的样子，谁要是欺负我，他一定会为我出头。

大哥大我三岁。我五岁那年，爷爷患了癌症。病床上的爷爷紧紧拉着大哥的手，要他听父亲的话，照顾好我这个弟弟。大哥泣不成声，在爷爷面前用力点头。爷爷弥留之际，慈祥地望着大哥，目光里恋恋不舍。爷爷对父亲说："大熊是我最疼爱的孙子，你要抚养他成才。"

爷爷走的那天，大哥哭得晕了过去，家里人慌忙掐他人中，直到把人中掐得又紫又肿，大哥才苏醒过来。父亲抱着大哥哭，边哭边说："小小年纪就对自己这么狠，长大了还怎么得了？"

大哥读初一时，我读小学四年级。一天早上，母亲在我书包里塞了红薯面窝窝头。到学校，我满心欢喜掏出窝窝头正要吃的时候，却被同学一下子打掉在地上。那时，我胆子小，也不敢和同学起正面冲突，就伸手去捡地上的窝窝头，谁想，同学快我一步，一脚把窝窝头踩得稀巴烂。我委屈地号啕大哭，和同学扭打在一起。

这件事不知怎么就传到了大哥耳朵里，大哥从乡中放学回来，揪着我同学的耳朵一顿胖揍。事情说来也巧，就在大哥狠狠地打我同学耳光的时候，被同学的哥哥看到了。同学的哥哥在乡中读初二，二人见面分外眼红，号叫着就扑在了一起。

同学的哥哥吃了亏，扬言要收拾大哥。大哥自然不孬，也约了同学。他们在村口的小麦地里拉开了架势。那是我生平第一次见到打群架的场景。双方不由分说扭打在一起，场面一片混乱，小麦被弄得一地狼藉，直到麦田的主人赶来，双方才罢手，纷纷往家里逃窜。

大哥没有立刻回家，他到村口小商店买了零食给我。我看到大哥脸上、胳膊上破了好几处，有鲜血殷殷地渗出来。我吓得直哭。

大哥瞪我一眼："别哭了，看你那点出息。"

被大哥一吓，我硬生生把哭声憋了回去。大哥说："没事，都是小伤，回家别跟爸妈说。"

我点点头。大哥在河边把伤口清洗了一下，便领我回了家。

刚到家门口，我就听到麦田主人和父亲对话的声音。我和大哥躲在大门外，待麦田主人走了才蹑手蹑脚地回到院子里。

父亲正在院子里等我们，他的脸色不好看，铁青铁青的。

父亲问大哥："到底怎么回事？"

大哥不说话，低着头。

父亲把一根树枝拿在手里，扬手抽在大哥脖子上。我吓了一跳，大哥身子缩了缩，一声没吭。

父亲见大哥这样，气不打一处来，连续抽了好几下。树枝刮破了大哥的脖子，鲜血顺着脖子滴下来，一颗一颗砸在地上。

大哥滴在地上的鲜血，让冲动的父亲冷静下来，他看了一眼旁边傻站着的我说："去，给你大哥上点药，包一下。"

在给大哥上药的过程中，大哥始终一言不发，既没喊疼，也不抱怨。

大哥读初三那年，死活不愿再去学校了。

父亲起初是劝，后来拳脚相加，但不管父亲怎样，大哥就是王八吃秤砣——铁了心。

大哥在杂志封底看到湖南娄底一家武术学校的招生简章，魂儿就被勾了去。大哥说："我要去练武术。"

大哥说这话的时候，我们一家人正在吃饭。父亲头也没抬，他说："你再说一遍！"

大哥把自己的想法又说了一遍，父亲脾气暴，抓起碗就扔在了地上。碗没有碎，在地上打起了转儿，碗里的米饭洒了一地。

"不行。"父亲说得斩钉截铁。

"我就去。"大哥也寸步不让。

第二天，大哥果真没去学校。父亲气得直跺脚，软硬兼施，却毫无办法。说来也巧，中午时分，村里来了一个叫花子。

母亲心善，凡是叫花子敲门，都会让进院子里，并拿一些吃的出来。与其他叫花子拿到吃的便千恩万谢后离开不同，这位叫花子拿了吃的并没有立刻要走的意思。他在院子里转了几圈，看看我家房子，又看看门前的山，对我父亲说："房前有堆土，不出文就出武。"

父亲见叫花子说得怪异，便上前问个究竟。叫花子解释说："我看你家房前有一座山，山上都是黄土地，你家孩子当中，应该出一个练武的，一个学文的。"

叫花子的话让父亲愣了半晌。其实父亲不让大哥去湖南学武，有两个原因，一是湖南离家一千多公里，大哥年龄还小，父亲放心不下；二是我和两个姐姐都在读书，家里并不富裕，武校学费一年一万多，家里实在拿不出闲钱供大哥学武。

父亲和母亲商量很久，最终决定还是遵从大哥的意愿。父亲借遍了相熟的乡亲，凑了两万块钱。父亲把大哥叫到身边，语重心长地说："我们家穷，这些钱都是借来的，希望你好好练习武术，不要让咱们全家人失望。”

大哥用力地点点头。那天夕阳正好，把大哥的影子拉得老长老长。

到了武校，大哥每月都按时给家里寄信，信上会详细描述他在武校的生活状态。起初，可以从文字里看出，大哥对武校的一切都感觉很新鲜，字里行间透露出喜悦之情。后来，大哥的信由一个月一封变成两个月一封。

大哥在信上说武校生活很苦，每天练习十多个小时，每天下课后躺倒在床上，一动都不想动。

大哥说他不习惯南方的气候，吃不惯那里的饭菜，尤其是每顿饭里都要放辣椒，吃得人胃里火辣辣的，像是张嘴就要喷出火来。

虽然很苦很累，但在信的结尾，大哥都说会坚持下去，不让爸妈失望，还嘱咐爸妈注意身体，看紧我的学习，一定要考上县重点高中。

大哥不在的那段日子里，我总觉得少了点什么。大哥在家时，我们睡在一间屋子里，我记得我曾经问过大哥，长大后要做什么。

大哥望着天花板，眼睛一眨不眨地说：“我也没想好，反正就是要赚很多的钱。”

那个时候我对钱没有概念，我嘲笑大哥庸俗，我说：“我要当一名作家。”

我曾给大哥写过信，告诉他我现在每天晚上都在练习写故事，我在信上说：“等你武校毕业，我的小说也就发表了。”

后来，两个多月过去，大哥的信还没寄到家里。父亲和母亲坐不住了，母亲说：“该不会出什么事情吧？”父亲也犯嘀咕。

村里没有电话，打电话要骑车十多公里到乡里打。等父亲气喘吁吁赶到乡里，拨通大哥所在学校值班室的电话才知道，原来一个月前，大哥参加省里比赛时受了伤，左臂骨折，右眼眉骨咧开一道口子，缝了好多针，一直在宿舍养伤呢。

父亲心疼坏了，可又舍不得路费，只好在电话里央求学校老师好好照顾大哥。

在大哥伤好的第二个月，终于给家里寄来一封信。随信一起寄过来的还有一块武术比赛的金牌和“第一名”荣誉证书。

父亲高兴坏了，把证书和金牌挂在家里最显眼的地方，逢人便说：“我大儿子得了湖南省武术比赛冠军。”

父亲买了两只小羊羔给我，只要不上课，我就会牵着羊羔上山，常常是一手拉着缰绳，一手捧着书本。山里寂静无人，我躺在光滑的石板上，看着天空飘过的白云，心里羡慕不已。

偶尔我也会想起大哥，也想和大哥一样走出大山，看一看外面的精彩世界，但也会从心里埋怨起大哥来，全家人为给大哥攒学费缩衣节食，要不是大哥的任性，我们的生活也不至于过得这么辛苦。

就这样，中学三年时间里，我一边放羊，一边读书，小羊羔早已变成了羊妈妈，后来又变成了羊奶奶，小羊也从两只变成四只、六只，甚至更多。

父亲便把小羊卖掉，剩下两只给我。父亲把卖掉小羊换来的钱小心翼翼地保存起来，留给大哥交学费。每当这个时候，我就从心里开始恨起大哥来，觉得他就是吸血魔王，硬生生把小羊的血都吸干了。

在我初三即将毕业的时候，大哥的学武生涯也将要结束了。

那时候，村里已经安装了三部电话机。大哥把电话打到村子里，在电话里说可能要留校任教，如果留校任教就要请客送礼。

在大哥学武的三年里，我们全家人勒紧腰带省吃俭用，并且每到寒暑假，父亲都要去工地打零工。父亲原本腰杆很硬朗，也逐渐驼背了。

父亲说：“钱的事别担心，我想办法。”

就在父亲四处筹钱的时候，大哥再次打来电话。大哥说留校任教名额有限，自己没钱没势，名额被人顶了。

父亲沉默着不说话，倒是母亲率先打破沉默，安慰大哥说："三年没回家了，还是回家好，回家找一份安稳的工作，也该成家了。"

大哥听了母亲的话，最终决定回家。

有一天放学回家，我骑着自行车快到村口的时候，远远看到村口站着一个人，走近了才发现，原来是大哥。

大哥看到我，紧跑两步，一下子把我抱起来。我记得三年前大哥去学校的时候，身子微胖，这次相见，大哥瘦了很多，身上没有一块多余的脂肪，腹部和胳膊上的肌肉微微隆起，很有气势。

大哥留了长发，刘海盖住了额头。大哥上次比武，眉骨受伤之后少了一点眉毛，留长发正好盖住。

当天晚上，母亲破天荒地炒了好几个菜，父亲还狠心宰了一头小羊羔，三年来我第一次吃到这么丰盛的饭菜。父亲专门为大哥倒了一杯白酒，说："你是大人了，酒可以喝一点。"

那顿饭一直吃到晚上十一点。吃完饭谁也没有离开，就静静地听大哥讲学校的事情。母亲听着听着就流下泪来，说："自你去学校后，我们三个春节没有团圆了。"

父亲用手碰碰母亲："孩子都回来了，你说这个干什么。"

母亲破涕为笑："是，是，以后我们一家人就团聚了。"

大哥也跟着笑，他借着酒劲在院子里打了一套拳，还耍了一通棍子。我静静地看着大哥，像看着一个英雄归来。那晚的月光很美，月亮又大又圆，洒下一片银灰。

在大哥回家的第一个星期，他吵着要去沿海城市做保镖，说好多同学都做了保镖，不然这三年武校就白读了。

当年大哥吵着要读武校，父亲无奈答应，但这一次，父亲没有由着他的性子来。父亲的话一点商量余地都没有，他把烟斗抽得吧嗒吧嗒响，说："这次听我的。"

大哥此次生了几天闷气，但最后还是妥协了。保镖做不了，书也没得读，在家待着也不是办法，总得找个事情干。

为这事，父亲也发愁，大哥一门心思学武，除此之外，对其他东西一概不感兴趣。就在父亲一筹莫展的时候，隔壁邻居出了个主意。

邻居的亲戚在保定市，听说厨艺不错，在一家很大的饭店做厨师长，每月工资就三万多。

邻居还说这个亲戚收徒很严格，做厨师二十多年，才收了三个徒弟。

父亲听了很心动，递给邻居一根烟，谄媚地说："你给说说去，把我家大熊收了做徒弟！"

当天晚上，关于大哥学厨师的话题就被摆在了饭桌上。大哥也不说话，埋着头，拼命扒拉碗里的米饭。一碗饭吃完，大哥放下碗筷对父亲说："您跟邻居说吧，我去。"

大哥的语气明显不情愿，但父亲已经做了决定，不管大哥高兴不高兴，这件事没得商量。

邻居和亲戚打了招呼，同意收大哥做第四个徒弟。拜师那天，父亲专程带着大哥去了保定。大哥跪在地上，恭恭敬敬地敬了茶给师傅，这事就算是尘埃落定了。

安顿好大哥，父亲当天晚上就从保定返回了家里。临走的时候，父亲嘱咐大哥："一定要干出个样子来，老大不小了，要给弟弟做个榜样。"

大哥一直把父亲送到车站，盯着父亲上车后才转身离开。大哥是个要强的人，学武是，学厨师照样不例外。

学厨师先从打杂开始，端盘子洗碗洗菜拖地，样样都是大哥的事情。大哥也不发牢骚，闷着头努力干着。后来，大哥开始学配菜，练习面点和刀功。大哥好学，人又实诚，师傅很喜欢他。

不忙的时候，师傅就叫大哥跟他回家，吩咐师娘做几个菜，在家里跟大哥喝几杯。师傅对大哥好，大哥记在心里，大哥认准一个理儿，一日为师终身为父，师傅的事儿就是自己的事儿。

大哥跟着师傅学了两年，虽然时间不长，但厨艺已然得到了师傅的真传。师傅干脆把后厨交给大哥管理，大哥像多年的媳妇儿熬成了婆，终于不再是那个人人都瞧不起的打杂工了。

这种场景是父亲最希望看到的，我们全家都以大哥为傲。可好景不长。一天，派出所打来电话，说是大哥因打架被拘留了，让家人去一趟。

父亲撂下电话，火急火燎地买了通往保定的大巴车票赶过去，等到了派出所才了解到事情的始末。

大哥的师傅开车发生剐蹭，对方全责，但对方非但不配合，还不依不饶。大哥的师傅气不过，两个人吵了几句，结果吵着吵着竟然动起了手。

师傅打电话给大哥，大哥正在后厨忙活，他把炒锅给其他厨师，简单安排了一下，匆匆赶到事故现场。到了现场，大哥看到师傅鼻青脸肿的模样，二话不说，三拳两脚把对方踹倒在地，拳头发狠往对方身上招呼。

大哥学武多年，又得过省级比赛冠军，三五个大汉靠近他都难，别说一个四十多岁的中年人，没几下，大哥就把对方揍得没动静了。围观的人吓坏了，有人打了110，有人打了120。不一会儿警车就来了，从车上下来几个警察扭住大哥就带回了派出所。

大哥央求警察不要把这件事告诉家里，说自己犯的错自己承担，认打认罚。

但警察还是给父亲打了电话。

父亲后来回忆说，在他接到电话之前，非常生气，恨不得上前给大哥几个耳光，但等他赶到派出所，看到大哥的样子又心软了。

父亲问大哥究竟怎么回事。

大哥把事情的原委说了个清清楚楚，父亲听着也不说话。沉默了半晌，向来不愿求人的父亲第一次低下了头。父亲带着大哥向警察诚恳地道了歉，又专程到伤者家里进行慰问。父亲提出赔偿伤者所有医药费用，并支付额外的赔偿。在父亲虔诚的态度下，伤者及家属提出这件事就此作罢，不予以追究。这件事情之后，父亲做出一个大胆的决定。父亲说："你学得差不多了，跟我回县城，在县城自己承包一家饭店，自己当老板。"

不知是什么缘故，大哥这一次竟然没有反对，乖乖地跟着父亲回来了。

回到县城，大哥在县一中附近盘下一家酒楼。这家酒楼共三层，一层为大堂，二层为包厢，三层则是员工宿舍。

大哥把酒楼进行简单装修，在门口放了鞭炮，算是开门营业。因为没有多余的钱，大哥只招收了一个学徒，炒菜做饭的事都是大哥一个人包揽。不忙的时候还好一些，可一旦忙起来，大哥连上厕所的时间都没有，一天下来，他累得腰酸腿疼，尤其是掌勺的右手，长时间劳作，总是浮肿着。

那时候我在县一中读高三。学校对高三学生管理非常严格，一个月才允许外出一次。虽然大哥的酒楼就在学校旁边，但我仍是在他开业一个月后才第一次踏进酒楼大门。

酒楼要比我想象中寒酸得多，大哥怕我笑话他，搓着双手，有些紧张地笑着。我把酒楼里里外外都转了个遍，再次回到大堂的时候，我对大哥竖起了大拇指。我说："大哥，你真棒，终于有自己的事业了。"

大哥脸上紧张的表情松懈下来，高兴地说："晚上别走了，哥给你炒几个菜，咱哥俩儿聚聚，这么多年都没好好说过话。"

直到晚上九点多钟，酒楼里用餐的人才走干净。大哥炒了满满一桌子菜，荤素搭配，都是我爱吃的。

我和大哥围着桌子坐下，一个穿着服务员衣服的姑娘给我们倒酒。我仔细观察了下，姑娘看大哥的表情很复杂。

我开着玩笑，说："大哥，这位是嫂子吧？"

大哥哈哈大笑，笑完在姑娘的屁股上摸了一把。姑娘娇嗔地骂道："流氓！"

饭一直吃到很晚，我和大哥都喝了酒，说了很多小时候的事情。借着酒意，我仿佛看到幸福的大门正在向我们打开。

大哥和姑娘恋爱的消息被乡亲们传到了父亲的耳朵里，父亲这才反应过来，大哥也的确到了谈婚论嫁的年龄。

父亲要面子，无论什么事情，这一辈子都要与人争个高低。在读书这件事上，大哥已经让他丢了颜面，结婚这事，是万万不能有任何差池的。

父亲托人把家里闲置的二楼仔细地装修了一遍，买了上好的家具，只等着儿媳妇进门。可事情就偏偏这么凑巧，就在我们一家人欢天喜地准备迎娶新娘的时候，父亲这边却出事了。

张家庄四面环山，在没有发现金矿之前，村里静悄悄地。不知从哪里刮来一阵风，一夜之间，山里有金矿的消息传遍了整个村子。于是有机器开进村子里，轰隆隆的，到处都是炮仗声和机器轰鸣声。

赚钱的机会父亲怎么会错过。父亲请专家对我家后山进行了勘测，勘测结果出来，父亲心里乐开了花，后山果然有金子。

于是父亲和二伯、三伯一起出资，购买了设备，准备对后山进行挖掘。老话说得好，亲兄弟明算账，三个人被喜悦冲昏了头脑，直到挖出金矿来才突然醒悟，利润分成竟从未谈过。

父亲说："后山是我家的，事情又是由我挑头做的，我要分大头。"

两位伯伯不满意，他们说："我们是你哥，这事听我们的，三人均分。"

父亲越想越气，越气越想，结果急火攻心，晕倒了，被家人送进医院。检查报告出来，是冠心病。

冠心病是大病，很多方法都治标不治本，只能靠药物维持，尤其是不能让病人情绪过于激动，否则就有生命危险。

父亲生病，全家人都慌了。大哥是家中长子，担子自然落在他身上。母亲和大哥商量，年底结婚，为家里冲冲喜，了却父亲一块心病。

大哥满口答应。可谁承想，屋漏偏逢连夜雨，大哥喜欢的姑娘要回山东老家，家人为她说了一门亲事，死活不同意姑娘嫁到我们这个穷乡僻壤。

姑娘的家人放出话，想娶我女儿也行，必须入赘山东。

大哥很为难，一边是生病卧床的父亲，一边是恋爱多时的女友，孰轻孰重，大哥在心里掂量了很久。其实他心里早就有了答案，只是一直不敢面对，狠不下这个心来。

父亲一天比一天消瘦，每天都要打点滴，大哥看在眼里，痛在心里。大哥在父亲病床前，咬着牙说，您别担心，我再给您找一个儿媳妇。

大哥与姑娘分手后，很快就结了婚。大嫂是邻村的，是父亲曾经教过的学生，初中毕业后一直在外面打工，因为这门亲事才刚从城里回来。

大哥长得帅气，做人又踏实，姑娘和家人自然满心欢喜。我们全家人也很高兴，除了大哥一脸阴郁外，所有人都洋溢在幸福的氛围里。

结婚当天，大哥喝了很多酒，入洞房都是被乡亲们抬进去的，当晚在床上就跟死猪一样沉沉睡去。大嫂贤惠，心里委屈，嘴上却不说。

因为这桩婚事，父亲的病情神奇地好转了，脸色也开始变得红润。就在大哥结婚半年后，得知大嫂怀孕的消息，父亲的病迅速地好起来，后来到医院一检查，结果连医生都惊呼神奇。

身体康复的父亲和往常一样，包揽了所有庄稼活。大嫂怀了张家骨肉，父亲和母亲欢天喜地，什么家务都不让大嫂做，小心翼翼伺候着。

大嫂也争气，第一胎就生了男孩。

就在全家欢天喜地被幸福包围的时候，大家都忽略了大哥的感受。其实婚后，大哥的心里已经慢慢发生变化，只是这个变化过于细微，大家又沉浸在欢乐中，没有察觉。

最先察觉到大哥变化的是大嫂。夫妻嘛，床头打架床尾和。在与大嫂结婚的第一年，不管大哥之前愿不愿意，这门亲事已经是铁板钉钉的事实，大哥也确确实实尽到了一个丈夫应尽的责任。

与大嫂结婚后，大哥依然在县城打理酒楼，一星期回家一次，每次回家都会给父母带礼物，有父亲爱喝的二锅头，有母亲爱吃的蛋糕，当然也会顺带给大嫂带一些化妆品、衣服之类的。

那个时候的父母觉得生活很有奔头，很知足，两个女儿已经出嫁，并已生儿育女；最小的儿子在读大学，勤工俭学已够日常花销；老两口马上就要退休，一切都在向着美好的方向发展。

直到有一天，大嫂跟父母说起大哥的变化，父母才恍然大悟，仔细回味，透过日常的蛛丝马迹，所有感觉不对的地方都一一浮出水面。比如说，大哥回家的次数越来越少，间隔时间越来越久，问他原因，则推说酒楼生意忙，父母倒也没有在意，男人在外面赚钱天经地义，忙点好，忙点说明生意好。

大嫂偷偷跟母亲说，刚结婚时，夫妻生活频繁，现在好几个月也没有一次。

母亲听完大嫂的话，彻底震惊了，又说给父亲听。父亲心里有点犯嘀咕，俗话说，知子莫若父，但儿子心里究竟怎样想的，父亲却一点都摸不透。

父亲说："放心，有我在，他掀不起多大浪来。"

等大哥再次回家，父亲特意留心观察大哥，但没有察觉出与往常有什么不同。父亲不放心，话里带话，给大哥敲边鼓。父亲说："你也是做爸的人了，该知道承担责任了。"

大哥"嗯"了一声，也不多言，闷头吃饭。

父亲觉得尴尬，干咳了几声，只好作罢。

就在大嫂生下第二个女儿的那年冬天，大哥和大嫂之间的战争爆发了。

那是一个冬夜，我放寒假在家。大约夜里一点多，我突然听到从大哥的房间传出孩子的哭声，起初声音很小，我没在意，翻个身迷迷糊糊地继续睡去。

没过多久，哭声大起来，我听到有什么东西掉在地上，在寂静的暗夜里发出清脆的破裂声。父亲和母亲也被这个声音惊醒了，我听到母亲在和父亲说话。随后，院子里的灯亮起来。

大哥和大嫂住厢房，当我和父亲、母亲走进大哥房间的时候，被眼前的情景吓了一跳。大哥显然对大嫂动了手，大嫂披头散发，嘴角淌着殷殷的鲜血，孩子被丢在一旁。

见父母进来，大嫂像是看到救星，指着大哥的鼻子说："爸、妈，他在外面有女人，您二老可得为我做主。"

大哥没说话。父亲气得直喘粗气，他一直不明白，家里一切都好好的，大哥有什么理由不满意，他为什么要身在福中不知福，这不是造孽吗。

父亲越想越气，越气就越把之前的事扯在一起。父亲骂了一句："我怎么有你这么一个不争气的儿子！"便脱下脚上的布鞋，向大哥身上打去。

大哥也不躲，没几下，后背上便留下红红的鞋印。父亲不解气，发着狠继续打了好几下，才呼哧呼哧地喘着气停下来。

那一晚，大哥和大嫂没睡，父亲和母亲也没睡。我躺在床上也翻来覆去睡不着，想起了过去的种种。在我的记忆里，大哥一直是个有责任心的男人，是我学习的榜样，是什么原因让他变化如此之大？我想不明白，直到天蒙蒙亮，才迷迷糊糊睡去。

第二天早上醒来时，大哥已经不在家了。

我问父亲，父亲说滚回县城了。我原以为这件事就这么结束了，没想到却传到了大嫂娘家人耳朵里。大嫂的父亲和兄弟气势汹汹来到我家，叫嚣着讨说法。

父亲也没好话，三言两语就把亲家人打发走了，但这个疙瘩却是结下了。

我去大哥的酒楼找过他。大嫂说得没错，大哥的确在外面找了别的女人，这个女人不是别人，就是之前在酒楼工作的服务员。平心而论，我并不讨厌这个女人，与大嫂相比，我更喜欢她多一些。但我心里过不去这个坎儿，大哥已经是结婚的人了，况且又是两个孩子的父亲，按常理人伦，就应该担负起责任，可大哥这样一个把责任看得比命都重要的人，却在"责任"这件事情上栽了跟头。

我和大哥有过一次促膝长谈，我问大哥原因。

大哥那天酒喝得有点多，他跟我说："这么多年我过得一点都不开心，我学厨师、结婚，这一切都是为了这个家，我觉得很累，我想过自己想要的生活。父亲一辈子要强，一辈子好面子，可我想过自己的生活，我不想成为父亲面子的牺牲品。在我答应父亲结婚的时候，我的心就已经死了。"

大哥继续说："我对不起这个家，但我更不想对不起自己。"

大哥的话让我久久难以释怀，我不知道大哥的选择是否正确，我只是很清楚地知道，大哥走的路会伤害很多人。

大哥和大嫂最终还是离婚了，女儿跟了大嫂。离婚后的大哥变卖了酒楼，和山东的姑娘一起去了保定。如果说之前大哥对这个家庭还有留恋，那么从那时开始，再没有任何留恋了。

大哥就像从来没有在这个家庭生活过一样，彻底与过去一刀两断。大哥去保定后，没有给家里打过一个电话，别说父母，就连亲生儿子都不闻不问。

母亲为此事整日以泪洗面，没过多久，看上去竟苍老了许多，每次出门，都把头低下来。大哥的事让父母在村子里再也抬不起头来。

父母在人前荣耀了大半辈子，这个变故彻底要了他们的命。父亲借故跟村里的包工队外出打工，只留下母亲带着大哥的儿子孤苦伶仃地过日子。

我曾经给大哥打过电话，但似乎他的电话一直是关机状态，我发信息也不回。他就像人间蒸发一样，消失得无影无踪。

2008年，我大学毕业后参加工作，领到了第一份薪水。春节放假回家时，我买了很多礼品，不苟言笑的父母破天荒地露出了笑容。大哥已经成为我们家庭的禁忌，他的名字谁也不敢提起，我们都小心翼翼地，生怕说错话，但大哥作为家庭一员，又怎么能绕得过去。

我安慰父母："家里还有我呢，我一定争气，不让您二老失望。"

父母慈祥地看着我。他们说："家里幸亏还有你，要不，我们连活着的希望都没有了。"

那天天气很好，夕阳斜斜地扫进屋子里。听了父母的话，我扭过头去，眼泪吧嗒吧嗒地掉下来。

2009年初春，我接到一个陌生来电，是大哥打来的。我很生气，在电话里对大哥一通咆哮。大哥也不反驳，静静地听我把话说完，然后说："我过得不好，借些钱给我。"

我上一秒恨不得把大哥撕碎，下一秒却又心酸得感觉快要活不下去。大哥告诉我，他和山东姑娘分手了。分手后，他自己一个人到处打零工，生活得很辛苦。他向身边的朋友借钱，没人肯借，迫不得已才给我打了电话。

我刚参加工作不久，手里根本没有什么存款，只能咬咬牙，把银行卡里仅剩的一千元转账给了大哥。我说："哥，回家吧，父母都等着你呢。"

大哥没有说话，过了几秒钟，我听到电话里传来"嘟嘟"的忙音。

这件事我没敢告诉父母，我给两个姐姐打了电话，结果她们告诉我，大哥也给她们打了电话，她们也多少给了大哥一些钱。

根据我们三个人跟他对话的内容来看，我发现大哥彻底变了。江山易改，禀性难移，可大哥的性格却发生了翻天覆地的变化。

大哥生性执拗，要强，工作拼命，不服输，以前无论多么微不足道的工作，都会做得有声有色，但现在，大哥成了彻头彻尾的混蛋，成了满口跑火车的大骗子。

大哥曾经到我工作的城市找过我一趟。几年未见，我差点认不出他来：头发凌乱地蓬松着，身体消瘦得不成样子，很邋遢，像是沿街乞讨的乞丐。

看到大哥的样子，我的眼泪在眼眶里直打转，但又被我硬生生给憋了回去。

大哥告诉我，这几年他开过饭店，开过医药公司，但都以失败告终。他说他欠了一屁股债，急需一个翻身的机会。

大哥听说做运输比较赚钱，特地跑来找我借钱。

我问："多少钱？"

"两万。"大哥说。

我生气地说："我从哪里给你弄两万块钱来？"

大哥没说话，我语气又软下来，开始劝说大哥："你这个法子根本行不通，先别说挣不挣钱，你现在已经欠了很多外债，这两万块钱你从哪里来？"

我给大哥算了笔账："你现在有厨师的本领，找一个饭店当厨师，凭你的本事，每月最少赚四千块，一点一点来，过几年就缓过来了。"

大哥说："那样太慢，再说，这几年，我一点工作的心思都没了。"

我气得直跺脚，恨不得上前一脚把他踹翻，把他打醒，但最终我还是忍住了。我说："大哥，你好自为之，我帮不了你。"

我给大哥买了返回保定的车票。看着车子越走越远，最后在视线里消失，我才发现，自己早已泪流满面。

2011年夏天，正在为工作的事情忙得死去活来的时候，我接到了大姐打来的电话。

母亲住院了，需要做手术，取出脖子上的甲亢肿瘤。

挂断电话，我向单位请了假，买了最早一班车票，急匆匆赶往医院。到了医院，父亲和两个姐姐都在。

我给大哥发了短信，把母亲手术的消息告诉了他。我以为，不管怎样，大哥肯定都会赶过来的，结果直到把母亲推进手术室的那一刻，也没有见到大哥的影子。

我在手术室门前号啕大哭，许多患者家属纷纷侧过头来看我，父亲和姐姐们也安慰我，说母亲这是小手术，没事。

他们哪里知道，我是被大哥的绝情伤透心了，我一直引以为傲的大哥已经“死”了。

母亲出院康复疗养的第三个月，大哥突然回家了。

回到家后的大哥对母亲的病情不闻不问，每天除了吃饭，就是蒙头大睡。

父亲和母亲的心早已被大哥伤透。当对一个人失望透顶的时候，已经懒得打骂了。

大哥回家的消息被村里人知道了，要债的纷纷堵在我家门口。父亲是要面子的人，他把所有的积蓄全都拿出来替大哥偿还了债务。母亲坐在院子中央的小板凳上，气得号啕大哭。

替大哥偿还了债务，父母手里只剩下几百块钱，迫于生计，父亲只好外出打工，家里凄凄惨惨，一片萧瑟。

没过几天，大哥又消失了。母亲在电话里说，她从地里回来，大哥已经走了，还带走了母亲藏在卧室枕头下面的一百块钱。

家里的日子已经过不动了，可偏偏这个时候，又发生了一件要命的事情。

父母最疼爱的孙子在上学途中突然晕倒。大哥的事情已经让父母伤透了心，这个小孙子是父母最大的精神寄托。

孩子被送到省儿童医院，检查结果出来，全家人都蒙了：先天性心房发育不全，左心房有一个明显的漏洞，必须手术，否则日后可能危及生命。

医生说，国家有政策，可减免部分手术费，不过申请程序很复杂；如果完全自费，手术费大概六万元。

又是一个晴天霹雳砸在父母的头上。我慌忙托在医疗机构工作的朋友查询医疗补助相关政策，万幸的是，刚好符合条件。

父亲向乡亲们借了两万元，连夜办理了住院手续。我因工作原因走不开，只有父亲一个人在医院忙前忙后。

手术很成功。2015年春节我回家，小侄子看到我回来，很是亲近，围着我又蹦又跳。

我给父亲买了很多营养品，又专程到县城为他定制了一辆带雨棚的机动车。小侄子在外村读小学，父亲要每天接送，有这样一辆车，刮风下雨都不怕。

父亲责备我乱花钱，但看着父亲脸上露出的微笑，我心里乐开了花。

我对父亲说：“爸，苦日子已经过去了，以后的日子会越来越好。”

前不久，我给家里打电话，母亲告诉我，父亲又外出打工了。

挂断电话，我心里难过了许久。父亲今年六十三岁，原本正是安享晚年的时光，却没想到，因为大哥，终日奔波劳碌，一刻不得安宁。

当天夜里，我做了一个梦，梦见大哥突然回头了，我们一家人团聚在一起，其乐融融。

梦醒后，泪水已经把枕巾湿透。

也许，真的有奇迹发生呢？

我要用一辈子期待着。

苦酒

父亲戒酒了。

从十八岁到五十八岁，父亲整整端了四十年的酒杯，终于放下了。

2011年春节，我给父亲买了一瓶茅台。我听父亲说过，他这一辈子什么酒都尝过了，就是没有喝过茅台。

除夕夜，我打开了茅台，给父亲倒了满满一杯。我显得很兴奋，这不仅是我第一次专门给父亲买礼物，更是圆了父亲多年的心愿。

我说："爸，今晚我陪你喝点。"

父亲没有说话，脸上只是憨憨地笑。他把酒瓶拿在手里把摸了好久，说："茅台酒一定很好喝吧？"

父亲的举动让我内心充满了疑惑，要是换作往日，他定会忍不住仰起脖子，把杯中的酒一口全喝进去。

"你爸都戒酒大半年了。"母亲一边炒菜，一边冲着我说，"你爸心脏不好，医生不让他喝酒了。”

母亲接着说：“你爸想多活两年，替你们姐弟几个分担些负担。”

听了母亲的话，我潸然泪下，喊了一声“爸”，就哽咽得再也说不下去了。

在我的记忆中，父亲似乎是天生的酒虫。

一天三顿饭，父亲顿顿是必须要有酒的。用父亲的话说，就是“一分酒，一分精气神；不喝酒，浑身没力气。”

小时候家里穷，为了养活爷爷奶奶以及我们姐弟四个，父亲不得已暂时辞去教师职务，背井离乡外出打工。

父亲辞职后的第一份工作是在山西一家煤窑挖煤。由于高强度的劳作，加上对未来迷茫的压抑，父亲开始酗酒。

这与原来的父亲判若两人。父亲大学毕业，是村里的第一个大学生，也许父亲怎么也不会想到，自己竟然会沦落到这种地步。

这其中的缘由，我多少是听母亲提起过的。

当初父亲之所以选择回老家县城教书，百分之九十是遵从了爷爷奶奶的意愿。爷爷奶奶希望父亲留在身边，家里也有个照应。

父亲孝顺，虽然因此断了大好前程，但他从未有过半点埋怨。但不幸的是，随着长时间生活的窘迫，父亲沾染上了酗酒的毛病，母亲也开始了多年的不幸生活。

我八岁那年，父亲借债盖起了村里第一栋楼房。在我们搬到新家的第一天晚上，父亲就喝醉了。

那是我对父亲醉酒记忆最深的一个晚上。喝醉了的父亲开始和母亲拌嘴，那时他们都正值壮年，脾气远没有现在好，没几句，两人就动起了手。

父亲打了母亲两个嘴巴，母亲用铲煤的小铁铲打伤了父亲的额头。

我们姐弟四人害怕得要命，只能躲在屋角一味地哭泣。我看到父亲额头上的伤口向外冒出鲜红的血来，鲜血流得很快，不一会儿就染红了他半个脸颊。

父亲用大手擦一把血迹，随后起身摇摇晃晃地向院子里走去。

我们都被父亲的动作吓呆了，生怕接下来会发生更加可怕的事情。

母亲停止了哭泣，她的目光紧盯着父亲的背影，突然，她大喊一声：“快，快拦住你爸，他要砸咱们家那口铁锅！”

我们显然是没明白母亲的意思，但听说父亲要砸铁锅，我们一下子全都慌了。两个姐姐最先冲向了院子里，我和哥哥随后追了出去。

还没等父亲明白过来发生了什么事情，我们姐弟四人奔跑的惯性已经把走路踉踉跄跄的父亲撞倒在地，然后我们四人一边慌乱地把父亲压在地上，一边无助地号啕大哭。

父亲的身体起初还在挣扎，但过了一会儿就没有动静了。

即便是这样，我们丝毫没有放开父亲的意思，我们全力压在他的身上，仿佛稍微一松懈，父亲就要爬起来去砸锅。

时间就这么一分一秒地过去了。我们已经忘记了在这个寒冷的冬夜，父亲到底被我们压了多久，只记得后来站起身时，全身的肌肉因为紧张和寒冷变得疼痛难忍。

原本以为这件事情就这样过去了，可令人没有想到的是，母亲竟然在三更半夜离家出走了。

那时，父亲的酒劲已经散了，我们全家人都急疯了。我们整整找了大半个晚上依然找不到母亲的影子。后来父亲找来一根很长的大竹竿，在村口的机井里打捞，我们每个人都不敢说话，只是围在井边一个劲儿地哭。

当父亲在井里打捞了一个多小时依然毫无所获后，他把竹竿扔在地上，咧开嘴嘿嘿地笑了。他自言自语地说：“真要是把你从井里捞上来了，这往后的日子，我和孩子们该咋过？”

母亲是在第二天早上自己回到家的，她终究还是放不下她的四个孩子。

经过这次变故，父亲收敛了大半年。那大半年光景是家里过得最平静的一段时光。

父亲在山西煤窑工作了几年，回来后就去了镇子上的一家砖厂用小车推土，每天早出晚归。

我的初中是在乡里的中学度过的，每天往返要步行十几里山路，所以和父亲见面的机会很少，只是每天晚上都要等父亲一起吃饭。

晚饭也许是父亲觉得最开心的时刻，他倒满一杯酒，喝一口，嘴巴忍不住发出咝咝的声音，特别享受的样子。父亲喝酒时是很少吃饭的，最多也只是吃几口菜而已。

砖厂的活计相较于挖煤丝毫不轻松，为了缓解长时间劳作的疲劳，母亲会用一个塑料瓶子给父亲装上酒，然后塞在他用来装午饭的包里。

父亲喝的酒都是自家酿的，酿酒的原料是麦糠和大枣。

这种俗称“枣酒”的酒在老家很普遍，每到年终，几乎家家户户都要酿。不同的是，别人家酿酒是用来卖的，而我们家是用来给父亲喝的。

我曾背着父亲偷偷地喝过枣酒，入口的辛辣以及它特有的强大后劲让我对它望而生畏。

在我的记忆中，我只是在2001年的冬夜陪父亲酿过酒。酿酒的程序很复杂，麦糠和大枣要经过机器粉碎，撒上用来发酵的、熬成稀粥一样的东西，然后光着脚在上面踩，让它们均匀地掺和在一起。

那天，父亲光着脚，一边踩，嘴里一边哼着曲子。我无法体会那种在冬天光脚踩在潮湿黏稠的酿酒原料上的乐趣，相反，我心里会产生一种说不出来的滋味。是对贫穷的厌恶？或是对一种不能融入其中的抵触？至今，我仍无法想明白。

掺和均匀的原料被埋在俗称“窖”的大坑里，半个月之后，就可以拿出来放在一个大容器里。容器上面有一个大大的铁锅，铁锅里不时要换上冰冷的水；容器下面则是燃烧着的熊熊的火焰。

那时，我力气小，只能干烧火的活儿。酒精蒸汽遇冷变成水滴后，顺着铁管流下来，这时，父亲会招呼村里曾帮忙的人过来喝酒。大家用碗接一些滚烫的酒水，一边喝，一边说：“好酒，好酒！”

父亲的酒量很大，酒品很好，这一点得到了跟他一起喝过酒的所有人的肯定。

只是令我们家人不明白的是，酒量鲜有敌手的父亲，为什么每次都会喝醉。

后来这个答案终于被我发现了，那就是父亲的实诚。

在酒桌上，父亲从来不推脱，无论是谁提议跟他喝酒，他总是笑着接受，然后一仰头把酒喝光。

父亲的这种做法曾得到我的大力反对，我的理由是，喝酒意思意思就可以了，怎么能对每个人都那么热情。

父亲听了嘿嘿地笑，嘴上说着“我改，我改”，但在实际行动中依然我行我素。

二姐高考落榜了。

高考落榜后的二姐郁郁寡欢了一个多月。

就在我们家沉浸在莫大的悲哀中时，父亲又一次喝得烂醉如泥。

只不过这一次，母亲忙前忙后，没有半点不快。

父亲是为二姐复读的事情跟县一中校长喝的酒，县一中校长是父亲的大学同学。那天，是我陪父亲一起去的，父亲在酒桌上喝了不少酒，我知道他心里难过。

二姐最终还是没有去县一中复读。临去北京打工之前，二姐拉着我的手说："老四，你一定要争气，一定要考上大学。"

二姐的话和父亲喝醉时难过的表情成了我读书最原始的动力。终于在两年之后，我考上了大学，成为村里十多年来不多的几个大学生之一。

上大学后，每个周末我都会给家里打一个电话，我问得最多的问题就是关于父亲喝酒的。我知道，家里现在只剩下父亲和母亲了，我生怕父亲的酗酒再次让家里不安宁。

哥哥结婚那天，父亲喝多了，这是我上大学后，第一次见到父亲醉酒。

和多年前的醉酒不同，父亲安静得像个婴儿。看着父亲熟睡的样子，我心酸得差点儿掉下泪来。

2008年，我大学毕业成为这座城市一家媒体的新闻记者。由于大量的应酬，我的酒量越来越好。每当别人问起我为什么这么能喝酒时，我总是笑着说："我可能遗传了我父亲的酒量，他是一个酒量很大的人。"

然后，我就不可抑制地想起了我的父亲，想起了那个为被在市里任公安局局长的老同学请去三星级酒店喝了一次酒而沾沾自喜大半年的老父亲，眼泪忍不住夺眶而出。

前不久，一位要好的朋友送给我一瓶好酒，他说："回去带给叔叔喝，这酒是老家特产，市面上一般是买不到的。"

我婉言谢绝了朋友的好意，我说："我爸心脏不好，戒酒了。"

听了我的话，朋友的手僵在那里，他反问："我经常听你讲起叔叔喝酒的故事，怎么说戒就戒了呢？"

我没有说话。我转过身，还没来得及擦眼泪，它已经迅速掉了下来……

四叔的命

在四婶去世的第十个年头，四叔用一种安静的方式结束了自己的生命。

那是一个冬日午后，太阳透过玻璃暖暖洒进屋子，一片祥和氛围。

四叔的大女儿娟子后来跟村里人说，四叔死那天换了新衣服，给自己泡了一杯茶，打开了电视机，甚至嘴里还哼着小曲。

娟子在院子里晒太阳，手里织着毛衣。四叔走出屋来对娟子说："以后要好好照顾弟弟、妹妹。"

四叔的话没头没脑，所以娟子没多想，甚至连头也没回，只从鼻孔里发出"嗯"的一声。

四叔静静地看了娟子一会儿，然后转身回屋，把放在墙角的一整瓶农药喝了个干干净净。

在他之前，村子里经常有喝农药自杀的人。听大人们说，喝农药自杀非常痛苦，农药会把整个胃都烧坏，如果抢救及时，送到医院要洗胃，胃里翻江倒海的滋味让人生不如死。

大人们还说，喝农药死去的人面目狰狞，口吐白沫，非常恐怖。

但四叔却死得非常安静，他的脸上甚至带着微笑，像是睡着了一般。

娟子就在院子里，没有听到任何异常声响，待太阳斜斜地躲到山后面，她才收起织针和毛线走进屋里，打算生火做饭。

娟子看到四叔盖着被子躺在床上，以为他睡着了，就没去打扰。直到晚饭做好，叫四叔吃饭时，才发现四叔的身体早已冰冷。

四叔写了一封遗书，用水杯压在茶几上。

亲人们赶过来时，娟子坐在角落里抱着肩膀小声抽泣。两年前，娟子患了脑炎，虽然性命无碍，神志却不如从前。

大家打开四叔的遗书。四叔在遗书上说了两件事，一是拜托家族的亲人帮他照顾四个孩子，另一件事与四婶的死有关。

所有人都知道，四婶是掉进河里淹死的。在四婶出事的那天晚上，她和四叔之间发生了激烈的争吵，四婶的死被认定为自杀，而四叔是罪魁祸首。

因为这件事，四叔在村里一直抬不起头来，但他也不为自己辩解，只是每逢节日定会到四婶坟前坐一会儿，自言自语，像个精神病一般。

直到四叔结束自己生命这一天，他才把四婶出事的真正原因写下来。遗书上说，四婶是失足掉进河里淹死的。那晚暴雨，四婶怕猪圈被淹，要出去看看，四叔以不安全为由不让，两人发生争吵，因为赌气，四叔没跟四婶一同出去，结果发生了意外。

四叔说，这么些年来，他一直很自责，也想把事情真相告诉大家，但他知道，即使事实如此，也没有人愿意相信他。

遗书的最后，四叔写道：

原本，在你们眼里，我就是一个笑话。

这封遗书的内容触目惊心，在场的人都沉默了半天。

四叔是张家庄张氏家族最小的一个孩子。在我家客厅的墙壁上，挂着父亲那一辈人年轻时的相片，四叔是所有孩子当中长相最英俊的一个。

四叔二十岁时，十里八乡的小伙子跟他比都自愧不如。四叔书读得不多，却写得一手好字，每逢春节，登门前来求对联的乡亲络绎不绝。这个时候，只见四叔把纸张铺好，不慌不忙，细细地研墨，然后提笔、悬腕，笔尖在纸上游走，行云流水般，不大一会儿便写好一副对联。

与村里其他人写对联不同，四叔会根据各家的情况，有针对性地写，比如张三家境不好，求财，四叔会选择“财源广进”之类的字眼。写得兴起时，四叔常常思考片刻，一副原创对联便跃然纸上，仔细一品，对仗工整，寓意深远，求对联的人满意而归。久而久之，四叔的名号就传了出去，成了灵山镇一带有名的青年才俊。

除了写对联，四叔还有一个绝技，那就是拉二胡。

拉二胡的手艺，四叔完全是自学成才，他见别人拉，手痒痒，把二胡讨过来，随手一拉，有板有眼。

四叔用攒下来的钱买了一把二胡，经常在晚饭后，坐在水坝上，拉上几曲。可能是天赋，也可能是后天努力，只几个月，四叔的二胡水平已经发生质的飞跃，一曲《二泉映月》惟妙惟肖，听得人恍惚走神，潸然泪下。

像四叔这样一个既会下地干农活儿，又懂得书法、二胡的年轻人，按常理说，上门提亲的人应该挤破门槛。但事实上，别说提亲的，就连给人说亲的媒婆都请不到一个。

媒婆努努嘴，对奶奶说："你们家老四，这辈子怕是讨不到老婆喽！"

四叔听了生气，嚷嚷着："谁求你说媒了，我还不稀罕呢。"

奶奶把眼睛一瞪，指责说："你给我闭嘴！要不是因为你那张破嘴，你能光棍儿到今天？"

四叔气得直喘粗气，呼哧呼哧的，像一头正在地里干活的老黄牛。

四叔爱开玩笑，尤其是对村里的大姑娘、小媳妇儿，他那一双眼睛，贼亮贼亮，在人家身上滴溜溜地转，看得人家恨不得找个地缝儿钻进去。

四叔不光眼睛占人家便宜，嘴上也揩油，不管荤素，一股脑儿兜出去。

村子中心有一口老井，全村人都在这个老井打水吃，前来打水的都是家里的女人，唯独四叔一个男人。

大家打完水，几个婆娘便在井边叽叽喳喳聊天，通常是聊一袋烟的工夫才散去，而且每天打水的时间都非常固定。

四叔心细，每到打水的时间，便抢过奶奶手里的水桶，一溜烟儿向老井跑去，一边打水，一边和村里的女人们说笑。

四叔会说："某某，你看，又变漂亮了，肯定是你老公从外面回来了，滋润的……"

说完还不肯罢休，还要跟在女人们身后，看着女人们因为水桶分量重而走路一摇一摆的身子，眼里像要冒出火来，嘴里还时不时地冒出一句："哎哟，你瞧，你的屁股真好看。"

这个时候女人们往往是羞得满脸通红，嗔骂一句，匆匆跑掉，洒下一路水花。

四叔这个"花嘴"的毛病，搁在现在，大家也就一笑了事，可在当时却是冒天下之大不韪的毛病。

四叔的悲情人生在那个时候就已经埋下伏笔。

四叔的“花嘴”和他的书法、二胡一样，传遍了灵山镇，大家看他的眼神都怪怪的，偶尔四叔上街时，还有人在他背后指指点点。

四叔的大好年华就这样浪费掉了，直到二十八岁那年才有姑娘肯嫁给他。

在那个男人十九岁就当爹的张家庄，村民们把四叔当反面教材，他们对自己的孩子说：“小时候不学好，长大就和张家老四一样，让人笑话，没出息。”

四婶是邻村的姑娘，跟四叔年纪一般大，也是邻村村民眼中的笑话。

四婶的情况有些特殊。四婶其实很漂亮，早早就已经出落成花一样的姑娘。

四婶在乡里读中学时，十分受身边年轻人喜欢，经常收到他们送的食物。

那个年代物资极度匮乏，粮食是最好的礼物，就跟现在的鲜花一般，是最能表达心意的东西。

四叔也给四婶送过吃的，什么花生、红薯、玉米棒子……

四婶对四叔的才华早有耳闻，打心眼儿里也是满满的欢喜，两个人越走越近，你侬我侬，眼看好事将近，结果偏偏出了差池。

四婶有家族遗传病史，就在四叔央求爷爷准备上门提亲时，四婶病倒了，脑炎。

当时，脑炎这种病很难根治，处理不好会有生命危险，就算最终治愈，也多少会留下痴傻的后遗症。凡是得过脑炎的人，这辈子就算是完了。

为此事，四叔偷偷地哭过好几回。在四婶住院治疗期间，四叔整夜整夜睡不好。

果然跟大家预期的一样，出院后的四婶有些神志不清，最明显的症状就是，情绪很不稳定，动不动就发脾气，急起来还咬人。

这样的女人怎么能做张家的儿媳妇！爷爷把脚跺得震天响，他咬着牙说："只要我活着，她就甭想进这个家门一步！"

四叔拗不过，但也无可奈何。

不知是冥冥注定，还是月老早已为二人牵了姻缘，兜兜转转一大圈，四叔和四婶最终还是成了一家人。

再等下去，四叔可真就一辈子打光棍了，爷爷虽然有一万个不情愿，但想不出任何好的办法，听天由命吧。

婚后第二年，四婶生下了大女儿娟子，此后每隔两年都会有一个孩子降世。直到第四个孩子，四叔和四婶才算罢休。

四个孩子，双儿双女，健康聪明，爷爷悬着的一颗心才算落地，奶奶在观音菩萨面前烧香祷告，激动得老泪横流。

四叔和四婶的感情很好。四婶病情发作的时候，四叔不离不弃，始终陪在她身边；四婶急了咬四叔的手臂，四叔也不躲避，强忍着疼痛，几年下来，手臂上伤痕累累。

婚后几年，四叔很安分，忙着赚钱养家，嘴巴也变得老实起来。四叔学了木匠手艺，经常到各个村庄去给人做家具，收入不错，日子过得越来越富裕。

孩子们一天天长大，最小的也上了小学。就在一家人其乐融融奔向小康的时候，四叔的嘴给他招来了横祸。这次横祸不仅打碎了他苦心经营多年的家庭，也把他美好的愿望堵住了。

四叔去镇上一户人家做家具，因为工期长，路程远，来回不方便，于是男主人为四叔提供了房间，让四叔住在家里。

四叔白天做工，晚上休息，日子倒也快活。

男主人的儿子要举办婚礼，家具就是为婚房准备的。新媳妇长得俊，身段好，勾起了四叔心灵深处压抑多年的油嘴滑舌。

在做工的间隙，四叔有意无意就往新媳妇身上瞄，眼神突突的、火辣辣的。

新媳妇被看得不自在，四叔也不懂得见好就收，还跟她搭腔儿，问人家年龄，哪里人，等等。男主人看在眼里，恨在心里，但因为无凭无据，也不好发作，可是这个梗算是埋下了。

这事说来也蹊跷，一环扣一环。

新媳妇夜里洗澡，发现被人偷窥，大喊一声，惊醒了正在熟睡的四叔。四叔慌忙穿衣往喊声方向跑去，结果被男主人当作偷窥贼抓个正着。

夜色太暗，新媳妇只看到一个人影，不能断定偷窥贼就是四叔，但男主人联想四叔平日里的言行，一口咬定是四叔。

四叔很气愤，就和男主人理论，结果言语不和，动起手来。对方人多，四叔被打得满身是血，送到医院检查，结果是左腿粉碎性骨折，怕是治不好了。

好事不出门，坏事传千里，原本一件“无头案”传着传着就变得有模有样，等传到四婶耳朵里就变成了铁一般的事实——四叔偷窥新媳妇洗澡，这事千真万确。

四婶气得浑身发抖，在医院四叔的病床前旧病复发，晕死过去。

这件事的结果认定非常草率，不说其他村民，就连四叔的几个哥哥也都认定四叔是偷窥贼。那新媳妇一哭二闹三上吊，扬言要去法院告四叔。经过协调，对方出了四叔的医药费，这事就此罢休。

四叔在病床上一言不发，牙齿咬得咯嘣响，他恨，他想不明白，为什么大家就不愿意相信他？

出院后，四叔的左腿就瘸了，走路一扭一扭的，姿势很难看，而且每逢阴雨天，左腿伤痛就开始发作，疼起来简直要人命。身体的痛怎么比得上四叔心里的痛？这简直就是打碎了牙和着血往肚里咽，有苦说不出。

其实四婶信四叔，她知道四叔的为人，但心里总有道坎儿，怎么迈也迈不过去。娟子已经读中学，四叔的事情让她在同学面前抬不起头来，面对流言蜚语，她非但没有体谅四叔的难处，反而从心里对四叔生出莫名其妙的恨来。

四叔的腿伤了，不影响做木匠活儿，但四叔的名声坏了，除了多年合作的老主顾，其他人都不愿意找他做家具。久而久之，四叔的生意越来越惨淡，后来甚至到了养家糊口都困难的地步。

四叔咬咬牙，天无绝人之路，那就转行做生意。夏天，四叔从镇子上批发冰棍，骑着自行车走街串巷来卖。冬天，四叔就做爆米花的生意。

他在村子中心架起火炉，爆出一桶桶又香又甜的爆米花，不一会儿就卖光了。快收摊的时候，四叔会专门多爆出一些，留给我们吃。我们围着火炉，吃着爆米花，这些画面成为我童年时代最美的回忆。

在四叔卖冰棍和爆米花的时候，村民们发现，平日里爱说爱笑的四叔不见了，除了询问对方要什么口味和找钱之外，四叔基本不说话。

回到家里，四叔也不爱跟四婶交流了，尤其是跟四个孩子，说话更少，有时候，还会突然发脾气。更糟糕的是，有一次一家人在吃晚饭，四婶的一句话惹得四叔不高兴，四叔一脚把餐桌踹翻了，吓得孩子们放声大哭。

四叔的这种怪异行为一直持续到四婶出事。

四婶的尸体是隔天上午被打捞起来的，在水里泡得时间久，已经开始浮肿。四叔抱着四婶的尸体默默地流泪，把在一旁的人看得心里直打战。

四婶的死自然归结到四叔身上。

大家议论纷纷。

若不是轻生，怎么会在下暴雨的夜里去河边？

若不是四叔平日里的行为，四婶怎么会选择轻生？

村民们一个个仿佛都成了福尔摩斯，把事情的发展推敲得丝丝入扣，鞭辟入里。

大家得出一个结论，四婶就是被四叔害死的。

一夜之间，四叔从一个好色的流氓变成了千夫所指的罪人。

四叔也不解释，在四婶的灵堂前跪了三天。四婶下葬那天，四叔趴在棺材上哭得撕心裂肺，哭得在场的人潸然泪下。

结果，人们刚刚把眼泪擦干，就立刻露出恍然大悟的，甚至是厌恶的表情。他们指责四叔说："都是你害死了她，你少在这里装好人，假惺惺。"

四婶下葬后的第二天，娟子辍学了。

娟子甚至都没有跟四叔说她辍学的事情，就直接从学校出走，和村里几个姐妹去了保定高阳一家纺织厂打工。

娟子的离家出走给还没从丧妻之痛中缓过来的四叔又一致命打击。那段时间，村民们发现四叔好像疯了一般，经常自言自语，举止怪异。

就在所有人都以为四叔撑不下去的时候，四叔奇迹般地从打击中走了出来，就像杂草一样，任凭大火焚烧，依然生机盎然。

四叔不仅重新活过来了，而且恢复到了二十岁年纪时的性情，语言大胆，谁的玩笑都开，尤其是村里的大姑娘、小媳妇，一个都不放过。

四叔再也不用顾忌，再也不用看别人脸色了。

四婶走了，娟子走了，从前的四叔也走了。现在的四叔，活脱脱一副老顽童形象。

说来也怪，性情大变的四叔比之前更讨村民们喜欢了，此前大家都冷落他，现在却经常找他谈天说地。四叔的生意越来越好。

娟子二十岁那年嫁给邻村一个青年，小伙子家境不好，但吃苦耐劳，尤其是对娟子照顾得无微不至。

四叔大感欣慰。可命运这东西，谁都捉摸不定，原本幸福美满的娟子患了跟四婶一样的病，遗传性脑炎。

又是一次惊心动魄的抢救。出院后，娟子变成了第二个四婶，痴痴傻傻。

娟子婆家退了婚，四叔不争不闹，平淡地说：“这样也好，傻了不知道什么叫痛苦，我照顾她一辈子。”

就这样，四叔既当爹，又当妈，照顾了四个孩子十年。

十年间，大儿子和小儿子相继娶妻生子，小女儿远嫁外地，很少回家，家里只剩下四叔和娟子两个人。

四叔变着花样给娟子做好吃的。娟子想吃什么，想要什么，四叔都会想办法办到。

慢慢地，老一辈人病的病，没的没，四叔的往事很少有人提及，大家渐渐地把四叔淡忘了。

就在这个时候，四叔选择用农药结束了自己的一生。

四叔的死在村子里掀起了不小的波澜，茶余饭后大家纷纷讨论着四叔的事情，大家开始回忆四叔的好，仿佛所有人都原谅他了。

他们为四叔抱不平，说：“我就说嘛，张家老四绝对不是那种人，可怜他这一辈子。”

说完他们啧啧地咂着舌，又摇摇头，一副无可奈何的模样。

2016年春节回家，我专程到四叔的家里去了一趟。娟子被妹妹接走了，由于常年无人居住，家早已没有家的样子，院子里杂草丛生，门上、墙上都长出了绿色的青苔。

我心里突然觉得一阵难过，但很快就变得释然。

这也许就是最好的结局，对于四叔来说，十年前，或许，他早就已经死了。

不愿回家的男人

我们堂兄弟十一人，张红旗排行第六，我称呼他“六哥”。

我和六哥最后一次相见是在2015年冬，那时我工作变动，调令刚刚下达，我即将远离这座生活了十几年的北方小城，去往三千公里之外的岭南发展。六哥打来电话，告知我他在火车站，来我所在这座城市出差，叫我晚上一起吃饭。六哥在电话里说，婶子（我的母亲）特意交代他，一定要代她看望我。我说：“你在车站等我，我去接你。”

六哥是个包工头，拥有一支由村民组建起来的施工队。这个施工队队员我大多认识，技术一般，有的是力气，但因没有经营资质，建筑施工作业不能承接，所以包的多是些边边角角的活计，比如抬抬钢筋、搬搬砖头之类的粗活。这种活计没有多少技术含量，又苦又累，关键工钱少得可怜。

在村里人眼中，打工就有钱赚，总比在家种地强。于是，奇迹般的，六哥这个施工队竟然一干就是十余年，虽然赚钱不多，但勉强能养家糊口。六哥为人实诚，村民们都愿意跟着他干，这些年风风雨雨，许多施工队都散摊子了，唯有六哥的施工队依然活跃在建筑工地上。

六哥的施工队常年在北京的工地上劳作。刚进北京时，简直就是一群土包子进城。六哥带领队伍住最差的窝棚，吃最烂的饭菜。都是农村穷苦出身，这点苦算不了什么，最令六哥烦忧的是活计。没办法，队伍是六哥带出来的，不能让村民看笑话。为拿到活计，六哥每天在各个建筑工地奔走，求爷爷告奶奶，央求人家给点活干。就在六哥感觉将要支撑不下去的时候，北京顺义区一个承包商答应给六哥一些活计。

那是六哥带队伍来北京十多天后接到的第一单生意，为在建的住宅区搬运水泥。这个活计简直就是雪中送炭，六哥格外重视。在出工前他把所有工人召集在一起，发表了慷慨激昂的讲话，大意是，挨过这段苦日子，好日子就要来临了。

六哥的讲话很具煽动性，许多几乎就要放弃的村民就是被他的这番话打动留下来的。上工当天，六哥丝毫没有以包工头自居，他身先士卒，带头冲锋陷阵，大家被他鼓舞着，感染着，干得热火朝天。因这次活计，六哥和他的队伍让承包商折服，他们成了朋友。活计结束后，承包商请六哥他们喝酒，大家喝得醉醺醺的，承包商拍着胸脯说，以后你们就跟着我干。六哥在北京扎了根。

我从未听说六哥在廊坊还有业务，所以当他电话告诉我，要到我工作的这座城市出差时，我非常惊讶。六哥来廊坊的目的，我一直没弄明白，见到六哥，我原本想开口问他，但又怕唐突，硬生生憋了回去。

我把车子停放好，隔着老远就看到在出站口旁边站着的六哥。六哥的穿着打扮显然是精心准备的，他穿了西装，披着一件厚外套，右手甚至拎着一个价格不菲的商务包。

我给六哥来了一个热情的拥抱，把他的商务包放在车子后座。我打开暖风，车子里暖洋洋的。六哥的精神松懈下来，他斜靠在座位上，良久吐出一句话。他说："你小子真行，都买车了！"

在去酒店的路上，我和六哥聊着村里的事情，话题缥缈又不真实，始终没有切入正题。直到在酒店前台办理好了住宿手续，六哥才拍拍我的肩膀，说："晚上一起吃饭，我请客，介绍一个朋友给你认识。"

说到这个朋友的时候，六哥故意压低了语气，显得很神秘的样子。此时，我才恍然大悟，六哥此行的目的并不是什么公干出差，而是会见朋友。想明白之后我立刻又陷入另一个疑惑，六哥从未来过廊坊，怎么会在这有朋友？

晚饭约定的时间很快就到了，我开车来酒店接六哥，把车停在酒店大堂门口坐在车里等他。我看到六哥从酒店大堂走出来，一同走出来的还有一个陌生女人，大约三十五六岁的样子。女人挽着六哥的手臂，两个人说说笑笑，样子很是亲密。

出了大堂门口，六哥看到我的车子，挣脱了女人的手，快步上前打开车门。上了车，六哥说："这是我朋友。"

我"嗯"了一声，发动车子向吃饭的酒店驶去。一路上，我们三个都没怎么说话，气氛有些尴尬。

吃饭的时候，因有陌生人在场，我和六哥的聊天显得漫不经心。我一直在留意六哥和女人之间的表情变化，没多久，我就看出大概，六哥和这个女人并非只是朋友关系那么简单。趁女人去洗手间的空档，我问六哥："说实话，她是不是你在外面找的女人？"

六哥没有正面回答我，但也没有否认。我看到六哥笑了，笑容里满是苦涩。六哥说：“我的家庭情况你也清楚，我是迫不得已。”

六哥和女人在廊坊待了三天，临走的时候六哥给我讲了他们之间的事情。女人家在廊坊，离婚了，有一个儿子。女人在六哥的工地开一家小饭馆，都是苦命的人，一来二去，六哥和女人好上了。这次来廊坊，是陪女人回家探亲的。

在我的堂兄弟中，我和六哥的关系最好。

我读小学的时候，村里还没有限制猎枪的使用。说是猎枪，其实就是火铳，笨重，后坐力大得惊人，发射铁珠，能把隔着十几米远的野兔子打死。那时，山上的树木还未遭砍伐，枝繁叶茂，非常适合野兔子生活。

不知道什么时候，村里突然流行起用猎枪打野兔子来，凡是年轻的村民几乎人人都有一杆猎枪。一到冬季，农闲时，村民们成群结队地扛着猎枪上山，山里时不时传来猎枪的声响，简直比春节放鞭炮还热闹。

村子闭塞，娱乐活动除了赌博几乎没有其他，所以用猎枪打野兔子突然就风靡起来。我年纪小，个子矮，堂兄弟们都不愿带我上山，生怕我成为他们的累赘。六哥不同，每次上山，他都主动来家里找我。

第一次跟六哥上山打野兔子的情景，我至今仍记得清楚。我和六哥一边聊天，一边寻找野兔子，忽然六哥示意我不要说话，我循着他手指的方向望去，果然看到不远处的草丛里有一只正在酣睡的兔子。

六哥蹲下身子，上足弹药，我蹲在一旁，紧张得几乎不敢呼吸。只听“咚”的一声巨响，兔子应声跳起来，飞一样的速度向前跑去，眨眼工夫就不见了踪影。我急得哇哇大叫，大喊：“六哥，六哥，没打中，兔子跑了。”

六哥没回应我，我连叫好几声，他都没有动静。之前我全部的精神都在兔子身上，直到此刻才回过神来。我看到六哥痛苦地蹲在地上，双手捂着嘴巴，鲜血从嘴巴里直淌下来，滴滴答答地，把地上的野草都染红了。猎枪被六哥扔在不远处，枪口还冒着烟。

我年少不懂事，对于眼前的变故，害怕得要命。我害怕六哥死去，吓得哇哇大哭。六哥挣扎着站起来，用力吐了一口血水，随同血水一起吐出来的还有一颗牙齿。六哥的右脸肿得厉害，根本说不出话。

我越哭越害怕，越害怕越哭，我的哭声惊动了附近打猎的村民。他们惊慌地向我们跑来，看到眼前的情景，大家先是一愣，后是哈哈大笑。六哥捂着嘴巴，疼得直叫唤。村民们把我们送到了村子里，六哥被家人领去了村里诊所。此后整整一个多月，都没见六哥上山打猎。

我小学六年级的时候，村子里开始收缴猎枪。六哥把猎枪藏在了地窖里，但最终还是被搜了出来。六哥依依不舍地看着猎枪被村民拿走，眼眶红了又红，好几次差点掉下眼泪来。此时的六哥已经枪法娴熟，只要看到野兔子，几乎没有打不中的。六哥把打中的野兔子绑在枪管上，大摇大摆地穿过村子回到家里，那神情不可一世。

到了适婚年龄，六哥的婚姻大事迟迟没有着落。

六哥是家中长子，父亲在镇上电厂上班，母亲在家务农。一次偶然事件，他母亲右腿摔伤，留下终身后遗症，走起路来一拐一拐的，尤其是阴雨天，腿疼得几乎下不了床。

六哥长得不丑，在我们堂兄弟当中属于条件不错的，虽然因母亲身体原因，多少有些拖累，但不至于影响婚娶。

六哥的婚事愁坏了父母，媒婆轮番上阵，介绍的姑娘走马灯似的一茬又一茬，但始终没有六哥中意的。父母又急又气，好几次在晚饭时间，六哥的父亲差点掀翻了饭桌。对于父母激烈的反应，六哥显得平静许多。六哥总说："再等等，再等等。"

这一等就到了三十岁。三十岁在张家庄是要被划到大龄光棍之列了，没有人能够猜测到六哥的心思。六哥心气高，普通农家女入不了他的眼，能入眼的又嫌弃六哥的家庭和出身，高不成低不就，六哥的婚事就这样给耽误了。

风言风语一袋烟功夫就能传遍村子。有人说，六哥心有所属，只是苦等未果；有人说，六哥心理变态，喜欢男人。还有很多类似说法，大多刺耳不堪。六哥哪里受过这等窝囊气，他把自己关在家里生了好几天闷气。也是在那个时候，六哥决定离开村子闯一闯。

六哥读过技校，学的电焊专业。村里年轻人大多没有文化，外出打工均是做些苦力活，在工地上忙碌一天下来，累得浑身都要散架一般。六哥去了工地，做起了焊工，电花四射，浑身刺痒无比。六哥咬着牙坚持着，他在心里发了狠，一定要混出个人样给村里人看看。

六哥这股狠劲儿促使他在工地干了三年。三年后，六哥打算另起炉灶。他计划成立一个施工队，自己承接一些零碎的活计，只要有活干，就比给人打工强。

在一个深秋的夜里，六哥回了村子。他费了好大力气，游说了许多村民，才勉强凑齐了二三十人的施工队伍。这个队伍在成立的第一天，就被六哥拉到了北京。在北京接下第一单活计后，六哥和他的施工队干出了名堂，慢慢接了些活计，开始在北京各个建筑工地有了立足之处。

做包工头一年之后，六哥买了一辆面包车。他故意把车放在自家门口，他要用事实向村民证明自己打拼得多么成功。那时村里车子少得可怜，六哥的面包车的确在村里掀起了不小的波澜。沉寂了三五年，终于又有媒婆找上门来。

六哥出息了，六哥的父母最为开心。这一次，他们要做六哥的主，婚姻大事再也不能由着六哥的性子来。

亲事是六哥父母定下的，六嫂是邻村的姑娘。这一次，六哥根本就没有反抗的机会，父母直接下达最后通牒，不结婚，就别回这个家。六哥匆匆从北京工地赶回老家，只和六嫂见了一面，就定下了婚礼的日期。

六嫂是典型的农家妇女，没读过书，但勤快能干。对于六嫂，六哥没什么挑剔。六嫂比六哥小好几岁，关键是能照顾家。自己老大不小，折腾了这么久，也该给自己和父母一个交代，对于这个婚姻，六哥没有理由反对。

婚后不久六哥返回北京工地。工地距离村子不太远，大巴车5个小时直达乡里，六哥每隔两个月回家一趟。大约过了小一年，六嫂怀孕了；又隔了近一年，六嫂生下一个儿子。

六哥后继有人，原本是件高兴的事情，事实上，六哥的苦日子才刚刚开始。

村子医疗条件差，怀孕的妇女大多没有去医院定期产检的条件，加之家人没有足够重视，经常会有带病或是畸形的婴儿出生。六哥儿子就是畸形儿，大夫诊断说，可能活不过二十岁。这简直就是晴天霹雳。六哥父母意图把孩子扔掉，但六嫂死死护着孩子。一家人哭哭闹闹许久，最终接受了这个现实。这件事情之后，六嫂开始做出一些异于常人的举动，经常一个人发呆或是傻笑，后来竟慢慢地与村子里的傻子有些相像了。

六哥带六嫂去保定市权威医院进行检查，检查结果出来，六嫂患有家族性遗传病。这个病有两个显要特征，一是不能生孩子，即便孩子出世，也大多有毛病；二是不能受太大刺激，刺激过度，人就有些神志不清。

回到家里，六哥心里乱得很，冷静下来之后，才慢慢回想起事情的端倪。其实早在媒婆前来提亲时，媒婆和六嫂的家人就已经知道六嫂的这种情况，只不过一直瞒着六哥父母。六哥常年在外，对村子里的人和事不了解，六哥父母急于促成这门亲事，忽略了六嫂家有遗传病史的事情。事到如今，自己酿的苦果只能自己吃。

六哥留在家里照顾六嫂和儿子两个月后，再一次返回北京工地，临走，留了些钱给父母。六哥想过离婚，但又于心不忍。将来的日子怎么过，六哥不敢想。六哥整天愁眉苦脸，他恨不得立刻逃离村子，远离这个家。眼下，北京工地是他唯一能去的地方。

离开村子那天，六哥跟每一个迎面遇到的村民都热情地打着招呼。有村民后来回忆说，六哥那天的情形很不对劲，他的笑容很灿烂，完全看不出是深陷泥淖中的人。六哥在村口伫立良久，最终登上了开往北京的大巴车。

六哥这一走就是许多年。

到了冬天，天寒地冻，工地许多工程无法继续都停了工，工人们领了工资，开开心心回家过年。唯有六哥，一连好几个春节都没有回家，他就像一个流浪汉，在寒冷的冬日里，把自己蜷缩在工棚里。

工棚阴暗潮湿，没有暖气，也没有升起煤炉，就像六哥的生活一样，看不到半点光亮。六哥家人捎了好几次口信要他回家，工友也多次相劝，可六哥就是执意留在工地，他不知道该怎样面对那个家，怎样面对父母和妻儿。

六哥父母碍于颜面，从来不带孙子出门，他们家常年大门紧闭，几乎与世隔绝。六哥的儿子长得像只猴子，如果没有人帮扶，根本无法站立，双手双脚像鹰爪一样佝偻在一起；他不会说话，只会发出老鼠一般吱吱的声音。

若不是六哥母亲悉心照料，这个孩子早就死了。

若不是六哥母亲突然病倒，六哥也许永远都不会再踏进家门一步。六哥母亲旧疾复发，加之操劳多年，心力交瘁，在一天夜里突然栽倒在饭桌旁，被家人连夜送往医院抢救，勉强捡回一条性命。

得知消息后，六哥仓促赶回村子。六哥在母亲床前跪了好久，一边抽打自己耳光，一边咒骂自己不孝。

六哥把北京的活计暂时交给信得过的村民打理，休假在家照顾母亲。多年没有回村，村子变化很大，通了水泥公路，破旧的房子被扒掉，竖起了一排排崭新的二层小楼。六哥望着村子的这些变化，一瞬间所有的积怨仿佛全部都释放了。

六嫂的病情愈加恶化，神智愈加不清，六哥自知理亏，一个人默默地承受着一切。他一边照顾卧病在床的母亲，一边照顾六嫂和儿子，尽最大努力来弥补，只有这样，他心里才会觉得好受些。

过了大半年，六哥的母亲渐渐康复，六嫂的病情也开始好转，唯有六哥的儿子丝毫不见起色。六哥心里稍觉宽慰，日子从来都不会万事如意，只要勉强过得去，一切都不算太坏。

工地的事情耽搁太久，六哥与父母商量，要回工地上班，不过他答应父母，以后会经常回家。临走前一晚，六哥与父母聊了许久，六哥母亲喏喏地说："你在外面，再找一个女人吧。"

关于再找女人这件事，六哥不是没有想过，只不过他心里的坎儿始终迈不过去。在张家庄，这种事情是会被村民耻笑的，他不愿意看到这个家庭因为自己而被村民鄙夷，如果是那样，他宁愿自己痛苦一辈子。

所以这些年，六哥一直隐忍着，直到听到母亲的话，他心里坚硬的城堡才开始慢慢松动。

在工地这些年，没人在身边照顾，加之内心愁苦，六哥吃饭很不规律，导致患了胃病。工地上开饭馆的女人看六哥可怜，对他格外照顾。女人知道六哥胃不好，每顿饭都有精心熬制的小米粥，就这样，渐渐地，六哥的胃病竟然奇迹般好起来。

六哥的胃病康复了，心也被女人俘虏了。女人离异几年，至今单身。都是苦命的人，两颗孤苦无依的心越靠越近。

在工地上，六哥和女人的事情成了公开的秘密。村民们跟六哥相处这么多年，都明白他的苦衷，都希望六哥能过上好日子，所以六哥在外面有女人这件事情被他们刻意地隐瞒了下来，其他村民并不知情。

我调到岭南工作之后，直到2017年盛夏才有机会回村子探亲。回家的第二天是我三十一周岁生日。自从离家外出读书、工作，我有十几年没在家跟父母一起过生日了，因此这次生日父母格外重视，母亲做了整整一桌子饭菜。

我们一家人坐在月台上吃饭，吃着吃着就聊起了小时候的事情，聊起了我的堂兄弟们。我想起六哥带我上山打野兔子时的情景，我问母亲："六哥今年四十五岁了吧？"

母亲说："是啊，我有大半年光景没见到他了。"

我问："他还在北京吗？现在过得怎样？"

母亲说："最近两年，他很少回家，说是工地很忙，走不开。"

我便不再发问。我想起与六哥在廊坊时见面的情形，还有那个女人，我记得六哥看女人时，眼眶里满满地都是柔情。

张大荒的名言

2010年冬天，张家庄莫名其妙地流传一句话：这年头，没钱能叫人吗？

话是张大荒说的。张大荒和几个要好的村民一起喝酒，喝着喝着，张大荒就有些迷糊了，他大着舌头说："这年头，没钱能叫人吗？"

第二天，张大荒这句话就传遍了全村。那时刚刚下起一场大雪。大雪下了两天两夜，地上堆积起厚厚的一层，脚踩在上面就像踩在棉花上，走路都轻飘飘的。冬天，又是下雪天，每年这个时候，村民们是最闲的，大家整天聚在一起，不是喝酒，就是聊些家长里短。这个时候，也是流言蜚语传播最快速的时候，你说了什么、做了什么，分分钟就在村子里传遍了。为此，每到冬季，村里打架的夫妻特别多。"人闲是非多"这句话用在张家庄，再贴切不过。

张大荒的闲话就是在这样的情况下传出来的。张大荒胆子小，没人听过他吹牛，所以张大荒这句话一出，瞬间就传到了张大荒媳妇李金翠的耳朵里。李金翠是谁，全村知名度最高的“母老虎”，自从嫁到张大荒家，张大荒的日子过得唯唯诺诺，一点男人的样子都没有。

李金翠为张大荒生了三个儿子，仗着这，李金翠经常像使唤狗一样使唤张大荒。张大荒的母亲看不过去，就向村民们诉苦，结果，传到李金翠耳朵里，李金翠直接跳着脚骂娘，骂的话特别难听。张大荒的母亲只好关紧大门，躲在屋子里偷偷落泪。

这些年，张大荒在村里是最没地位的人。然而，就是这样一个没地位的人，却说出了全村老少都不敢说的话，这能不令人感到奇怪吗？所以，张大荒的这句酒话，就成了当时村里最流行的话。

张大荒也只是说说，酒话怎能当真，待清醒之后，他感到非常害怕。他倒不是害怕村民笑话，他是怕媳妇李金翠收拾他。

果不其然，第二天张大荒酒醒之后，睁开眼便看到李金翠铁青的脸。

李金翠站在床前，手里拿一根烧火棍，见张大荒醒来，“嘿嘿”冷笑：“说说吧，到底怎么回事？”

张大荒一五一十地把事情的原委说了一遍。张大荒说的都是实情，在李金翠面前他不敢说谎。

说完，张大荒低着头，忐忑地等待着李金翠的惩罚。他做好了准备，甚至已经盘算好，棍子落在身上，应该发出怎样凄厉的叫声。

“嘭”的一声，李金翠的棍子落了下来，但并没有落在张大荒身上。李金翠把棍子打在了床沿上。

张大荒吓了一跳，这是唱哪出？

当张大荒在脑子里飞快地胡乱猜测的时候，李金翠却突然大笑起来。起初，李金翠还能控制自己的笑声，后来越笑声音越大，到最后，竟然有些上气不接下气。

张大荒在李金翠的笑声中乱了阵脚，他不知道接下来将要发生什么，李金翠的反应太反常了。最终他也跟着笑了起来，因为心里没底，他的笑容比哭都难看。

过了好一会儿，李金翠才停住笑声。她把棍子丢在地上，拍拍张大荒的肩膀说："当家的，你这次说得太对了，人没钱，叫人吗？"

这是李金翠第一次毫无保留地肯定张大荒。张大荒有些受宠若惊，随即更加慌了。他结结巴巴地说："媳妇，你不要吓我，要打要罚随你。"

李金翠再一次笑了，然后说："赶紧滚起来做饭去。"

张大荒心惊胆战地爬了起来，一溜烟跑去做饭。对于李金翠的反应，他做梦都没想到。他本以为等着他的将是一场责骂或是毒打，至少日子要难过几天，没承想，竟然受到了表扬，这是何等的怪事。

在吃早饭的空隙，张大荒鼓足勇气，终于说出了心中的疑惑。他问："为啥？"

李金翠一边往嘴里塞饭，一边含糊地说："咱们家今非昔比了！"

李金翠说得含糊，但张大荒却听得一清二楚。这个家确实今非昔比了。大儿子河北大学毕业后娶了有钱人家的独生女，一晃四年过去，岳父把房地产生意交给他打理，现在他已经是村里响当当的青年才俊了；二儿子入赘镇上一户人家，开了两家饭馆，生意越做越红火；最小的儿子虽然没读过什么书，可是娶了研究生毕业的富家千金，摇身一变成了家财万贯的公子哥。

张大荒明白了，过去的苦日子已经一去不复返了，取而代之的是崭新的生活。

醒悟后的张大荒有些飘飘然，他嘴里哼起了小曲，站起身从厨房里拿出一瓶白酒，给自己和李金翠各倒了一杯。他举起杯，兴奋地说："为好日子，干杯！"

李金翠白了他一眼，说："大早晨的喝什么酒！"嘴上虽然这样埋怨着，但手上的动作没有停，端起酒杯一饮而尽。

就在这样一个冬日的早晨，一个再平常不过的早晨，张大荒和李金翠夫妇竟然喝醉了。

论辈分，张大荒是我堂哥。我的父亲兄弟四人，我们小一辈的男丁共十一人，张大荒是老大，我是老幺，张大荒的大儿子都要比我大四岁，我和张大荒的二儿子是同一年生人。

虽然是亲堂哥，但因年龄相隔太远，我和张大荒并不亲近，更无交集。孩童和青年时代，我更愿意和张大荒的儿子们腻在一起。

我喊张大荒堂哥，张大荒的儿子们直接喊我的名字，对于这些，我没有觉得不妥。大人有大人的圈子，孩子有孩子的世界，互不干涉，这样最好。

每次去张大荒家里，如果赶上饭点儿，张大荒夫妇都会热情招呼我留下吃饭，但我每次都会推脱。我并不是因为生疏，抑或是对饭菜不感兴趣才推脱，相反，看着桌子上的饭菜，我有时馋得直咽口水。我之所以不为所动，始终坚持着原则，是因为我母亲的教诲。母亲说李金翠不是什么好人，对自己的婆婆都不好，更不会对别人好，去她家玩可以，但绝对不能吃饭。

对于我的坚持，张大荒夫妇起初显得很惊讶，也很无奈，可后来次数多了，他们也开始见怪不怪，甚至有时候连招呼都不打了。张大荒一家人吃饭的时候，我基本上都会回避，到厢房看会儿书，或是看会儿电视，实在躲不过，就找借口回家。

张大荒一家人吃饭很快，也很有意思。在张家庄，饭桌上聊天似乎是不成文的规定，家人之间几乎所有的聊天都是在饭桌上进行的，这与古语中说的“食不言，寝不语”大相径庭。其实现在想想，除了饭桌上，一家人真的很少有聊天的时间和机会。大家白天在地里耕种，劳累一天，晚上看会儿电视就休息，也只有在吃饭的时候，一家人才能够聚在一起，聊些家长里短的事情。

但是，张大荒一家人吃饭从来不说话。他们吃饭速度很快，低着头，眼睛看着碗筷，飞快地把饭菜送到嘴里。我偷偷计算过，他们家一顿饭下来，一般不超过十分钟。我读中学时，有过一盒饭五分钟左右吃完的记录，但因为吃得太快，惹得肠胃不舒服，三年中学读下来，差点儿落下胃病。

我们这一家族的人，大部分身材都比较矮小，最多也只是中等身材，但张大荒的三个儿子却完全打破了这个规律。他们好像天生的衣服架子，在青年时期身高就已经出类拔萃，等到完全成年，他们兄弟三人的平均身高已经超过了一米八。

个子高，长得不丑，村民们说起张大荒的三个儿子都会竖起大拇指。他们艳羡地说：“真是三个好小伙啊！”

“好小伙”这个称谓在张家庄是对年轻男性最高的赞美了。张家庄人评价“好小伙”有三个条件：身高要够，体质要好，长得要俊。那个时候，张家庄还比较封闭，外出打工还不流行，会种地是所有人最骄傲的事情，村里的后生大部分留在家里务农。其实，张大荒的骄傲，是伴随着儿子们的成长一点一点显露出来的。

张大荒最大的特点就是懒。而懒和馋往往分不开，张大荒既懒又馋，只不过在物资匮乏的年代，馋这个特性常常会被忽略掉，而懒的特征会被无限放大。

张家庄虽然贫穷且群山环绕，但山地还是有的。在山地上种些玉米、谷子及豆类，遇上好年头，收成还是相当不错的。

老祖宗在搬迁到张家庄后，也留下了漫山遍野的宝贵财富，那就是枣树和核桃树。这些果树，都有上百年的历史了，枝繁叶茂，从山上向张家庄望去，几乎覆盖了整个村落。

果树和山地被村支书划分了区域，按照人头分给村民们管理。辛勤的村民把自己的山地和果树打理得井井有条，他们只要一有时间就会下地干活儿，一年到头，除了冬季，也只有天气不好的时候才会在家休息。

俗话说得好，心在哪里，成果就在哪里。把身心全部投在田地里，粮食不丰收才怪。粮食丰收了，自家人吃不完，就拿到镇上去卖，久而久之，村里的贫富差距开始显现。

我的父亲和母亲勤劳得有些过分，别人家孩子的寒暑假都是在嬉闹中度过，唯有我们兄弟几人，是跟父母一起在田地里度过的。我和父母扛着锄头走过村子中心，常常会看到张大荒的三个儿子在和小伙伴们玩耍。

所以，在孩童时代，整个张家庄我最羡慕的就是张大荒家。在我的印象中，张大荒几乎很少下地，偶尔去一次，也只是象征性地劳作一下，大部分时间他都是躺在树荫下睡大觉。有几次与张大荒相遇，他咂着舌头对我父亲说："四叔，让孩子歇会儿，那么拼命干吗？"

"少壮不努力，老大徒伤悲。"父亲书读得多，说话文绉绉的。

张大荒听不太懂，摇摇头，嘴里哼着小曲，慢悠悠地向家的方向走去。回家要穿过许多田地，每每遇到熟识的村民，张大荒就会停下脚步，与人家攀谈几句。张大荒的话语大多都含有奚落的意思，他总是跟村民们说，对自己好点，那么辛苦干什么。

听到张大荒的话，村民们都是笑而不语。张大荒自觉没趣，讪讪地离开。

质变离不开量变，张大荒因为懒惰造成的恶果在几年后才彻底体现出来。经过几年的积累，大部分村民家里都堆满了粮食，粮食换的钱存了厚厚的一摞，唯有张大荒家，米缸里永远空空如也。三个儿子正值“半大小子，吃死老子”的年纪，张大荒家的日子变得捉襟见肘。

张大荒和父母关系不好。那个时候张大荒的父亲还健在，身体还算硬朗。张大荒向父母求救。他母亲不忍心，偷偷给张大荒一些粮食，他父亲拦着不让，对张大荒说：“我和你已经断绝父子关系，我的粮食凭什么给你。”

张大荒脸皮厚，舰着脸死赖着不走。他父亲气得胡子翘得老高，把拐杖用力地敲打在地上，发出“咚咚”的声响，良久，嘴里骂道：“你这个王八犊子，造孽啊！”

这个孽是张大荒自己造下的。张大荒二十岁那年，父亲给他张罗了一门婚事，是老战友家的女儿。父亲和这个战友是过命交情，两家在很早的时候就指腹为婚，只等孩子到了适婚年龄就操办婚事。

张大荒的父亲原以为可以为张大荒做主，他拍着胸脯对战友说，这事包在他身上。没想到在找张大荒摊牌的时候，张大荒死活不同意。张大荒拒绝得很坚决，他告诉父亲，自己有相好的了。

张大荒的相好就是李金翠。李金翠家住邻村，至于她是怎样认识张大荒并和张大荒好上的，谁也不知道，张大荒和李金翠也不说。李金翠的父亲不同意这门婚事，可眼瞅着这门婚事将要黄掉的时候，李金翠和张大荒分别告诉了各自的父母一个天大的消息：李金翠怀了张大荒的孩子。

未婚先孕在那个时候的张家庄，比原子弹爆炸还让人震撼。张大荒这样做就是不孝，而李金翠如果不与张大荒结婚，这辈子的名声算是毁了。

张大荒的父亲被气病了，他没脸再见战友，觉得这一切都是张大荒造成的，他在病床上对张大荒说："从此以后，我没你这个儿子。"

张大荒并没有认识到父亲说这话的严重性，以为父亲是正在气头上，等气消了，再说些好话，这件事情就过去了。但是张大荒没有想到，军人出身的父亲性格倔强，说一不二，话一旦说出口就没有挽回的余地。就这样，张大荒结婚二十多年来，他父亲从没让他踏进过家门半步。

父亲不认他这个儿子，张大荒心里憋着劲儿。作为家族的长子，作为我们兄弟十一人的大哥，不管怎样，面子上的事情还是要做的，逢年过节，张大荒都会给父母送些吃的。父亲当着张大荒的面把吃的扔出来，母亲夹在中间，只有黯然流泪的份儿。于是后来，张大荒每次都是趁父亲不在的时候回家，待父亲回来问起东西哪里来的，母亲便撒谎，说是女儿送的。父亲心里明白，也就睁一只眼闭一只眼了。

李金翠对张大荒的父母一点感情都没有。结婚时拦着，婚后一点都不帮衬，天底下有这样做父母的吗？李金翠想不开，仇恨的种子就是在那个时候种下的。李金翠告诉她的孩子们，长大后不准孝顺爷爷奶奶，还在张大荒面前直呼张大荒父母为"老不死的"，张大荒敢怒不敢言。

若不是家里实在过不下去，若不是李金翠逼得紧，张大荒是无论如何也不会向父母开这个口的。张大荒虽然懒，但作为男人，多少还是有点血性和骨气的。

父亲把张大荒骂了一通，骂过之后，吩咐妻子为张大荒装了一袋玉米。张大荒把玉米扛在肩上，母亲送他出门的时候，小声对张大荒说：“不够了，再来家里。”

此后几年，张大荒一直被父母接济着，直到张大荒的父亲突然去世。父亲下地干活，突发脑出血，栽倒在地，再也没有醒过来。张大荒的母亲哭天抢地，因伤心过度也病倒了。张大荒料理了父亲的后事之后，想把母亲接过来，结果李金翠死活不同意。李金翠放出狠话，要是把老人接过来，她就离婚。张大荒怕把事情闹大，也只好作罢。即便这样，李金翠依旧不依不饶，指挥张大荒把父母家的粮食大部分都弄到自己家里，只给张大荒母亲留了很少一部分。李金翠说，张大荒母亲年纪大了，吃不了多少东西，放在她那里，迟早坏掉。

虽然有父母的暂时接济，但张大荒家的日子依然十分艰苦。贫贱夫妻百事哀，日子不好过，李金翠天天和张大荒吵架，鸡毛蒜皮的事情也能吵上一天，有时吵得狠了，还动起手来。张大荒不敢还手，躲躲闪闪的，身上到处都是李金翠留下的抓痕。

这样的日子没人能过得下去，张大荒也不例外。我父亲和村里一些能干的手艺人组成了一个建筑施工队，因为要照顾家里，还有地里的庄稼，这个施工队只接本村或邻村的活儿。父亲是这个施工队的头头儿。在张大荒找上门，表明要加入这个施工队的时候，父亲心里一百个不愿意，但迫于亲情，勉强答应。父亲对张大荒提出要求，加入施工队可以，但是必须要踏实吃苦，绝对不能偷懒。张大荒满口答应。

就这样，在第二天早晨，张大荒就搭乘父亲的三轮车向邻村工地出发了。时值初春，春寒料峭，三轮车四面透风，风吹过来，令人忍不住打起寒战。其他村民都穿了厚实的棉服，只有张大荒穿了单衣，风打在身上，瑟瑟发抖。

父亲毕竟是长辈，虽然看不惯张大荒的为人处世，但亲情还是要顾及的。父亲把大衣脱下来递给张大荒，张大荒稍做推辞便穿上了。

到了工地，大家都热火朝天地干起来，张大荒却总是干一会儿就歇一会儿，说是第一次干，有些不适应，干几天就好了。

大家知道张大荒的本性，也不与他计较。吃午饭的时候，大家买了馒头和菜，父亲带了自家酿的枣酒，张大荒嘴馋，不一会儿工夫就喝掉了两杯。两杯酒下肚，张大荒有些醉了，午休过后，别人都陆续起来干活儿，唯有张大荒躺在草垛里睡了整个下午。张大荒睡得非常香甜，时不时打着呼噜，弄得他人心烦意乱。

到了晚上下工的时候，张大荒依然还在熟睡，父亲把张大荒叫醒，又好气又好笑。村民们埋怨张大荒，张大荒只是讪讪地笑，说："下次不会了，下次不会了。"

"你还想有下次？"父亲没好气地说。

听了父亲的话，张大荒慌了，用哀求的眼神看着父亲说："叔，让我再试试吧！"

父亲最终还是心软了，愤愤地说："再给你一次机会，再这样下去，可别怪我六亲不认！"

接下来的几天，张大荒收敛了许多，虽然也偶尔偷懒，但不敢那么明显了。

父亲的施工队是先干活儿，后结账，而且时常会被雇主欠账，工钱并不能准时结算。父亲和其他村民熬得住，可张大荒却撑不下去了，工钱不结算，拿什么养家？他家里粮食不多，三个儿子还在上学，再这样下去，家里的人非饿死不可。

张大荒向父亲求助，父亲也没办法，只好先预支他部分工钱，暂时养家糊口。李金翠也急，日日夜夜和张大荒闹，闹得急了，张大荒索性赖在家里不上工了。

李金翠恨铁不成钢，经过激烈的思想斗争之后，李金翠终于屈服了。

李金翠在村里口碑不好，可做饭是把好手，尤其是炸油条。她炸的油条外酥里嫩，金灿灿的，着实吸引人。李金翠把炸油条的家伙什儿找出来，把多年不骑的三轮车重新修整了下，决定亲自出马，去卖油条。

这是不得已的办法，如果家里男人有本事，怎么会让自己的女人抛头露面。在张家庄那个封建、封闭的小村庄，女人的天职就是相夫教子，女人出来做事，家里男人是要被戳脊梁骨的，让整个家族都抬不起头来。

李金翠顾不得那么多了，她一边收拾东西，眼泪一边滴滴答答地落下来。李金翠心里委屈，她自从嫁给张大荒，从来没有掉过一滴泪，而这次，却实实在在地哭了一回。李金翠怪自己的命不好，嫁了个没本事的男人，但事已至此，也无可奈何。

张家庄的村民习惯早起，五点钟天蒙蒙亮，家家户户就开始生火做饭，七点多钟就已经收拾妥当外出下地了，所以李金翠的买卖只能在早上五点到七点多这个时间段进行。这就意味着，李金翠要更早起床。

卖油条的第一天早上，李金翠又哭了一回。早上三点多钟，李金翠起床的时候，摇醒了张大荒，说："你再睡一会儿，然后起床给我打打下手。"

结果一个多小时过去了，张大荒没有一点动静。李金翠强压着怒火到屋里一看，张大荒的鼾声打得正响。她拿起床边的木棍，恨不得一棍把张大荒打醒，可是棍子扬到半空中还是停住了。李金翠扔了棍子，眼泪掉了下来。

好多年不做油条，加上天冷，火不好点着，折腾半天，李金翠好不容易才把一切收拾妥当，没想到炸第一根油条的时候火候没掌握好，油条被炸糊了。李金翠心里着急，手里的动作就有些忙乱，结果被油花烫了一下。李金翠尖叫一声，把筷子扔在了地上。

李金翠太委屈了，想想自己不争气的老公，又想想自己过的苦日子，便没忍住，“哇”的一声大哭起来。李金翠的哭声惊醒了张大荒，他以为出了什么大事情，一骨碌从床上滚下来，撒丫子就往院子里跑。待弄清事情的缘由，张大荒懊悔不已，他向李金翠发誓，以后每天早起，帮李金翠炸油条。

因为跑得太急，张大荒忘记穿衣服了，只穿了一条短裤在身上，待他神经放松下来，才觉得格外寒冷。他打着寒战，像秋天里的落叶。看着瑟瑟发抖的张大荒，李金翠的心软了，她说：“赶紧把衣服穿上。”

张大荒像是得到了特赦令，转身又跑到屋子里去。经过这么一折腾，时间过去了一大半，等李金翠推车出门的时候，钟表时针已经指向八点了。

八点的村里，冷冷清清的，偶尔有人出现，也是脚步匆匆。李金翠骑车转悠了一会儿，结果一根油条都没卖出去。李金翠心灰意冷地回到家，刚到家门口，张大荒就献着殷勤迎了上来。张大荒看李金翠脸色不好，心里已经全明白了，他说：“没事，中午和晚上我再出去卖一次。”

李金翠不理他，张大荒自讨没趣，背着手出门了。

中午和晚上，张大荒果然骑车出去叫卖了，油条已经变冷，贱卖也比浪费好。没想到，张家庄人爱图小便宜，一整车油条，不大工夫就被抢光了。张大荒骑着车，哼着歌往家走，脸上挂着兴奋的笑容。张大荒乐坏了，这下好了，再也不用为钱发愁了。

对于张大荒的成果，李金翠显然没有预料到，她愣了一会儿才反应过来。李金翠心里突然升起莫大的希望，这个家的好日子就要来临了。

此后几年，不管刮风下雨，李金翠都会准时出门。她骑着三轮车，车上装了满满的油条，一杆略显陈旧的秤被擦拭得油光锃亮。李金翠满脸笑容，逢人便热情地打招呼。村民们惊讶地发现，李金翠变了，变得和蔼可亲了。我也切身感受到了李金翠的变化，在路上遇到，李金翠会从车上跳下来，往我手里塞上几根油条。我不知道如何是好，手里拿着油条愣在原地，李金翠笑着招呼我："快吃吧，还热乎呢。"

李金翠变了，至少变得吃苦耐劳。张大荒也变了。自从李金翠撑起这个家之后，张大荒变得更懒了，之前还会下地干活儿，偶尔会跟父亲的施工队外出几天，可现在，每天除了打麻将，就是哼着小曲在村里瞎转悠，偶尔还喝得醉醺醺的，很晚才回家。

李金翠看在眼里恨在心里，但对于张大荒的变化，她并没有过多干涉。没日没夜的操劳，让李金翠苍老了许多。一有时间，李金翠就在补觉，严重的睡眠不足，让她没精力与张大荒计较。

2002年，张大荒家发生了一件大事，也是轰动全村的大事。那时，李金翠的油条生意已经做了六年。六年来，李金翠把全部希望都寄托到三个儿子身上，她时常对儿子们说："一定要争气，妈就是累死，也要供你们读书。"

李金翠的辛苦，她的大儿子大龙全部看在眼里。张大荒是家族的长子，却没有长子的样子，没有给兄弟们做好榜样。大龙是小一辈人的老大，他发誓，一定不会像父亲那样，给家族丢脸。

穷人家的孩子早当家，张大荒的懒惰和李金翠的付出，给大龙的学习带来莫大的刺激。

大龙要做大学生。大龙知道，要改变这个家庭的状况，读书是唯一出路，只有自己考上大学，父亲和母亲才不会被村里人耻笑，家里人才会抬起头来。

大龙的大学录取通知书邮寄到村里的时候，大龙正在和母亲一起走街串巷地卖油条。村里的信件都是由村大队收发，谁家有信村会计会用村里的大喇叭进行广播。大龙听得清楚，是自己没错，他飞快地向村大队跑去。拿到信的时候，大龙哭了。

信件是河北大学邮寄过来的，不用拆开就知道，大龙考上了河北大学。村会计见大龙愣在那里，手里拿着信封，眼泪滴滴答答往下掉，就问："怎么了？"

大龙没说话，他把手里的信递给村会计。

村会计疑惑地把信件拆开，只看一眼，便惊呼一声。信件上白纸黑字地写着，大龙被河北大学工商管理专业录取了。河北大学在河北是最好的大学，大龙被河北大学录取，是村子里的荣耀。村会计一刻都没犹豫，立刻在大喇叭里把这个消息广播了出去。

听到这个消息的时候，李金翠正在给村民称油条，她的手一哆嗦，秤掉在地上，油条也掉了。据在场的村民后来描述，当时李金翠的眼睛直勾勾地，一会儿哭，一会儿笑，像是疯了。

大龙成了村里的名人，村民们恨不得用八抬大轿抬着大龙游街。

其实最高兴的不是李金翠，不是大龙，而是张大荒。张大荒兴奋得几乎癫狂。父以子贵，大龙出息了，说明这个当父亲的也不差，在村里，张大荒有足够的资本吹牛了，这下再也没有人敢瞧不起他了。

张大荒被幸福包裹着，全然忘记了五千多元的学费要从哪里来。这些年，全家的花销都是李金翠卖油条赚来的。自从李金翠做油条生意后，张大荒再也没有出去打过工，他甚至很少下地，他家的地完全荒废掉了，野草长到了一人多高。

李金翠每个月只给张大荒少得可怜的烟钱，五千多块钱，就是把他逼死也拿不出来。张大荒好面子，他怎么肯在儿子面前低头，说："钱的事我想办法，你只管好好读书。"

大龙低着头不说话，李金翠起身到里屋，窸窸窣窣地翻东西。不一会儿，李金翠拿着一个布包走了出来。李金翠把布包放在地上，慢慢地把它打开，布包里是一摞摞零钱，五毛一块不等。

李金翠把零钱一摞一摞拿出来说："这些年卖油条的钱都在这里了。"

大龙依旧没有说话，张大荒两眼放光："你竟然背着我藏了这么多钱？"

听了父亲的话，大龙突然气不打一处来。他猛然站起来，指着张大荒的鼻子说："你闭嘴吧！"

张大荒没想到大龙会这样对自己，他愣了一下，随即扬手就给了大龙一巴掌。还没等大龙做出反应，李金翠就扑了上去，一边撕扯张大荒的衣服，一边疯狂地咒骂。

那是一场混乱的家庭战争，相信很多村民都听到了李金翠凄厉的哭声。这场战争最终以张大荒落败而收场。张大荒脸上、身上添了许多新伤，都是被李金翠抓的；李金翠也没好到哪里去，脸上挨了一巴掌，血丝顺着嘴角淌下来。

大学四年，大龙从来没有回过家，他甚至没给家里打过一个电话，写过一封信。村民们问张大荒怎么没见大龙回来过，张大荒讪讪地笑，搪塞说："我怕耽误他学习，不让他回来。"

在大龙读大学一年级那年，张大荒的二儿子和小儿子辍学了。这两个儿子不是读书的料，张大荒安慰自己，家里有一个大学生就足够了，剩下的两个儿子随他们去吧。

二儿子去了镇上学厨师，小儿子则去了北京做保安。

大龙再次回张家庄已是四年后的夏天，和大龙一起回来的还有他的女朋友。大龙告诉母亲，他大学毕业了，要和女朋友去邯郸。

李金翠把大龙拉到一边说：“我们家已经很穷了，你不能再找穷人家的孩子做媳妇。”

大龙明白李金翠的意思，他点点头说：“妈，你放心，我懂。”

李金翠忽然笑了：“从小到大你都是最懂事的。”

大龙只回来了几天就匆匆和女朋友去了邯郸。临走的时候，大龙对张大荒和李金翠说：“婚礼的事情不用家里操心，以后我会寄钱回来。”

大龙的婚礼是在邯郸办的。张大荒原本想在村里办一场，但大龙坚决不让。张大荒有些气急败坏，他说：“婚礼必须要在村里办一次，不然村里人笑话。”

大龙不理这些，他已经长大了，自己的事情自己做主。大龙说：“我的事不用你管。”大龙的语气很坚决，堵得张大荒半天说不出话来。

大龙果然每个月都往家里寄钱，起初是几百块，没过几个月就开始几千几千地往家里邮寄。成家的第二个年头，大龙开着车回村里了，车里坐着他的妻子和新出生的女儿。大龙发达了，在大龙面前，张大荒觉得自己底气更加不足了，低眉顺目的，像一条小哈巴狗。对于大龙的话，他开始变得言听计从。

张大荒家的日子开始好过起来，这是张大荒做梦都没想到的。大龙每次寄钱回来，都是寄给李金翠，张大荒手里依然没钱。为了讨好李金翠，张大荒在李金翠面前变得更加唯唯诺诺，李金翠稍有不如意就拿张大荒出气。

说来也怪，人倒霉的时候，喝凉水都塞牙，可是运气旺的时候，好事一桩接着一桩，挡都挡不住。张大荒的二儿子和小儿子也娶了老婆，摇身一变，都成了有钱人。张大荒家在村子里的地位一下子上了好多个台阶。

张大荒突然觉得自己腰杆硬了，走起路来都虎虎生威的。之前，张大荒很少出门，他生怕别人笑话，现在不同了，他一刻都不愿意在家待着，恨不得每分每秒都扎在人堆里。有艳羡的村民讨好张大荒，张大荒开始变得飘飘然，于是，在2010年冬日的夜里，张大荒借着酒劲说出了“这年头，没钱能叫人吗”这样的豪言壮语。

这句话后来变成了全村人的口头禅。村民们教育孩子要向张大荒的三个儿子看齐，有好工作不如娶个好媳妇。

我也曾经被母亲这样教育过，但我相信，这并非母亲的本意，她是怕我过苦日子。

我已经许多年没有见到过张大荒的三个儿子了，听母亲说，他们过得越来越好。

我问张大荒的近况，母亲说张大荒得了糖尿病，每天要花很多钱治疗。

母亲最后说：“这人啊，各有各的命数，张大荒穷了一辈子，好日子怕是过不了喽。”

听了母亲的话，我突然想起2010年冬天那个下着雪的夜晚。我仿佛看到张大荒在酒桌上微醺的样子，他举起酒杯，猛喝一口酒，眼睛眯成一条线，似笑非笑地说：“这年头，没钱能叫人吗？”

第二章

藏在流年剪影里

逃离张家庄

张家庄的女人大多命苦。

命苦的大半原因在男人身上。张家庄的男人分两种：懒惰好赌和勤劳善良。村子不大，风气却不好，懒惰好赌的男人是大多数，勤劳善良的男人在村里是少数和异类，更令人可气的是，村里的女人们自己却感觉不到。她们和大多数男人一样，瞧不起那些勤劳持家的男人。勤劳持家的男人疼老婆，在她们眼里就变成了无能；在家里呼三喝四、大呼小叫的男人，在她们眼里才有十足的男人味。张小叶却不是这样的女人。

中学时，张小叶对我说："我一定要靠自己的努力改变命运。"

张小叶的话让我很惊讶。张家庄的女人都认命，三百多年了，不认命还能怎样。村里重男轻女思想严重，女人读书少，下田种地，生儿育女才是正道。

张小叶和我同龄，是青梅竹马的玩伴。张小叶的母亲和父亲有过私奔的经历，这在张家庄是天大的污点。这对男人无所谓，但女人会被戳脊梁骨，会被骂荡妇，甚至一辈子都很难在村里挺起胸膛。

在张小叶很小的时候，她就听到了许多绯言绯语。张小叶是家中老大，她还有一个弟弟，父亲常年在外地打工，家里一切事物都靠母亲打理。可能是畏惧村里流言，张小叶父亲很少回家，生活费都是托村里同去的工友捎回来。母亲问起父亲的事情，工友推脱："工地忙，走不开。"母亲便不再说话，躲在角落里偷偷抹眼泪。

"守活寡"这个词是张小叶读中学时候学会的，她觉得这三个字是对母亲最贴切的诠释，她恨父亲，恨这个村子。在那个时候，她心里就已经埋下了一粒种子，无论如何，也要逃出这个村子。

张小叶家距离我家不远。村里没有人愿意与张小叶家来往，但我的母亲却是例外。母亲的善良，给张小叶一家带来些许温暖，在无数个夏日的夜晚，两家人在一起乘凉，大人们谈家常，小孩子们玩过家家。也是在那个时候，我在小小的心灵里已经把张小叶当成了亲人，但感情是模糊的，还只是想保护张小叶的一种冲动和懵懂的情感。

小学六年级的一天，我和张小叶在学校里玩游戏。游戏名字叫"炸麻花"，就是两个人把手拉在一起，另一个人站在两双手围成的圈子中间当"麻花"，然后拉手的两个人用力，把站在中间的人抬起来转一个圈。

那天玩这个游戏的时候，我当"麻花"，张小叶和另一个男生手拉着手。我们玩得很开心。但就在游戏玩到一半时，不知怎么的，张小叶的手突然滑脱，导致我头顶朝下重重栽在地上，头被撞破，左眼眼角处被划了一个口子。

鲜血一下子就涌了出来，张小叶吓得哇哇直哭。我被闻讯赶来的老师背去了村里卫生所，等我的母亲和张小叶的母亲赶到诊所的时候，我头上和眼睛的伤口已经做了包扎。头顶的伤口还好些，眼睛的伤口比较严重，缝了几针。医生对母亲说："伤口无大碍，只是怕会留下伤疤了。"

张小叶依偎在母亲身旁，一个劲儿地哭。我母亲见状，蹲下身子安慰她说："不怕，不怕，没事了。"张小叶的母亲一直在道歉，对于我的状况，她很抱歉，其实更多的是怕母亲从此之后埋怨她，如果真是那样，她在村里可真就一个说话的人都没了。

这次事件之后，我的左眼角处果然留下了一道伤疤，伤疤不是特别明显，但仔细观察依然能够清楚地看出来。对于母亲的宽容，张小叶的母亲非常感动，感动之余来家里串门的次数越发频繁了。每次来，她都带着张小叶，手里会端一些自家做的饭菜，还有张小叶父亲托人捎回来的点心。

我不爱吃点心，但张小叶喜欢，我就把这些点心全部塞给张小叶。张小叶看看我，又看看她的母亲，在得到母亲的默许后才开心地吃起来。张小叶的母亲说："你看，哥哥多让着你。"

我的母亲就在一旁笑，笑着笑着，两位母亲就达成了共识，要为我和张小叶定娃娃亲。

母亲问我："你喜不喜欢小叶啊？"我拼命地点头："喜欢！"

"我不喜欢"，张小叶喊。她把点心扔在地上，一边往家的方向跑，一边喊："我不要，我不要。"

张小叶母亲很尴尬，她说："这个孩子，从小让我惯坏了。"

张小叶的中学是在乡里读的。家里为让我有更好的学习环境，把我送到了镇上的私立中学。学校实施封闭式管理，学生每个月才被允许回家一次，每天要跑操，吃饭睡觉的时候都有老师专门盯着。这种环境让我很压抑，压抑之余，更多的则是想念张小叶。

张小叶的学习不好，初一刚开始，班里的学生就已经分出了三六九等，张小叶属于被老师遗忘的那拨人。张小叶很着急，她对学习不感兴趣，看来学习这条路是走不通了。怎样才能走出张家庄呢？这个问题就像一块巨石一般压在张小叶心上。

张小叶开始频繁地给我写信，在信中向我倾诉烦恼。起初张小叶的每封信我都回复，但渐渐地我回复的越来越少，我的学习压力也大，同学们都拼命读书，我不能落在他人后面。我性格要强，一心扑在学习上，花在张小叶身上的心思就越来越少。

我并没有意识到，我的这种态度已经伤害了张小叶，青春期的女生最是敏感脆弱。突然有一天，我收到张小叶给我写的信，她在信上写道："我不会再打扰你了，我已经下定决心，走另一条路。"

什么是另一条路？我始终想不明白，也无暇细想。我回信安慰她，我说："不要想太多，好好学习，读书才是唯一出路。"之后张小叶再也没有给我写过信。虽然我也曾有过一段时间的惆怅和失落，但很快就被繁重的学业压了下去。我利用学校放假回家探亲的空档，专门找过几次张小叶，但每次她都不在家，问张小叶的母亲，她总是一副欲言又止的样子。学校再一次放假，我没有回家，我坐了大巴车赶去了张小叶就读的乡中。这是我第一次去乡中，刚到学校门口就被眼前景象惊住了。

乡中太破旧了，门口只有一个传达室，传达室里昏睡着一位老人，学生和社会人士进进出出，乱哄哄的，像是菜市场。

进了大门，便是操场。操场是泥土地，地上坑坑洼洼，有些坑洼里还满是污水。若不是亲眼看到，我很难想象，张小叶就是在这种环境下读书的，如果换作是我，我也许会和张小叶一样。对学习无望，一样陷入苦闷中。

我一下子开始理解张小叶的处境了。根据张小叶在信上告诉我的信息，我轻而易举地就找到了张小叶所在的班级。我到达学校的时候，已是黄昏，太阳斜斜地照下来，暖洋洋的。因为是最后一节课，学生们正在上自习，教室里很乱，我站在外面向窗子里望去，然后我就看到了张小叶的脸庞。

张小叶在最后一排靠窗的位子，她一手托着腮，一手拿着笔在纸上写写画画，阳光打在她身上，泛起一层金黄色的光晕。我就那样静静地站在窗外看着张小叶。不知道看了多久，直到院子里响起急促的下课铃声，我才猛然醒过神来。

张小叶站起来，不经意间向窗外一瞥。我看到她的脸上露出了笑容。她打开窗子，喊了一声我的名字，然后穿过教室，飞快地向我跑来。

张小叶在我面前停下来，她平息了下呼吸，兴奋地说："你怎么来了？"

我不愿让张小叶知道，我是特地来找她的。我撒谎说："找一个同学，顺便来看看。"

张小叶说："走，到教室坐着说话去。"

我跟在张小叶身后走进教室。张小叶是住校的，晚上还要继续上晚自习。张小叶问我："晚上你住哪里？"

我支支吾吾答不上来。"住男生宿舍吧，凑合一下"，张小叶说，"我给你安排。"

张小叶依然靠窗坐着。我坐在桌子上，把腿耷拉下来，晃啊晃地。

“你别晃了，我眼晕”，张小叶说。

我停止晃动，但腿不知道放在哪里好，手心里开始冒汗。张小叶看出了我的紧张，她咯咯笑了，说：“你小时候也不这样啊，怎么现在变得这么害羞。”

我没有理她，强装镇定。我岔开话题：“再有几个月就中考了，你现在学习怎样？”

张小叶嘟起嘴，她说：“随缘吧。”

沉默了一会，张小叶说：“我给你唱首歌吧，最近新流行的，很好听。”

没等我说话，张小叶就唱了起来，是任贤齐的《心太软》。那时，任贤齐刚刚凭借一首《心太软》红遍大江南北，乡镇所有音像店里都在播放这首歌。

那是我第一次听张小叶唱歌。张小叶的歌声太美妙了，我呆呆地盯着张小叶，张小叶扭过头望着窗外。我心里在剧烈地活动着，张小叶根本就不属于这里，我要通过我的努力，把她带出张家庄。

张小叶唱完歌，看我还在出神，她伸出手掌，在我眼前晃了一下。我回过神来，我说：“真好听，你应该去当歌星。”

对于我的赞美张小叶很受用，她笑着说：“你什么时候学会哄女孩子开心了？”

晚饭我是和张小叶在食堂吃的，吃过饭，张小叶便把我领到了男生宿舍。她对她班里一个男生说：“我们一个村的，帮忙照顾一下。”

这个男生把我领进屋子，给我找了一个床铺，他指着床铺说：“你睡这里吧，原本睡这里的同学请假回家了。”

我突然很想知道一些张小叶的情况。我问这个男生：“张小叶平时在学校表现怎样？”

男生戏谑地笑了，他说：“张小叶可是名人。”

我很疑惑：“名人？什么意思？”

男生说：“张小叶谈恋爱了，早恋，这事全班同学都知道。”

男生没注意我的表情变化，他继续说：“你不知道吗？你们一个村的，叫张大龙。”

张大龙我认识。张大龙的父亲是张大荒，我和张大荒是堂兄弟，按照辈分，张大龙应该喊我一声叔叔。

我做梦都没想到，张小叶会跟张大龙谈恋爱。我想不明白，张小叶一心想离开张家庄，而张大龙就是张家庄的人，如果张小叶嫁给张大龙，不依然是张家庄的人吗？

这个问题我整整想了一个晚上，我躺在床上翻来覆去怎么也睡不着。就在天蒙蒙亮的时候，我突然懂了。张大龙是目前张家庄唯一一个高中生，听说学习不错，最有可能考上大学。一旦张大龙读了大学，将来肯定会留在城里，这样，张小叶也会走出张家庄。

这是唯一的解释，也是唯一我认为正确的理由。张小叶太作践自己了，张大龙什么家境全村人都清楚，她为什么要往火坑里跳？

对于张小叶的决定我很气愤，也很伤心。第二天早上我就离开了学校，张小叶陪我在学校门口等大巴车。大巴车远远开过来，张小叶一直没说话，就在大巴车将要停下来的时候，张小叶突然对我说：“我早恋了。”

我头也没回，我说：“我知道，你同学都告诉我了。”

然后我就走上了大巴车。大巴车轰隆隆地开走了，扬起一溜烟地灰尘。透过车窗，我看到张小叶冲我挥手，我扭过头去，故意不看她。

说到底，我对张小叶的感情是懵懂的，当这种懵懂被迫戛然而止的时候，是非常疼痛的，但这种疼痛非常浅薄，并不会给我造成多大伤害。所以，我天真地以为，只要我和张小叶不见面或是少见面，她对我的伤害就不会那么大，久而久之，我也会彻底忘记她。

但事实上，张小叶非但没有从我的视线里消失，反而毫无征兆的挤进了我的世界。2001年夏，我考上了县一中。县一中是重点高中，每年都会有清华、北大的学生从这里走出去，而且有好几次，全市的文理科状元都是县一中的。

凭张小叶的学习成绩，普通高中都很难考上，更别提县一中了。可令人没有想到的是，张小叶不仅考上了县一中，还成了我的同班同学。

中考过后，整个暑假我都在思考这个事情，张小叶究竟是怎么考上重点高中的。我一直强忍着不去找张小叶，张小叶也不来见我，倒是张小叶的母亲经常来家里串门，她说："真是天大的喜讯，小叶这孩子竟然考上了县一中。"

我母亲替张小叶高兴，她说："是啊，这两个孩子又要在一起读书了。"母亲说完转过头，对我说："以后在学校，你要多照顾小叶。"

我点点头，站起身来，我说："我去找张小叶。"

张小叶在院子里洗头。我走进院子的时候，她正低着头打洗发液，她闭着眼睛，头发披散下来，很是好看。我在一旁停住脚步，不知道该怎么打招呼。

张小叶听到脚步声，她问："小璞，是你吗？"

"是我。"我回答她，"需要帮你倒水吗？""好呀，"张小叶说，“你帮我打点热水来，哦，对了，顺便把毛巾给我拿过来。”

我帮张小叶打了热水，又拿了毛巾，然后顺手搬一个小板凳，坐在张小叶旁边，看她继续洗头。

张小叶洗头的动作很轻柔，过了好一会儿才洗干净。她用毛巾一边擦拭头发，一边歪头冲我笑着，她问：“你怎么过来了？”

“听说你考上了一中，特来祝贺的。”我说。

“我才不信呢，你肯定是想问我怎么考上一中的。”张小叶说。

见我没有说话，张小叶继续说：“张大龙给我辅导的。”

我问：“你和张大龙谈恋爱，是让他帮你辅导功课？”

“是啊，张大龙学习好，除了跟他谈恋爱，我没有别的办法啊。”张小叶说得很轻巧。

我“哦”了一声，恍然大悟，这个结果印证了我当初的猜测。一心想逃离张家庄的张小叶怎么会与张大龙有瓜葛。这样想着，我突然发现，我有些不认识张小叶了，其实从她跟我说出要离开张家庄的想法的时候，她就已经不再是那个单纯快乐的张小叶了。

虽然我看不起张小叶的手段，但不管怎样讲，进了县一中，张小叶距离自己的目标就更近了一步。

我和张小叶都住校，又是同一个村子的，平时自然走得近些。那个时候，学校里开始流行早恋，校长下令，一定要严查严办，结果越是严查，早恋现象越如雨后春笋般冒出来，捂都捂不住。

因为我和张小叶的关系亲近，曾一度被同学们追问，班里甚至有消息传出，我和张小叶恋爱了。

张小叶喜欢听任贤齐的歌，我专门托人买了他的演唱会光碟送给张小叶，张小叶接过去说了声“谢谢”就扔到了课桌的抽屉里。我有些失落。我暗暗给自己打气，我告诉自己，只要坚持不懈，终有一天可以打动张小叶。

就在我全力争取属于我的爱情的时候，我得到了一个很坏的消息。我就像一个刚刚学习滑冰的人，摔了一个跤，等我爬起来还没站稳的时候，又摔了一个跟头。

这个消息是班里和我要好的同学告诉我的，他亲眼看到，张小叶和校长的儿子抱在一起。

这个消息差点让我晕厥过去，我无论如何也不会相信。我知道张小叶为了离开张家庄会不择手段，上一次张大龙事件就是很好的证明，但打死我都不相信，张小叶会跟校长的儿子在一起。

我气得呼呼直喘气。我请了一天病假，在宿舍里昏睡了一天。我想了很多，这件事，我要亲自验证，眼见为实。

读高一的学生年龄都不大，加之县城落后，学校里化妆的女生很少，张小叶一些细微的变化被我捕捉到了眼里。经过一个多月的观察，我发现每个星期五下课后，张小叶都会化妆出去，走出学校大门后，她会径直去一家饭店。

这家饭店环境很好，但价格不菲，学生很少在这里消费，所以这个饭店显得比较冷清。

我选择了最简单的方式——跟踪张小叶。

在一个周五傍晚，我悄悄地跟在张小叶身后。张小叶没有发现我，她跟往常一样走进了饭店。我不敢距离张小叶太近，因为我怕被她发现。我在饭店对面的包子铺坐下来，点了一屉小笼包，磨磨蹭蹭地吃着包子，眼睛死死地盯着对面的饭店。大约过了一个多小时，张小叶从饭店里走了出来。

天已经完全黑了，包子铺的灯光昏暗，我坐在角落里，张小叶根本发现不了我。张小叶小心翼翼地向四周望了望，确定没人后，她忽然又折回了饭店。

张小叶再次走出来的时候，她的右手挽着校长儿子的手臂，他们看上去很亲密，两个人说说笑笑地走着。因为距离有点远，加之周围人声嘈杂，我听不清他们两个正在交谈什么。我的血液直往头顶冲，我感觉有点站立不稳，我扶着桌子让自己缓了缓神，眼前这个事实太令人震撼了，我做梦都不会想到，张小叶竟然会这么不择手段。我痛苦不堪地回到学校，晚自习都没上，直接穿着衣服就躺倒在宿舍的床铺上。我心里悲痛万分，如果张小叶和班里其他同学恋爱了，我也许不会这么难过，但张小叶的恋爱对象是校长儿子。校长儿子不仅年龄大她许多，而且是有家室的人。

我很气愤，我甚至想立刻把这个消息公布出去，但我最终还是忍住了。

痛定思痛之后，我决定找张小叶谈一次。晚自习结束已经是夜里九点，这个时间在北方的冬天冷得要命。我约张小叶在操场中央的大槐树下见面。

我早早来到大槐树下，借着操场微弱的灯光，我看到张小叶向我跑来。还没等我开口，张小叶把手捧在嘴边，一边哈气，一边搓着双手，她说："怎么了？"

"你怎么能和校长儿子在一起？"我很激动，声音有些颤抖。

张小叶明亮的眼睛突然黯淡下去，她低着头，轻声说："你知道了？"

"我是为你好"，我说，"我不想看你这样。"

沉默了一会，张小叶一字一顿地说："我的命我做主。"

说完，张小叶就向着女生宿舍跑去。张小叶跑得飞快，眨眼就消失在夜色里。我在大槐树下呆呆地站着，我没想到张小叶会是这种反应。我原以为，她会跟我说说她的苦衷，如果真是那样，也许我会替她保守秘密，会原谅她，虽然我知道这对我来说，是非常困难的事情。

最终我还是替张小叶保守了她和校长儿子的秘密。张小叶根本就没有什么苦衷，她只不过想借助校长儿子的力量，尽快让自己离开张家庄而已。张小叶不可能去破坏校长儿子的家庭，更不可能跟校长儿子长久地在一起。张小叶太清醒了，她太知道自己想要的是什么了。与校长儿子在一起只是她的砝码，一步棋子而已。也许对张小叶来说，没有什么比逃离张家庄更重要的了。

纸终究包不住火，虽然我没有告发张小叶，但张小叶和校长儿子的事情还是在一夜之间传遍了学校。张小叶没有脸面继续在学校待下去，被迫在高二下半年退学了。

张小叶是家里的骄傲，张小叶的母亲把全部希望都寄托在她身上，没想到竟以这种结果收场。张小叶母亲气急败坏之下打了张小叶，张小叶哭着跑出家门。

张小叶并没有寻死觅活。事情的发展没有像张小叶预想那般顺利，但她怪不得别人，今天的恶果都是她自己一手酿就。张小叶没有地方可去，她想起初中的同学在保定市里打工，于是用仅有的钱购买了通往保定市的大巴车票。

大巴车把张小叶带到了保定市。同学在一家纺织厂打工，于是把张小叶也介绍进了纺织厂，就这样，原本有大好年华的张小叶阴差阳错地成了一名流水线工人。

张小叶不信命，更不认命，她认为这一切都是暂时的，自己迟早会等来翻本的机会。在这个信念的支撑下，张小叶拼命工作，没多久就得到了老板的赏识，涨了工资。

与其他女工相比，张小叶有文化。老板对她很重视，让她管理女工，帮着做些考勤、工资核算之类的工作。老板的女儿在保定卫校读护理专业。老板见张小叶聪明踏实，不想她就这样被埋没，于是认了张小叶为干女儿，托了关系把她送到了卫校。

张小叶格外珍惜这个机会，她知道，这是她最后的机会了，如果抓不住，这辈子就完了。张小叶在卫校学习格外刻苦，为了赚取生活费，课余时间她到处兼职，当家教、在学校食堂打工等，凡是勤工俭学的工作她都做。

张小叶的吃苦耐劳引起学校一名男生的注意。男生叫李北，是家中独子，家在保定市区，家境非常殷实。

张小叶怎么可能放弃这个机会，李北才刚刚发起攻势，张小叶就缴械投降。张小叶告诉李北，是他魅力大，自己抵挡不住。李北听得飘飘然，发誓要对张小叶好一辈子。

张小叶读卫校护理专业一年级的时候，我刚好参加高考。我打了个电话给张小叶。电话是张小叶同学接的，她告诉我张小叶和男朋友出去了。

我在电话里问："张小叶有男朋友了？"

同学说："是啊，还是个富二代呢。"

大学四年我读得很辛苦，为减轻父母负担，我拼命打工，无暇恋爱。四年里，我偶尔会想起张小叶，会想象此时此刻她在哪里，做些什么。但我也只是想想，对张小叶我不会再抱有任何幻想。我想，也许张小叶已经实现了自己的愿望，彻底与张家庄脱离了关系。

大学毕业后，我留在了城里。我觉得很讽刺，我从来没有想过要离开张家庄，可是我的户口却在读书时迁到了城里，张家庄除了我的亲人，我跟它再无半点瓜葛，甚至若单从户口而言，在严格意义上，我已经不再是张家庄的人了。而张小叶呢，处心积虑地要离开张家庄，结果命运却和她开了个大大的玩笑。

2012年夏天我休假探亲，正好遇到张小叶的母亲在我家串门，她告诉我张小叶已经结婚，定居在保定市里了。就在我和张小叶母亲聊天的过程中，一个陌生男人抱了一个女婴来到我家，张小叶的母亲介绍说："这就是张小叶的丈夫和女儿。"

我站起身和男人握了握手，招呼他坐下。从外表上看，男人大概四十岁的样子，比我要大十几岁。我向张小叶母亲投去询问的目光。张小叶母亲尴尬地笑了，她说："我该回家做晚饭了，小叶在家，你们好久没见，有时间去家里玩。"

张小叶的母亲和女婿走了，望着他们的背影，我呆立良久。

吃晚饭的时候，我特意向母亲问起张小叶的事情。母亲叹了口气，她说："你们两个从小一起长大，我知道你喜欢她，但感情这种事情不能勉强……"

我打断母亲的话，我说："都是过去的事情了，不提了，我只想知道这几年，张小叶发生了什么。"

母亲给我讲述了张小叶的事情。母亲一边讲一边叹气，讲罢，母亲说："都是命啊。"

在母亲的讲述里，我还原了这些年张小叶的生活状态。张小叶在卫校读书期间，一直在和李北谈恋爱，李北的父母很喜欢张小叶。如果张小叶嫁给李北，将是很好的婚姻，但问题出在了李北的工作上。

卫校毕业，李北的父母托关系，希望把李北和张小叶都安排到省附属医院上班。省附属医院可是个好单位，但对员工的要求太严格了。

李北的父母费了九牛二虎之力，花钱疏通了关系，才搞到一个名额。李家犯愁了。李北是独子，这个名额理所应当给他，但李北死活不答应，他爱张小叶，他要把名额让给张小叶。李北的父母气得说不出话来，恨不得把李北扇几个耳光。李北父母的担忧不是没有道理，如果工作给了张小叶，张小叶得到工作，与李北分手怎么办，到时候岂不是竹篮打水一场空。

李北听不进父母的劝阻，他对父母说："我爱小叶，即便真如你们所说，我也认了。"

对于李北的决定，父母虽然百般不愿，但也无可奈何。就这样，张小叶成了省附属医院一名正式医护人员。

张小叶被分到了妇产科，李北则去了一家私立医院。李北的父母催促张小叶和李北的婚事，但都被张小叶挡了回来。张小叶说刚开始工作，等稳定一段时间再说。

张小叶心里有自己的打算。李北很爱她无疑，但李北没有正式工作，现在一切都依靠父母，万一父母不在了，这个家李北根本撑不起来，也给不了她想要的幸福。

就在张小叶犹豫不决的时候，妇产科主任医师开始疯狂追求起这位新来不久的小护士。女大十八变，张小叶是个美人胚子，此时的张小叶举手投足之间都透露出年轻女人的靓丽和成熟女性的味道。

妇产科医生岗位是个肥差，虽然这个主任医师比张小叶大十多岁，也没有李北高大帅气，但这有什么呢，只要他单身多金，什么事情都可以顺理成章。

张小叶最终选择了和李北分手。李北的父母得到这个消息痛不欲生，他们痛恨张小叶玩弄他们家人的感情。于是，在某天下午，李北的父母来到了张小叶工作的医院，打了正在上班的张小叶两耳光。

张小叶已经麻木，她知道自己对不起李家，如果这两耳光能缓解他们对自己的仇恨，至少自己心里会好受点。

张小叶接受了妇产科男医生的追求，两个人很快办了婚礼。婚礼是在保定市举办的，张小叶的母亲和弟弟专程从张家庄赶去参加了婚礼。婚后，张小叶把户口从张家庄迁了出来，她多年的心愿终于达成。

张小叶的爱人有家暴倾向，不喝酒时没事，只要喝点酒，准会把张小叶暴揍一顿，张小叶身上常年都伤痕累累。

我不知道在夜深人静的时候，张小叶有没有后悔过自己当初的决定。为了逃离张家庄，她牺牲了太多，她原本可以凭借自己的努力改写自己的人生，但贪欲让她越走越远。

从张小叶高中退学，我们两个就再也没有见过。我和张小叶偶尔都会回张家庄探亲，虽然我们两家只间隔了很短的距离，但我们始终都没有主动去找过对方。我觉得这样挺好。我不知道我该以怎样的心态去面对张小叶，该恨她，还是怜悯她，这些，我不敢想。

我想，也许再过几年，我会释然地面对张小叶，到时我会给她一个拥抱，并祝福她，因为，她为此已经付出太多。

鳏夫三狼

关于三狼最深刻的记忆保留在我读中学那几年。

三狼家住村口，是我去乡中读书的必经之路。每次经过，三狼都是在吃饭，他端着碗，蹲在板凳上，屁股空悬着，晃呀晃的，仿佛一不小心就要掉下来。远远地见我走过来，他会咧开嘴笑，露出满口因常年抽烟导致的大黄牙，吹一个口哨，嘴里喊：“璞儿、璞儿，扑通、扑通……”

三狼的声音很大，嘴里夹杂着饭菜，发音含糊不清，每到这个时候一起结伴读书的同学们就会肆无忌惮地笑起来。在他们的笑声中，三狼像是受到某种鼓励，越发兴奋，喊声也越来越大。我羞得满脸通红，脚下用力，急匆匆地低着头往前走。等走出去好远，我才敢回过头，鼓足勇气冲着三狼大骂脏话。

我的声音虽然不大，但我相信三狼是能够听到的。他做个起身状，我吓得头也不敢回，嗖嗖地像个兔子似的跑得无影无踪。

我的乳名叫璞儿，全村人都这么叫，唯有三狼以取笑我为乐。因此，我对他恨之入骨。

我曾经怂恿同学去三狼家偷葡萄。三狼家的葡萄藤很茂盛，很大一部分爬上了墙头，把沉甸甸的葡萄悬挂在墙外。我们只要踮起脚，轻轻一跳，就可以摘到香甜的葡萄。

既然是偷葡萄，自然要选择寂静无人的时刻，下雨天最好，非但无人，连地上的脚印也能被雨水冲刷不见。所以，我经常带领大家冒雨偷葡萄。葡萄成熟在秋季，秋雨打到身上，冷得人直打寒战。我不怕冷，心里的愤怒之火正熊熊地燃烧。我瞅准一截藤蔓，用力起跳抓住，结果那处藤蔓缠绕过于结实，我落地时把一大片藤蔓都拉断了，墙外面的葡萄藤全部掉在了地上。

这个结果不在我的预想之内，偷葡萄是解我心头之恨，毁坏三狼家的葡萄藤非我所愿，我们吓得落荒而逃。待天气放晴，我心里忐忑，佯装路过三狼家，看见三狼蹲在地上，一颗一颗捡散落在地上的葡萄。见我走过，三狼难看的脸色突然多云转晴，把沾满泥巴的手在裤腿上擦了擦，摘了两串葡萄，冲着我说："来，吃葡萄，可甜了。"

我心里发毛，慢慢地接过三狼手里的葡萄，然后转身跑掉，只留下满脸错愕的三狼呆呆地站在那里。

那是唯一一次三狼没有取笑我。

第二天上学，三狼又跟往常一样，端着碗，见我走过来，吹一个口哨，嘴里喊："璞儿、璞儿，扑通、扑通……"

我依然是走出去很远，回头骂他，然后跑掉。

就像电影画面一样，这一帧，便是三年。

三狼跟我父亲同岁，是村里的头号鳏夫。在我记忆中，三狼从来都是一个人，破旧的小院被他打理得井井有条，院子里种满蔬菜和瓜果；院子中央有一口水井，忙完一天农活儿，他经常会坐在井边发呆；他吸一袋旱烟，猛嘬几口，把烟锅子烧得发红发烫，尤其是晚上，一明一暗的，悠悠的光，很吓人。

村里父辈人提起三狼都摇摇头，然后咂咂舌，一副痛心疾首的模样，良久才从牙缝里挤出几个字："造孽啊。"

三狼在家中排行老三，年轻时好勇斗狠，目露凶光时，像狼一样，不知是谁就给他起了"三狼"这个诨号，结果一叫就是大半辈子。

三狼的孽要从他的父母说起。三狼的父亲是个老庄稼人，干得一手好农活，可偏偏有个毛病，平时爱喝酒，喝起来非但没完没了，还打骂老婆孩子，尤其是对三狼的母亲，动不动就拳打脚踢。三狼曾为母亲鸣不平，结果被父亲一脚踹翻，发着狠地揍了一顿。

三狼发誓一辈子都不原谅父亲，等自己成家后，一定要对老婆好。

三狼二十多岁那年，父亲病故，外出打工的三狼匆匆赶回家里，对着父亲的棺材又拍又打，一边哭，一边骂，撕心裂肺的，像是要把多年的委屈全部发泄出来。

前来吊唁的村民都被三狼的样子吓到了，大家纷纷后退，远远地看着三狼对着棺材厮打。待三狼打累了，软软地瘫坐在棺材旁，大家才纷纷交头接耳，指指点点。有一个村民说："三狼也太狠心了，对自己的亲爹都下得去手。"另几个村民立刻附和："是啊，是啊，太狠心了，有哪家的姑娘敢嫁给他？"

因为大闹父亲的灵堂，三狼狠心的名号一夜之间便传遍了十里八乡，眼瞅着过了适婚的年龄，还没有一个姑娘愿意上门。三狼的母亲托了好几次媒婆，结果都被媒婆冷嘲热讽地拒绝了。

三狼安慰母亲："娘，我去外面给您领一个儿媳妇回来。"

三狼母亲不说话，眼泪吧嗒吧嗒地掉下来。三狼给母亲磕了几个响头，简单收拾了行李就外出打工了。

三狼这一走便是好几年。三狼没读过书，不会写字；村子里穷，没有电话，三狼彻底与家里失去了联系。

在三狼外出打工的第五年，三狼突然回村了，跟三狼一起回来的还有一个女人，女人怀里还抱着一个两岁左右的男娃。

女人说话村里人听不懂，但男娃却可以对着三狼清楚地喊"爸爸"。这个消息就像一颗炸弹在村里炸开，大家纷纷跑到三狼家去看个究竟。那女人长得很标致，身段婀娜多姿，看得村里几个老光棍儿眼里要冒出火来。

大家议论纷纷，嘴里说出来的话全都是艳羡之词，他们说："三狼这小子，艳福不浅啊。"还有村民说："三狼家的祖坟都冒青烟了……"

三狼要的就是这个效果，他就是要村民们都羡慕他、奉承他。三狼的这个心愿达成了，按道理说三狼应该高兴才是，但他一点都不高兴，非但不高兴，心里还在淌血。三狼的扬眉吐气最希望自己的母亲看到，可是当三狼领着老婆孩子衣锦还乡时，他与母亲却阴阳两隔了。

三狼的母亲在三狼外出打工的第三年就病死在家里。三狼回到家满心欢喜，结果只看到摆在厢房里的母亲的灵位。

三狼对着灵位跪了一宿，说了许多心里话，他把这几年受的罪、吃的苦统统都在母亲灵位面前倾诉出来。

三狼对老婆果然是疼爱有加，就像三狼曾经发过的誓言一样，不仅地里农活儿不让她做，就连洗衣服、做饭等家务都是自己大包大揽。三狼把老婆像花瓶一样摆在家里，怎么看怎么喜欢。

虽然有时忙一天农活儿下来，浑身累得跟散架一样，结果回到家里冷锅冷灶，三狼心里也产生过动摇，但一想到自己的母亲，他立刻打消了所有的念头。

三狼在地里忙农活儿，三狼的老婆也没闲着，虽然言语不通，但跟村里的后生打得火热。三狼的老婆读过几年书，认识一些字，于是写信给自己的姐妹。谁也没想到，信邮寄出一段时间之后，村里竟然来了好几个二十多岁的姑娘。

三狼老婆把几位姑娘介绍给村里光棍儿做老婆。虽然三狼心里不痛快，但看到大家皆大欢喜的样子，也只好睁一只眼闭一只眼。

三狼老婆和其他姐妹每天在一起聊天，叽叽喳喳的，村里人一句都听不懂。没有人知道她们从哪里来，只依稀从三狼口中得知她们来自南方。至于南方哪个城市，三狼只字未提。

最先知道她们家乡是哪里的人是村里的支书。村支书是从三狼老婆邮寄的信封地址看到的，地址是某省一个偏远的镇子。那几年，十里八乡经常会有些南方姑娘嫁过来，村里人也见怪不怪，但对三狼当初的崇拜开始减弱。

虽然日子过得清苦，也经常遭受村民的白眼，但对于多年漂泊的三狼来说，没有什么比老婆孩子热炕头更令他珍惜的了。所以，那时候的三狼过得很惬意，做农活儿的时候嘴里常常哼着曲子，下地回家，兴致来了，也会喝上几口小酒。

村民们的生活就是这样，日复一日地劳作，结婚、生子……一眼就可以看到结果，平淡无奇，索然无味。

三狼的日子也是这样，在这个轨迹上不紧不慢地走着。直到有一天，发生了一些变故，三狼的生活才开始偏离轨迹，向另一个方向发展，并且越走越远。

那是一个深夜，三狼的儿子已经读小学了。临睡前，三狼给儿子掖了掖被角，还在儿子的脸上亲了亲，甚至在儿子的床前伫立了一会儿才恋恋不舍地离开。

三狼的老婆正在织毛衣，天气转凉，老婆说要给三狼织一件毛衣。三狼叫老婆早点休息，老婆说："你先睡，我再织一会儿。"

三狼疼惜地看了老婆一会儿，然后心满意足地闭上双眼，没多久就进入酣睡状态。他甚至做了一个梦，梦到儿子长大了，娶了媳妇，一家人其乐融融的。

可等第二天三狼醒来，一切都变了。

老婆和孩子都不见了，织了一半的毛衣胡乱扔在床上，儿子的书包也没了。起初三狼并未在意，以为是老婆送儿子上学去了，三狼慢悠悠地起床、洗漱、做早饭。待他把早饭做好，依然不见老婆回来。

三狼有些坐不住了，就在他起身准备去学校看一看的时候，听到院墙外有凌乱的脚步声，然后就有人隔着大门在喊："三狼在家吗？"

三狼意识到不妙，便匆匆去开门。三狼刚把门打开，人群就拥了进来。有几个村民绕过三狼直奔屋子，没过一会儿，屋子里就传来哭声。

三狼看看村民，又听听屋子里的哭声，一下子什么都明白了。三狼感觉天旋地转，几乎站立不住。

村民们把三狼围在中间，叫嚷着向三狼讨说法。三狼铁青着脸，一言不发。

三狼的态度最终把村民们激怒了，有村民一把扯住三狼的脖领，举起拳头就要砸。眼瞅着拳头就要落在三狼脸上，三狼突然伸出手，把拳头稳稳攥住，随后用力一扯，把对方扯到一边，顺势往前迈了一大步，又顺手抄起竖在墙边的铁锹。

三狼红着眼，把铁锹抡得虎虎生风，发着狠向村民们身上砸去。村民们见状，纷纷逃窜。

待院子里彻底安静下来，三狼蹲在地上，痛苦地揪着自己的头发，良久才发出撕心裂肺的哭声。三狼的哭声越来越大，后来，他干脆站起来，举起铁锹，把房屋玻璃砸了个粉碎。

三狼把铁锹扔在一边，呼呼地喘着粗气，随后走进屋，胡乱地收拾了些衣服，推开大门，大步流星地向村外走去。

三狼这一走就是一年多，没人知道他去了哪里。后来听村里在外打工的村民说，好像在广西一个小镇曾经见到过三狼，三狼正拿着照片，一个人一个人地询问什么，但待村民冲过去的时候，三狼已经不见了。

三狼再次回到村里时，跟当初领女人回来时一样，又在村里引起了不小的轰动。这次三狼同样领了一个女人回来，这个女人比上次领回的女人还要漂亮，只是依然说一嘴村民们听不懂的方言。

这次三狼对女人特别留意，从不把她一人留在家里，无论是下地干活儿，还是外出走亲，都要把女人带在身边，形影不离。

女人性格很好，对谁都微笑，把三狼照顾得无微不至，给三狼做饭、洗衣服、做家务，什么脏活儿累活儿都抢着干。

三狼刚回村里那天，因为外出一年多，他家院子里长了一人多高的蒿草，加上房屋玻璃被打碎，屋子里落满了灰尘。那情形，要多惨有多惨。

女人一句埋怨的话都没有，挽起袖子就收拾了起来，整整忙活了一天，把屋子打扫得干干净净，里里外外，焕然一新。

村民们似乎已经忘记了一年多前发生的事情，大家又像往常一样来三狼家里串门，就像熟识多年的老朋友。大家围着三狼，亲密地问："这女人是哪里来的？"

三狼不说话，半闭着眼睛，安静地抽着旱烟，吧嗒吧嗒，把烟嘴抽得生响。

村民们自讨没趣，聚在一起嘀咕。三狼也不搭话，任凭风言风语在村里传来传去。

原以为三狼从此会过上好日子，结果没几个月，女人就跑掉了。

女人这次跑掉完全是三狼造成的。因为第一个女人的逃跑，三狼受到非常严重的打击。外出一年多的时间里，三狼开始酗酒，酗酒之后就会发疯，疯起来六亲不认。

之前三狼曾经发过毒誓，一辈子不打女人，结果现在的三狼完全变了，他心里一不痛快就打女人，喝完酒，发疯似的打。

待酒劲儿过去，三狼看着女人满身的伤痕悔恨不已。三狼跪在女人面前，双手抽打自己的脸，请求女人原谅。女人吓得直哭，哭着哭着也跪下来。两个人就这样，抱在一起放声大哭。那场景，见过的村民无不心酸流泪。

女人说："三狼，把酒戒掉吧，我是真心要跟你过一辈子的。"

三狼把家里的酒杯全部打碎，把酒扔掉，结果没几天酒瘾发作，又会买新的回来。

女人最终还是忍受不了，选择了离开。

对于女人的离开，三狼显得很平静，照例下地干活儿，偶尔还和路上碰面的村民打个招呼，没人看出有什么异样。

大概一周后，三狼悄无声息地离开了村子。没人看到三狼是什么时候走的，只是村民们下地干活儿路过三狼家时，发现他家大门紧闭，大门上还挂了一把大铁锁。

对于三狼的突然消失，村民们已经见怪不怪，甚至有村民调侃，三狼肯定又去领媳妇去了。听的人哄堂大笑，笑声里既有不屑，又有少许的艳羡。

村民们猜得没错。差不多前后又是一年的光景，三狼又带了一个南方女人回来。但是这个女人依然没有逃脱挨打的命运，没过多久也离开了。

有村民给三狼计算过，前后二十年，三狼一共领回九个女人，毫无例外，这九个女人在他身边多则三五年，少则两个月，但最终都离开了他。

就这样，三狼从二十几岁变成五十几岁，三狼的半辈子都是在和女人的纠缠中度过的。村里有句老话，是男人就要留后。九个女人中只有第一个女人为三狼生了孩子，其余八人什么都没有留下。

三狼成了村民们讥笑的对象，没人看得起他。尤其是日渐衰老的三狼，日子过得一塌糊涂，这几年的积蓄全部花在了女人身上，有时穷得几乎揭不开锅。

力气活儿三狼已经干不了了，为了生计，他选择了收破烂。他买了一辆破烂不堪的脚蹬三轮车，每天天刚亮，便蹬着车子挨村挨户地收破烂。

五十多岁的三狼在讨老婆这件事上依然没有死心。为此，村支书专程登门，给三狼上了大半天政治思想课。村支书说："不管你能不能想得通，领媳妇这件事就不要再做了，无论如何都是不行的。"

村支书的话使三狼在一夜之间仿佛苍老了十多岁。后来三狼算是想明白了，折腾了大半辈子，一大把年纪也该消停了。

三狼狠着心把酒戒了，破烂收得也更加勤快，常常是天未亮就出门，直到天黑才回来。

半年后，三狼把房子翻了新，院子里种了蔬菜和瓜果，日子一天比一天红火。

在我读中学的时候，三狼已经五十五岁了。那时的三狼更像是一个老顽童，无忧无虑的。那几年村子里修了公路，生活水平一天比一天好起来，陆续有外地姑娘嫁到村里。每当有婚礼的时候，三狼家都是大门紧闭，他把自己锁在家里，直到婚礼结束。

我一直不明白，村里那么多孩子，为什么三狼偏偏爱开我的玩笑。这个谜底直到许多年之后我才弄清楚。在我读大学三年级那年寒假，我和母亲围着火炉聊天，聊着聊着就聊到了三狼。母亲告诉我，三狼的孩子跟我同年同月同日生。

母亲叹口气说："如果第一个女人不走，三狼不至于过成现在这个模样。"

听了母亲的话，我恍然大悟，但心里却堵得厉害。

前不久，我休假探亲，回村子的时候，我故意把车停在三狼家门口，下车跟三狼打了个招呼。多年未见，三狼苍老得厉害。

虽然时隔多年我样貌大变，但三狼几乎是瞬间就认出了我。他咧开嘴笑，吹一个口哨，嘴里喊："璞儿、璞儿，扑通、扑通……"

所有的场景就跟小时候一样，只是这次我并没有匆匆走远，也没有骂脏话。我就那样静静地看着三狼，然后突然笑起来，笑声越来越大，笑着笑着，就流出了眼泪。

过山车

十年前，若问张家庄谁最穷，全村老少会毫不犹豫说出一个名字：铁岭。十年后，若问村里谁最富，大家也会眼睛不眨地说：铁岭。

十年河东，十年河西。铁岭这个人像是有魔力，过山车般走过了一段神奇的岁月。村里人经常把铁岭作为例子，穷的时候，大人教育孩子，不好好读书，将来跟铁岭一样，饭都吃不起；后来十年，大人也会对孩子说，你看人家铁岭，多有出息。

铁岭风光的十年是2004年到2014年。

铁岭忽然之间就富有起来了，听说开了几家贸易公司，还在城里有好几家歌舞厅。

全镇第一辆奥迪车是铁岭买的，乌黑锃亮，闪耀着骄傲的光。车子开回村里那天，全村人都从家出来，站在自家门口，夹道观看，时不时扯着嗓子跟对面的邻居喊：“哟，铁岭这小子，祖坟冒青烟了。”

大年初三，按照村里习俗，除了嫁出去的姑娘回村给父母拜年，其他人是不宜出门的。铁岭和岳父母在同一个村子，两家走路不过五分钟，但相互早就没有来往。自从女儿嫁给铁岭那日起，父母就已经宣布与女儿断绝一切关系。这么多年过去，铁岭也从来没有登过岳父母家的门槛。

春节期间，村民们早饭开得比较晚。大约上午九点钟，铁岭开车出门了，车子开得飞快，车屁股后面跟起一片尘土。大约下午五点钟，一条消息从外面传来，炸了锅似的，瞬间席卷了全村。有村民说："这是我亲眼看到的，我亲眼看到铁岭的车子撞在路边的一块大石上。"

我当时正捧一本书在家门口晒太阳，夕阳西下，寒意渐浓。村民们围聚在我家门口的大槐树下，他们说的内容我听得非常清楚。

从他们的口中，我把片段组织起来，大概明白了事情的经过。

铁岭早上出门，是带着老婆孩子出去游玩的。在距村子大约三十公里远的地方，有一个名叫"聚龙洞"的景点，我读中学时曾经去过，就是喀斯特地貌形成的天然溶洞，后开发成了旅游景点。

往日里景点少有人去，只是春节期间热闹而已。铁岭不用拜年，就琢磨着带老婆孩子出去逛逛。游玩结束，在回村的路上，因为车速过快，拐弯时，撞在了路旁一块突出的大石上。铁岭和老婆受了轻伤，并无大碍，只是小儿子坐在副驾驶座上，安全气囊弹出，硬生生把孩子肺打坏了，还未送到医院，人就不行了。

事情发生的第一天，村民们谈论的时候，满脸悲痛，时不时地摇头晃脑地说："多好的孩子啊，可怜了。"

第二天，有村民咬牙切齿地说："铁岭活该，我说他怎么赚那么多钱，原来干的是非法勾当。"

村民们态度之所以变化这么快，源于一辆开进村里的警车。起初，大家以为是来调查交通事故。没多久，大家便掌握了详情。

警察逮捕了村里一个小伙子。小伙子名叫铁山，跟铁岭是堂兄弟。

铁山一直跟着铁岭跑活，神神秘秘的，没几年也买了车，翻新了房子。别人问起做什么生意时，他"嘿嘿"笑说："就是承包工程，混口饭吃。"

真相是，铁岭一伙儿涉嫌走私假发票。在医院，铁岭就已经被扣押了。

这个消息来得太过突然。村民们一直把铁岭当作白手起家的榜样，原来被骗这么多年。

铁岭的父母在村里属于老实巴交的村民，一辈子面朝黄土背朝天地辛苦劳作。在铁岭发家那几年，他父母依然早出晚归，没有丝毫"一人得道，鸡犬升天"的姿态。

那几年，铁岭家里穷，村里其他人家也穷。说来也奇怪，别人家只要种地就有收成，可铁岭家种啥啥不成。

铁岭正值二十郎当岁，俗话说，半大小子吃死老子，家里没吃的，饿急了就去偷。村里人知道铁岭家的情况，对他家的事情都睁一只眼闭一只眼。

到了铁岭适婚的年龄，村里人生活渐渐好起来，但铁岭家依然没有好转，是村里最穷的人家。

穷人家自然没有人愿意把姑娘嫁过去。村里流行早婚，年轻人十八九岁基本就已经结婚。但铁岭家穷，没人肯嫁，直到三十岁，铁岭依然是光棍一个。

要么说，人这命运捉摸不定，就在所有人都以为铁岭要打一辈子光棍的时候，铁岭和村里一个比他小近十岁的姑娘好了。

村里枣树多，大多长在山沟沟里。白天大家劳作，不觉得深山寂寥，但是到了傍晚，村民们都回家了，山里就会显得吓人。

秋忙时节，天黑路滑，姑娘下山时，不小心滑倒，从半山腰滚落下来，摔得很严重，身子不能动，只能呻吟着喊救命。

如果这时无人相救，姑娘怕是活不成了。可事情就是这么凑巧，铁岭刚好从地里回来，听见叫声，跑过去帮忙。铁岭把姑娘抱在怀里，一路小跑着去了乡卫生室。乡医做了简单处理后，铁岭又把姑娘连夜送到了县医院。

医生说："幸亏送得及时，不然失血过多，后果不堪设想。"

就这样，铁岭一下子成了姑娘的救命恩人。

姑娘康复后，有事没事就往铁岭家跑，一来二去，两个人就好上了。姑娘的家人不愿意，父母劝她："报恩可以，但不能把自己搭进去，你看铁岭家，那么穷，你可不能往火坑里跳啊。"

姑娘梗着脖子，跟父母吵吵："不让我嫁给铁岭，我就不活了。"

父母拗不过，只好答应，但心里的疙瘩结下了，他们放出话来："如果你嫁给铁岭，永远也不要回这个家。"

父母说得绝情，姑娘做得更绝情，婚后至今，真的一次都没回过娘家。

铁岭很感激姑娘，感激得痛哭流涕。婚后没多久，铁岭就带着老婆去了北京。村民们说，他们曾在工地上见过铁岭，他干活儿很卖力气，日子也比之前好过得多。

铁岭在工地的日子过了五六年。日子好过了，但铁岭有块心病一直无法消除——他老婆无法生育。他老婆和铁岭闹离婚，铁岭死活不愿意。铁岭说："就算没孩子，我也不会离婚，你在我最苦的时候跟我结婚，现在生活好了，我把你抛弃，还算什么男人。"

同村的工友说，铁岭说这话的时候，大家都在，大家觉得铁岭特别男人，大家心想，这样的男人今后一定能有出息。那天，铁岭搂着老婆痛痛快快地哭了一场，在场的人都潸然泪下，无不感慨。

几年之后，铁岭带着老婆回村了。这次回来，铁岭和老婆怀里各抱着一个男娃娃。

村民们坐不住了，他们纷纷说："铁岭这小子走狗屎运了。"

听见村民的话，铁岭和老婆相视一笑，笑里有苦有甜，五味杂陈。别人不知道，他们两个最清楚，孩子是抱养的。

孩子身体有病，至于病因，村民们都不知道，只知道孩子长到七八岁时，还和小女孩一样蹲着尿尿。

村里有孩子年龄小，不懂事，起哄说："真丢人，蹲着尿尿，是女生。"

这一直是铁岭和老婆的心病，但好在两人恩爱，孩子懂事，日子倒也不至于那么难过。

我读大学一年级那年，铁岭突然富起来了。有村民说，他看到铁岭背着一大包百元大钞回了村里，包很沉，铁岭走路的样子像个驼背。

铁岭真的像村民口中所描述的那样，瞬间暴富，家里添置了全新的家具、电器。而且铁岭老婆的肚子竟然也一天比一天大起来，后来生下一个大胖小子。

孩子百天宴那天，铁岭邀请全村老少来家里吃酒席。铁岭发给老乡的香烟都是最好的牌子，并且不是一根一根地发，而是整条整条地塞给大家。

铁岭的生意越做越大，村里跟着铁岭出去的年轻人也越来越多。那些年轻人隔几年回来，一个一个都富起来了。

铁岭摇身一变，成了村民们眼中的财神爷。

没有人知道铁岭是做什么生意的，只依稀听说，铁岭开了很多家歌舞厅，甚至有村民说，铁岭身价已经上亿了。

富起来的铁岭做事情越来越高调，好车一辆接一辆地换，在村里也盖起了三层高的别墅，尤其是开车的速度，永远那么嚣张霸气，把村里弄得尘土飞扬。

铁岭虽然有钱了，但铁岭的父母依然贫穷。不是铁岭不给钱，而是他父母根本不要。他们劝铁岭，要踏踏实实做事，不要想着歪门邪道。自己的孩子他们自己最清楚，铁岭的钱来得太容易，早晚会出大事。

铁岭的岳父母也很穷。这么多年过去，铁岭记仇，始终没有进过一次他们的家门，没有叫过他们一声爸妈。

渐渐地，村民们对铁岭的做法有些不满了，年龄大一些的村民对铁岭的行为很不齿，他们唉声叹气地说铁岭忘本了。

但年龄小一些、做着发财梦的村民却把铁岭像神一样供奉着。每当铁岭回村子，他们肯定一股脑儿围上去，谄媚着，希望从铁岭嘴里得到一些发财的诀窍。

铁岭很忙，有时候，一两年才回村里一次。若不是这次车祸，铁岭的故事还会像传奇一样在村里流传。

这次车祸打破了铁岭的传奇，铁岭就像是一位被赶下神坛的“神棍”，遭到了全村人的唾骂。

铁岭被捕的消息像长了翅膀，才半天的光景，就飞到所有人的耳朵里。那几天，村里经常有警车出入，警铃呼啸着，划破寂静的长空，一个又一个村民被警车带走，再也没有回来。

铁岭和被带走的村民们都被判了刑。因涉及金额较大，性质恶劣，铁岭被判终身监禁，其他村民也都判了有期或无期徒刑。

春节我放假在家，目睹了事情的整个经过。看着村民们由艳羡到嫉妒再到悲哀，我心里五味杂陈。铁岭就像一块投入湖泊里的大石，起初惊起一片水浪，但最终沉入湖底，像是什么都没发生过。

后来，村民们对于铁岭这个名字越来越避讳不谈了，偶尔有村民提起，也是一副怒其不争、哀其不幸的模样。

我曾在一个冬日的午夜，围着火炉和家人聊起村里的人和事。聊着聊着，就聊到了铁岭身上，最后大家唏嘘不已，只有母亲在讲述起那次参加百天宴的情景时，眼里的光一下子亮起来，随后又渐渐黯淡下去。母亲叹口气说：“那场景，这辈子怕是再也见不到喽。”

失败者

张家庄的村民对成功的定义有两种，要么有钱，要么有女人。毫无疑问，二伟属于后者。

二伟比我小两岁，论辈分，他应喊我爷爷，可是大家一起从小光屁股长大，这样一喊未免生疏，何况我打心眼里不愿意他这样喊我，生怕喊着喊着，我就真的会变成老爷爷一样。

二伟却很讲究，在村里人面前喊我爷爷，在外人面前喊我哥哥。

2004年，高考结束，在等大学录取通知书的间隙里，我为凑学费随堂哥去北京打工，同去四人，二伟是其中一个。

打工的地方在北京顺义区，那里要建一座二十八层高的写字楼。堂哥照顾我们，给我们专挑一些轻松的工种，比如打打墙眼儿、扯扯电线之类。

无论样貌长相，还是身高体重，二伟是我们四人中当之无愧的领袖，尤其是他那一双小眼睛，含情脉脉，笑起来眯成一条缝，男人看了都要春心荡漾。

二伟的第一个女人就是在这个时候闯进来的。不对，确切地说是二伟硬生生地闯进了她的世界。

工地的马路对面是城中村，村名已经不记得，村子很热闹，一到晚上，大批民工从工地回到村子里，街道两旁满是小摊小贩，瓜果桃李、肉串烧烤，人声鼎沸，好不热闹。

我和二伟一天当中最美好的时光是从晚上开始的。下了工，我们把安全帽斜夹在胳肢窝下，卷起裤腿，溜溜达达向宿舍走去，一路上要穿过整个村庄最热闹的街道。我们偶尔会在某个烧烤摊前停下来，喝上一瓶啤酒，吃上几个烤串，那叫一个美啊。

其实，我们美好的心情除了不用上工，能够看看热闹的街景之外，最大的原因在于，又可以看到娟姐了。

二伟的心思我懂。娟姐是我们宿舍的邻居，第一次见面，我和二伟相视一笑，便心猿意马。

宿舍在村子深处的一座独门小院里，与外面喧嚣的街道相比，这里安静得像是一片世外桃源。这座院子很小，只有三个房间，每间不足十平方米，同村来的工友住右面一间，我和二伟住中间，娟姐住左面一间。

六月的天气，燥热得很，堂哥带领我们四个推门进入小院的时候，娟姐正在蹲着身子洗衣服。因为热的缘故，她穿着很清凉。从她身边走过的时候，我清楚地看到了她白皙的胸部。娟姐是随丈夫来这里打工的，丈夫的工地要远一些，一周才回来两到三次。第一次离开故乡，又是到这么远的地方，加之天气炎热，夜晚很是难熬。我和二伟躺在床上翻来覆去，怎么也睡不着。我们两个都不说话，院子里非常静，偶尔听到零星的几声蛙叫。

我们躺了大概十多分钟后，娟姐的房间突然传来动静。那是我第一次听到女人的叫床声，似压抑的哭泣，又似激动时的歇斯底里。我和二伟一激灵，从床上坐了起来。

二伟向我做了一个下床的动作，我们两个就这样借着微弱的月光，光着脚，蹲守在娟姐的房门口。

娟姐的房间黑着灯，娟姐的叫声也从起初的压抑变得肆无忌惮。我和二伟小心翼翼地，大气都不敢出，直到房间里彻底没有了声音，才恋恋不舍地回到宿舍重新躺下。

第二天早上，我们看到一个男人从娟姐房间走了出来，他笑着跟我们打招呼，说是娟姐的丈夫，昨天夜里刚回来。

当天晚上下工，二伟莫名其妙地买了几个小菜，又拎了两瓶白酒。回到宿舍，他便张罗大家喝酒，还特地把娟姐和她的丈夫请了过来。

二伟长得好，嘴巴又甜，把娟姐哄得非常开心，一顿饭下来，便熟络得跟老朋友一般。

这一切才刚刚开始。每隔几天，娟姐老公一下工回来，二伟准张罗着喝酒，喝着喝着就喝出感情来了。才半个月，二伟就爬上了娟姐的床。

那一晚，我独自一人躺在宿舍，听着隔壁吱吱呀呀的声音，心里像有无数蚂蚁在爬来爬去。

我以为二伟得到娟姐后那颗躁动的心会安静下来，谁想到，事实远非如此。

村子中央有个公园，公园很大，夜里比白天热闹。

二伟读过武术学校，有功夫底子，吃过晚饭，通常要在公园里耍上一番。他一通拳脚打下来，常常是喝彩声一片。

在看二伟打拳的人群中，有一个姑娘，年龄和我相仿，她远远地站在人群外围，手里拎着一双旱冰鞋，看完二伟打拳，便在公园中央的旱冰场里滑着玩儿。

我和二伟私下里打听过这个姑娘，听说是村支书家的女儿，也是高考刚结束，在等待大学录取通知书。

二伟不会溜冰，自然不能在旱冰场里和姑娘嬉戏玩耍。每每姑娘旱冰冰时，二伟就在旱冰场外眼巴巴地瞅着，像一只等待吃肉的小狼狗，既贪婪，又委屈。

二伟不是没有做过努力，他也曾尝试过学习滑旱冰，可刚把旱冰鞋穿上就狠狠地摔了一跤，鼻青脸肿好几天，因此便打消了学滑旱冰这个念头。

不知是二伟走了狗屎运，还是姑娘该着倒霉。一天，姑娘在滑旱冰时不小心被人绊了一下，重重地摔在地上，隔着好远都能听到姑娘的惨叫声。

周围的人立刻拥了上去，把姑娘围在中间，形成一个大大的圆圈，但没有人上前帮忙。二伟见状迅速跑上去，拨开人群，大声对姑娘说：“伤哪里了？严不严重？”

姑娘泪眼汪汪，双手捂着左脚，疼得直哭。

二伟在武校期间学过简单的跌打损伤治疗方法，他把手放在姑娘的脚踝上捏了捏，凭经验，他感觉应该是骨折了。

二伟一个弯腰，伸手把姑娘抱了起来，嘴里一边喊“让一让”一边飞快地向村口医院跑去。

姑娘的脚踝确定骨折，姑娘的家人对二伟感恩戴德。二伟终于找到了机会和合适的理由，只要下工就拎着水果往医院跑。

一来二去，二伟竟然和姑娘好上了。

二伟的这两段感情，我都看在眼里。我分析总结，他之所以能够捕获姑娘们的芳心，最大的原因就是主动加上锲而不舍。

在工地一个月后，我接到家人打来的电话，说是大学录取通知书到了，让我回家做上学的准备。

离开工地那天晚上，我请二伟喝酒，我们说了一堆掏心窝子的话，末了，还一起去村子里一家录像厅里看了电影。小小的录像厅里挤满了人，汗味夹杂着脚丫子的臭味，令人作呕。

临走时，二伟给了我一个紧紧的拥抱，他套用知青上山下乡时候常常说的话作为给我的临别赠言，他说："天地广阔，大有作为，山高水长，后会有期。"

我笑他没出息，可扭头眼泪就掉了下来。我想反正住在同一个村子，迟早要见到的，可谁曾想，这一别竟是多年。细细算来，十年间，我们见面竟不足三次。

大二那年寒假，二伟刚好从外地打工回来。他这次回来不仅带来一个女人，女人怀里还抱着个几个月大的孩子。

知道我放假在家，二伟专程带着女人来拜访我。我们围坐在火炉旁聊着。二伟告诉我，女人是他在保定打工时认识的，不小心怀孕了，二伟不想要，可女人死活不依，一哭二闹三上吊，他被逼得实在没办法，只好答应女人把孩子生下来。

二伟说："这个女人我不喜欢，分手是迟早的事。"

我听了很愕然。因为女人在场，不便细说，送他们走时，我用力拍了拍二伟的肩膀。我说："好自为之吧。"

二伟“嘿嘿”地笑，那神情，简直不可一世。

没过几天，二伟的父母便张罗乡亲们参加二伟的喜宴。在二伟父母看来，这是天大的喜事，自己儿子有出息，外出打工不仅领回来了媳妇，还顺带生了孙子，他们要在全村人面前扬眉吐气。

喜宴当天我去了。我坐在角落里，听着周围鼎沸的人声，看着二伟满脸笑意带着女人在人群中穿梭，挨桌敬酒，村民们纷纷站起来，一片其乐融融的景象。

二伟喝醉了，又哭又闹，他拉着我的手告诉我，这个家在村子里窝囊了一辈子，他要把所有的面子都挣回来。

可还没等二伟把女人甩掉，女人却早一步把他抛弃了。

刚结婚半年二伟便和女人发生了激烈的争吵。至于为什么争吵，二伟自始至终都没跟人提及，二伟父母对此也讳莫如深。

吵架的晚上，二伟砸烂了结婚时新买的所有家具，女人号啕大哭，哭声划破天际，吵醒了周围的许多邻居。

第二天女人就离开了村子，去了哪里，没人知道。在村子里，女人的来历原本就像个谜一样，这下，更仿佛一切都没发生过。

女人走了，却没有带走孩。孩子正在吃奶的年纪，每天都被饿得直哭，二伟的父母顿时手忙脚乱。这么一闹，二伟在家里的地位瞬间下降到冰点，二伟忍受不了这种屈辱，没过几天就抛下孩子跟着民工团去了山西。

到了山西，二伟并没有收敛心性。他白天干活，晚上就和附近饭店的服务员腻在一起。才几个星期，两个人就成双入对地出现在村民们面前了。

起初，村民们对二伟的态度都比较冷淡，离过婚的男人是会遭到大家鄙夷的。

山西工地的活计结束之后，二伟带着女人一同回了老家。

一年后，这个女人也离开了他。二伟成为村民们眼中的笑话。

其实，我不希望二伟周而复始地领女人回来，毕竟这不是一件光彩的事。可是，内心深处，我又渴望他再次站起来，再次带回一个女人，再次成为大家眼中的焦点，这样才对得起全村老少爷们儿对他病态的欣赏与崇拜。

这不仅仅是我个人的想法，也是全村人的心声。但事实上，在第一个女人离开二伟的时候，他的人生就已经埋下了不幸的种子，可悲的是，二伟自己并没有发现。

就在二伟患得患失的间隙，他的儿子已经悄悄长大，原本艳羡二伟的村民，彻底对他失去了信心。在大家的指指点点中，二伟带着儿子去了外地打工，这一走，就再也没有回来。

去年底，我接到一个陌生来电，是二伟打来的。

二伟在电话里絮絮叨叨跟我说了一些往事，我询问了他的近况，听得出，他过得并不好。

二伟说，其实，他恨这个村子，恨所有的村民，他一直活在村民们的眼里。

二伟说，如果可以重来，他一定要选择做回自己。

二伟说着说着就在电话那端哽咽起来，起初声音很小，后来越来越大，泣不成声。

我就在电话这端静静地听着，直到电话里传来嘟嘟的挂断声。

放下电话，我难过良久。我想，不管多少年过去，我依然会记得第一次爬上娟姐床的二伟，那时的他是那么的意气风发，那么的不可一世。

但现在，那个二伟已经死掉了，就像他在挂断电话时，对我说过的最后一句话。

二伟说："我就是一个彻彻底底的混蛋。"

第三章

山高水长烟火人间

来自远方的幸福

再次见到张青俊，已是十七年之后。

张家庄祖祖辈辈三百多年，搬迁出村的村民屈指可数。张家庄人大都念旧，落叶归根的思想根深蒂固，即便少年出走，到了老年，也终究是要回村的。

从张家庄搬迁出去的村民，大都因为儿孙发达，孩子出息，父辈们跟着沾光。但这也是极少的情况。张青俊家的搬迁是个例外，搬迁原因是躲债。原本想躲一阵子，没想到，自从张青俊十三岁跟随父母搬走之后，就再也没有回来过。

我和张青俊同龄。张青俊是我所有儿时玩伴中最富有的一个，别人衣兜里空空如也，唯有张青俊，兜里经常装着五元或十元面额的钞票。张家庄只有一个小卖部，小卖部小得可怜，物品极度匮乏，没有儿童玩具，几样零食单调、乏味地摆在桌子上。

我这样穷人家的孩子是不敢踏进小卖部的，张青俊不同，他是小卖部的常客。只要张青俊出现在小卖部，老板立刻眉开眼笑，张青俊从来都不是一个人去小卖部，只要他去，身后定然会跟着一群小伙伴。大家脸上挂满笑容，笑容里充满期待，跟着张青俊去小卖部，就好比家里过年穿新衣服一般高兴。

张青俊昂首走在前面，后面的小伙伴雀跃地跟着。到了小卖部门口，原本整齐的队伍就乱了，大家一拥而上，把小卖部的柜台围得水泄不通。大家叽叽喳喳地嚷着，手指指着自己中意的零食或是其他物品："我要这个，我要这个……"

在这个时候，没人理会张青俊。对于大家的反应，张青俊是恼火的，他扯着嗓子喊："都安静，都安静，再不安静，我不买了。"

张青俊的话音一落，原本开了锅似的小卖部里一下子鸦雀无声。人穷志短，孩子们虽小，但也懂得这个道理，大家你看看我，我瞅瞅你，然后一起眼巴巴地望向张青俊。张青俊俨然一副老大模样，他故意咳嗽一声，清清嗓子说："一个一个来。"

大家迅速排好队；也有个别小伙伴不服气，梗着脖子，就是不排队。

张青俊给排队的小伙伴一个一个买了喜欢的东西，把那个不排队的小伙伴留了下来。买到零食的小伙伴迫不及待地打开包装，却又小心翼翼地吃着。大家你吃我一点，我吃你一点，气氛和谐又热烈。

唯一不和谐的就是我，我就是那个不愿意排队的人。当时的我，脑子里已经有了"骨气"这个词的概念。天气很热，张青俊买一根冰棍，冰棍很快就融化了，滴滴答答地直往下淌水。张青俊伸长舌头，打着圈舔冰棍，一边发出很大的声响，一边说："真甜啊，真甜啊，我从来没吃过这么甜的冰棍。"

我靠意志力撑着，告诫自己无论如何也不能向张青俊屈服。但就在我快要放弃的时候，张青俊突然折回小卖部，再从小卖部里出来的时候，他手里多了一根冰棍。张青俊把冰棍塞到我手里，一只手搭在我肩上，学着大人的口气说："你是条汉子，从今往后，你就是我兄弟。"

我并没有被张青俊的话感动得热血沸腾，而是迫不及待地吃起冰棍来。我一边吃，一边说："真甜，真甜。"

我和张青俊更深一步的友谊就是这样建立起来的。在张青俊眼里，我有骨气，与众不同。而我自己清楚，我对张青俊并无多大好感，只不过是对张青俊兜里永远都花不完的零花钱有好感。

张青俊的零花钱是他父亲给的，他父亲在灵山镇做摩托车修理生意。摩托车在当时是稀罕玩意儿，有钱人家才买得起。灵山镇产煤，镇上人大多富足，温饱不愁，有余钱买摩托车。张青俊的父亲不知道从哪儿学的维修摩托车的手艺，在镇子最繁华地段开了修车行，财富一点点积累，成为张家庄当之无愧的首富。

张青俊的母亲在修车行帮忙，无暇顾及张青俊，于是就把他丢给了乡下的爷爷奶奶。隔一段时日，张青俊的父母回张家庄看望老人和孩子，临走时，留一些钱给张青俊。我们羡慕张青俊有零花钱，张青俊却羡慕我们有父母的照顾。自从张青俊和我成为好朋友之后，他频繁去我家蹭饭，每次蹭饭，都有理由，要么爷爷奶奶不在家，要么抄我作业，而且时间掐得特别准，不早不晚，每次都是吃饭点。

我的父母也不说什么，只是多添一副碗筷。张青俊从不推辞，大摇大摆地盛饭，坐在桌子旁大口大口地吃。他嘴里塞满饭菜，说话含含糊糊地："真香，比我爷爷奶奶做得好吃多了。"

母亲在一旁说："喜欢吃，以后就常来。"

我附和着说："是啊，是啊，常来。"

母亲要张青俊常来家里吃饭，是心疼他没人照顾，而我则打着自己的算盘。张青俊蹭我家的饭，我蹭他的零花钱，各取所需，两不相欠。

就这样，在各自利益的基础上，我和张青俊的"革命友谊"越来越深厚。有时张青俊在我家住，我们在被窝里聊天，我问张青俊："你长大后要做什么？"

"我要开摩托车修理厂，像我父亲那样，赚很多钱。你呢？"

"我要当作家。"我说。

关于我的梦想，张青俊一贯是看不起的，他说："作家能值几个钱！"

在张青俊的心里，衡量一切的标准就是钱。我非常不满。我们两个因此争吵，谁也说服不了谁。

在又一次因为梦想的问题和张青俊吵架之后，张青俊突然从我的世界里消失了。张青俊所有的家人，包括他爷爷奶奶，都从张家庄消失了。张家庄只剩下他家空空的院落，因为走得急，大门敞开着，没有上锁。

那一年我和张青俊都是十三岁，读小学六年级。我记得那天正在上课，张青俊被老师叫了出去，到放学时都没有回来。我帮张青俊把课本装进书包，坐在学校大门口等他，直到天黑，张青俊依然没有出现。我有些忐忑，匆匆跑去找老师。老师告诉我，张青俊被家人接走了。

张青俊家出事了。

从学校回到家里，父亲和母亲正在议论这个事情。张青俊的父亲染上赌博恶习，输掉了修理厂，还欠下一屁股债。债主多次讨要，每次都把张青俊的父亲暴打一顿，还扬言这个月底再还不上钱，就杀掉张青俊全家。

这件事情已经发生很久了，只是张青俊父母很少回村里，村民们大都不知情，就连张青俊的爷爷奶奶也被蒙在鼓里。张青俊的父母在商量很久之后，终于决定，全家搬迁到别的地方，只有这样，才有活路。

于是，就在一天午后，张青俊的父亲突然回村，把儿子和父母都接到了镇子里，然后把一切告知了父母。两位老人在张家庄安安稳稳活了大半辈子，到老还要受颠簸之苦，不由得悲从心来，号啕大哭。

对于家里的变故，张青俊并没有多大感觉，他单纯地以为只是换个生活环境而已，唯一令他难过的只是以后不能再和小伙伴们玩耍了。当天夜里，张青俊一家五口人从镇子里消失了。债主找上门来的时候，早就不见了他们的踪迹。没有人知道他们去了哪里，只是听说，有人在镇上的火车站看到他们一家五口上了火车。

张青俊一家人就这样不见了。这件事在张家庄轰动一时。因为躲债逃离张家庄，这是村子里从来没有发生过的事情。

张青俊事件，使我难过了一阵子，但很快就随着年龄的增长，渐渐淡忘。甚至有很长一段时间，我竟然记不起他的样子。

2016年春天，因为工作关系，我被外派到广西壮族自治区北海市。经过一年多打拼，我习惯了这座城市的生活，结识了一群志同道合的朋友。张青俊就是在这个时候突然出现的。

2017年初夏，朋友约我吃饭，到了酒店，朋友说，要介绍另外一个朋友给我认识。从朋友口中得知，这个人是做摩托车、汽车修理的，听说业务做得很大，基本垄断了北海市所有的摩托车、汽车修理业务。

朋友还说这个人是从外地搬过来的，和我同龄。

朋友的话使我脑子里迅速闪过张青俊的名字，我摇摇头，自言自语地说："应该不会这么巧。"

我们酒过三巡，这个人才姗姗来迟。刚落座，他递给我一张名片，嘴里说着："抱歉，抱歉，有些事情耽搁了。"

接过名片，我只看一眼，酒劲儿就醒了大半。名片上赫然印着"张青俊"几个大字。我看看名片，再看看他，努力寻找着当年张青俊的样子。但眼前这个人变化太大，跟小时候的张青俊简直判若两人，何况十七年未见，我不敢轻易跟他相认。

我把我的名片递给张青俊，他的反应跟我一样。然后他先笑了，说："我小时候的伙伴跟您一个名字。"

"你是张家庄的？"我问。

张青俊更加惊讶了："难道真的是你？"

我已经确认无疑，眼前的张青俊就是十七年前从张家庄搬走的张青俊。我们两个人的样子，令在场的人都感到惊讶，一时间包间里鸦雀无声，大家都静静地看着我们。

那天晚上，我和张青俊都喝醉了。张青俊把手搭在我的肩上，就跟小时候一样，他说："你就是我兄弟，从今往后，我罩着你。"

这十七年里发生的故事，都是张青俊讲给我听的。张青俊讲得轻描淡写，但听得我心里却波涛汹涌。

上了火车，张青俊才真正意识到，这一走就再也回不来了。也是在那一刻，张青俊感觉自己突然长大了，再也不是之前那个只会花钱的浑小子了。

张青俊看着爷爷奶奶苍老的面孔，看着母亲瘦弱的身体以及父亲如同惊弓之鸟的表情，作为家中独子，张青俊清醒地知道，该为这个家做点什么了。

因怕被债主追上，张青俊一家拼命往南逃。究竟要去哪里，没有人说得清楚。

张家庄人，祖祖辈辈都没离开过村子，在他们印象中，海南是祖国最南端。张青俊的父亲也想往海南跑，但在经停北海时，突然改变了主意。

海南太出名了，时间久了，迟早被人发现。而北海不同，它距离张家庄足够远，这座毫不起眼的城市，张家庄几乎无人知晓，在这里定居，再好不过。

北海是一座典型的南方海滨城市，这座城市三面环海，气候炎热、潮湿，一年四季都吹着咸湿的海风。

张青俊的爷爷奶奶上了年纪，又在北方生活了大半辈子，对于北海的气候很难适应。来北海没多久，两位老人就患了风湿，手脚虚肿，走路困难。

张青俊的父亲谋了一份打鱼的差事，跟随当地的渔民出海打鱼，一走就是一个多月。母亲在饭店做服务员，刷盘子洗碗，一天下来，累得腰都直不起来。

自从来到北海之后，这个家就风雨飘摇。张青俊早就不上学了，就这个家当时的经济状况，根本交不起学费。张青俊一家五口挤在租来的房子里，房子阴暗潮湿。一到夏天，连绵的阴雨下个不停，父亲没有办法外出打鱼，日子愈发过得紧张。

十三岁正是被父母呵护的年龄，应该拥有快乐的童年，但对张青俊而言，十三岁就是道分水岭，之前的好日子一去不复返。张青俊变得沉默寡言，他去了当地一家摩托车修理厂当学徒工。张青俊的年龄太小了，修理厂老板看他可怜，允许他在店里吃住，每个月多少给他发些工钱。

张青俊的力气小，只能干些帮师傅们递工具的活儿，不忙的时候，就缠着师傅们教他修理技术。张青俊老实肯干，师傅们都很喜欢他，时不时从家里带些好吃的给他。在师傅们的呵护下，张青俊很快学到不少修车本领。在店里工作的第四个年头，他俨然已经成为一名非常优秀的修理工了。

北海市不大，交通工具以摩托车为主。北海作为中国第一批沿海开放城市，发展也是迅速的。没几年，大街小巷，摩托车越来越多，款式也越来越新颖。张青俊爱钻研，遇到从未见过的修理难题，反复试验。虽然张青俊读书不多，但脑子活，在他的努力之下，很多难题都迎刃而解。

十七岁的张青俊成了修理厂的顶梁柱。

许多修理厂无法解决的难题都纷纷向张青俊求助，久而久之，在摩托车修理的圈子里，张青俊竟然小有名气。

有名气自然会产生价值，张青俊工资涨了，还有几家修理厂专门找张青俊，表明愿意高薪聘请他。对于高薪，张青俊不是没有动心。家里条件不好，爷爷奶奶卧病在床，父母日夜操劳，身体一天不如一天硬朗。但张青俊是个懂得报恩的人。如果没有这家修理厂，就不会有张青俊的今天。若是离开，他打心眼儿里觉得过意不去，何况这些年，修理厂老板待他不薄。

张青俊拒绝了所有人的好意，在修理厂又干了三年。张青俊省吃俭用，工资除了补贴家用，剩下的钱全部攒了起来。除了必需的物品，他从来没有给自己添置过一件多余的衣服。二十岁的青年，到了谈恋爱的年纪，大多臭美，但张青俊没有，他知道自己暂时还没有这个资格。在张青俊心里，赚更多的钱才是正道，才是唯一重要的事。

张青俊有自己的打算。给人打工的日子不好过，他要多攒些钱，争取有朝一日，自己单干，开一家属于自己的摩托车修理厂。

那段日子虽然辛苦，但张青俊过得无比踏实，距离他的梦想越来越近，他在等待一个机会。

张青俊家人的日子也开始好起来。从张家庄搬迁到北海，七年来，无人知道他们的根底。张青俊父亲的心理包袱渐渐放下，紧锁的愁眉也开始慢慢舒展。日子虽然过得苦一些，但一家人平平安安才是最重要的。这个家，正在一步一步向好的方向发展。

张青俊家搬离了当初的出租屋，换了一个独门独院的房子。父亲依然出海打鱼，母亲辞了工作，专职在家照顾老人。

张青俊买了属于自己的第一辆摩托车，一下班，就骑着它穿梭在北海的大街小巷。

跟其他同龄人不同，张青俊骑着摩托车到处跑并不是在兜风，而是寻找合适的场地。他已经决定，要开一家摩托车修理厂，这个时机已经成熟。

在大街小巷穿梭的时候，张青俊发现这个城市的摩托车数量比当初来北海的时候多了好几倍，但摩托车修理厂良莠不齐，技术过硬的仅有几家。张青俊觉得这是个巨大的市场，也是个千载难逢的机会。

经过一个多月的筹备，在一个相对偏远的地方，张青俊的摩托车修理厂开张了。因为资金有限，修理厂的地段不好，但张青俊名声在外，许多人慕名前来，一时间，生意很好。

张青俊雇了两名修理工，他的父亲也辞了工，专门在修理厂帮忙。

同行是冤家。

张青俊修理厂的红火，令其他修理厂很是不爽。他们放出话来，迟早要给他好看。

话传到张青俊耳朵里，他心里有些打鼓。一家人吃晚饭的时候，张青俊把这些事情告诉了家人。母亲显得忧心忡忡，劝张青俊把修理厂关掉，找一个修理的工作，安安稳稳地过日子。

张青俊没说话，闷着头吃饭。张青俊的爷爷气不过，胡子翘得老高，他把拐杖用力戳在地上，发出咚咚的声响。他说："一辈子就知道躲，能有什么出息，大不了，全家死在北海。"

爷爷的话似钟锤一般一下一下狠狠地敲在张青俊的心窝上。张青俊抬头望向父亲，父亲一脸茫然，不知所措。就在那么一瞬间，张青俊突然下定了决心，这次，无论如何也不能再逃了。

张青俊跟自己的修理工说了眼下的情况，他们表示愿意跟着张青俊干。张青俊在感动之余嘱咐他们一定要小心谨慎，千万不能出什么差错。

就在张青俊小心翼翼筹划着应对外界挑战的时候，一个噩耗传来，张青俊的爷爷去世了。

自从来到北海，爷爷就患了风湿，且一天比一天严重。苦日子都熬过来了，好日子刚刚开始，老人却抛下一家人先走了。

爷爷去世，张青俊父亲受到的打击最大，他一直埋怨自己，怪自己拖累了这个家。张家庄向来有落叶归根的传统，而自己害父亲客死他乡，想到这里，张青俊的父亲号啕大哭。

张青俊一边打理修理厂事宜，一边筹备爷爷的葬礼。张青俊心里清楚，虽然在北海生活多年，但始终是外人，爷爷的遗体只能火化，骨灰盒暂时放在家里，等有钱了，再给爷爷买块墓地。

在爷爷遗体火化前一天，张青俊把伤心欲绝的父亲支去了修理厂，免得他触景生情伤心过度。

再三劝解，他父亲去了修理厂。张青俊跪在爷爷的遗体旁，眼泪忍不住往下掉。这个家就像风雨飘摇中的独木小舟，一个大浪就能把它打翻，一家人的命运都系在这个小舟上。而此时的张青俊显然已经成为这个小舟的划桨人，他知道自己肩上的重任。从十三岁全家出走那日起，张青俊就知道，自己是这个家唯一的希望了。

张青俊越想越觉得悲伤，眼泪流得更凶了。张青俊在他爷爷遗体前跪了大概半个多小时后觉得很累，这些天他整夜整夜地睡不着，此时，睡意袭来，身体有点撑不住了。

张青俊站起身来，揉揉微麻的双腿，打算到屋子里睡一会儿。他想，一觉醒来，什么事情都会好起来的。

就在张青俊转身向卧室走去的时候，修理厂的工人小王一阵旋风似的冲到院子里，脚步还没停稳，就急切地喊："老板，老板。"

听到喊声，张青俊转过身就看到了一脸是汗的小王，他问："出什么事了？"

"大事不好了，"小王喘着粗气说，"你父亲和人打起来了。"

张青俊慌了，推起大门口的摩托车，发动车子，急匆匆地走了。

张青俊骑得飞快，小王骑摩托车跟在身后，一眨眼就不见了张青俊的影子。张青俊只觉得两旁的树木从眼睛里迅速倒退，眼睛甚至被风吹得直淌眼泪。

等张青俊赶到修理厂的时候，战斗已经结束。张青俊顾不上停好摩托车，随意把摩托车扔在一边，要知道这可是他最心爱的摩托车，平时都不愿意让别人碰一下。现在张青俊顾不上那么多，他一个箭步冲到父亲面前，围着父亲转了好几个圈，看到父亲安然无恙，一颗悬着的心才放下来。

张青俊静了静神，深呼吸几口，才开始注意周围的情形。父亲手里拿一把铁锹，眼睛瞪得浑圆，眼珠子像要跳出来。再看父亲的对面，三个人，其中两个躲得远远的，地上还躺着一个。

张青俊只看一眼，浑身便战栗起来，地上的人浑身都是血迹，额头上的伤口还汩汩地冒着血。张青俊冲着工人大喊一声："快，叫救护车。"

救护车响着鸣笛驶进了修理厂，周边的市民全都跑过来看热闹。张青俊的父亲依然保持着当初的姿势，张青俊顾不上父亲，招呼工人把伤者抬到车上，跟着救护车向医院飞奔而去。

打架的情形是工人在救护车上讲给张青俊听的。工人说，张青俊的父亲到修理厂没多少时间，突然来了三个修理摩托车的本地人。这三个人明摆着是来找碴的，他们一进修理厂，就乱翻工具，工人上前制止，三个人对工人拳打脚踢。

就在工人挨打的时候，张青俊的父亲突然拿起厂里的铁锹疯狂地冲向这三人。工人说，张青俊的父亲就像着了魔一样，拼命追着三个人打，把其中一个打倒在地后，有些癫狂地狠狠地把铁锹往那人身上拍，要不是几个工人从后面拦腰把他抱住，那人肯定就活不成了。

工人怯生生地对张青俊说："老板，你父亲是不是精神有问题？"

张青俊没有理会工人的话，他的脑子里迅速闪过这些年父亲的生活片段，没有过异常举动，只是自从来到北海之后，话变少了，有些时候，半个多月都不说一句话。父亲戒了赌，烟酒不沾，平时也没有不良嗜好。张青俊心想，也许是爷爷刚刚去世，最近又发生了这么多事情，父亲上了年纪，一时吃不消。

伤者被送进抢救室，张青俊和工人守在门口焦急地等待着，过了许久，医生才出来。医生说那人无大碍，只是要卧床休息，至少要住院一个月。

张青俊长吁了口气，医药费可以想办法，人没事就好。爷爷已经走了，他不能再失去父亲，不然这个家就真完了。

张青俊把所有钱都拿出来，还是不够付伤者医药费。伤者家属找他们闹了几次，要赔偿。张青俊算了一笔账，医药费加赔偿至少需要五万元。五万元对于当时的张青俊来说，不是一笔小数目。

爷爷后事需要钱，家里人生活也需要钱，修理厂周转更需要钱。张青俊第一次尝到走投无路的滋味。

十三岁那年，虽然家遭变故，但是一切都有父亲扛着；那时没钱，可是有力气，可以凭借自己的双手解决温饱问题。可现在，爷爷走了，奶奶体弱多病，父亲和母亲日渐衰老，这一关要怎样才能闯过去？

那几天是他人生中最煎熬的日子。

张青俊先让工人回了家，他坐在修理厂的院子里，静静地望着天空发呆，从夕阳西下，一直到月上柳梢。那晚的月亮特别亮，洒下一地银灰。人在脆弱的时候最容易想家，张青俊想起了小时候，想起了那段无忧无虑的孩童时光，在那么一瞬间，张青俊脑海里突然闪过一个念头，回张家庄。

也仅仅是一瞬间，这个念头就被张青俊打消。这个时候回去，又是一次躲债而逃。张青俊在院子里走了几圈，越走心里越镇定，他对自己说：“这一次，要自己扛过去！”

张青俊退了独门独院的房子，重新租住到阴暗潮湿的小房子里，爷爷的骨灰盒被张青俊放在屋子里唯一能见到阳光的地方。爷爷一生吃尽了苦头，他要爷爷死后再也不怕潮湿和黑暗。

张青俊把修理厂转让出去，又跟之前的老板借了一些钱，把五万元交给了伤者家属。

经过这件事之后，张青俊的生活又回到起点。但张青俊父亲的狠也出了名，再也没有人敢来闹事，家里又恢复了往日的平静。

事情都处理妥当之后，张青俊大病一场，他每天拖着病恹恹的身体，骑着摩托车来到海边，一个人一坐就是半天。张青俊原本以为，可以凭借自己的双手为自己和家人打拼出一片天地，而且这个梦想曾经距离他那么近，可现在，什么都没有了，除了活着本身，他几乎变得一无所有。

张青俊消沉了半个多月，等身体彻底康复之后，他回到了当初打工的修理厂。修理厂老板热情地接纳了他，还安慰他说：“你还年轻，可以重新开始。”

听着老板的话，张青俊红了眼眶。

命运就是这般无常。张青俊调整好心态，铆足劲干活儿，他给自己又定下一个目标，三年后东山再起。

张青俊的踏实肯干、不服输的个性，老板看在眼里，喜欢在心里。令张青俊没想到的是，他不仅打动了老板，还不经意间打开了老板女儿兰兰的心扉。

此前，兰兰很少去修理厂，可后来几乎每天都要去一趟，每次都打着给父亲送午饭的旗号，可眼睛始终盯着张青俊。兰兰的心思做父亲的自然清楚。张青俊也能感受到，但他不敢，就张青俊的家庭状况而言，要和老板的女儿谈恋爱简直就是癞蛤蟆想吃天鹅肉。

在修理厂的第三个年头，张青俊自认翻身的机会成熟，打算再次创业，但碍于情面，不知道该如何跟老板开口。

就在张青俊犹豫不决的时候，有一天下工后，老板留下张青俊一起吃晚饭。那天晚上老板的心情格外好，甚至和张青俊多喝了几杯。几杯酒下肚，两个人都有些飘飘然。老板说："青俊，这些年我几乎是看着你长大的，你是个不错的小伙子，我想把修理厂交给你打理。"

没等张青俊搭话，老板继续说："我还想把女儿嫁给你。我老了，干不动了，修理厂不能关。"

张青俊一激灵，酒醒了大半。对于张青俊而言，这是他巴不得的机会，可是自己何德何能。张青俊心里发慌，他支支吾吾，半天说不出话来。

老板站起身，在张青俊身上用力地拍了一下说："就这么定了。"说完，晃晃悠悠向屋子里走去，只留下一个呆若木鸡的张青俊。

后来的事情就像做梦一样。

张青俊和兰兰的婚事很快确定下来，两家人自然欢喜得不得了，尤其是张青俊的家人。

岳父为张青俊一家重新租了宽敞的大房子，婚礼也都是岳父一手安排。岳父告诉张青俊，就安安心心地做新郎，其他事一概不要管。

婚礼办得热烈隆重。婚礼当天，新娘的亲朋好友悉数到位，就连摩托车修理业的同行也大都赶了过来。婚礼结束后，张青俊坐在崭新的婚房里，望着身边的妻子，心里五味杂陈。

婚后，岳父把修理厂彻底交给张青俊打理。张青俊格外珍惜这个机会，除了回家吃饭，几乎把所有时间都花在了修理厂。张青俊感觉工人的修理技术不过关，亲自示范。他骑上摩托车，把北海所有修理店跑了一个遍。跑完之后，他心里有了底。

这几年，北海引进了许多进口摩托车。本地的修理师傅，技术水平更新慢，已经跟不上市场需求。张青俊把目光锁定在进口摩托车修理上，经过刻苦钻研，他终于可以熟练地修理进口摩托车了。如此一来，几乎北海所有进口摩托车修理的活儿都被张青俊收入囊中，修理厂的营业额翻倍递增。

张青俊扩大了修理厂规模，接连在北海市繁华地段开了三家修理厂，一跃成为北海摩托车修理行业的龙头。

张青俊终于翻身了，二十六岁那年就已经坐拥了百万家产，还被评为北海市杰出青年企业家，报纸、电视台大篇幅报道，一时间，风光无限。

发达了的张青俊买了两套别墅，一套给岳父，另一套留给自己和家人。对于已有的成功，张青俊并不满足，他把目光又瞄向了汽车修理。

那时，北海的汽车数量不多，整个北海市汽车修理厂不过两三家，汽车修理市场前景可观。经过一番深思熟虑，张青俊的汽车修理厂开张了，不久，竟也做得风生水起。

北海盛产珍珠，随着旅游业的发展，越来越多的外地人涌入北海淘金。张青俊发现珍珠生意不错，给妻子兰兰开了一家珠宝行。因为有修理厂的强大财力支撑，这家珠宝行作为北海市最高端的珠宝销售商，在很短时间内就有了名气。

我做梦都没有想到会在北海这个城市与张青俊相遇，更没有想到十七年间，张青俊取得了如此之大的成就。张青俊告诉我，他在北海有十几家汽车、摩托车修理厂，兰兰的珠宝商行也开了好几家分店。

张青俊说："现在再也不用为温饱发愁，再也不用提心吊胆了。"

我和张青俊频繁地聚过几次，之后因为工作忙碌，见面的机会越来越少。只是每次见到张青俊，我都能够从他身上学到很多东西，他身上总有一种说不清的感觉，就像是一株小草，那么倔强，那么顽强。

我曾经做过一个梦，我梦到我和张青俊又回到了小时候，张青俊把一根冰棍递到我面前，他说："给你吃。"

我接过冰棍，咬了一口，由衷地说："真甜啊！"

命运的舞蹈

在张家庄，寡妇是会被人耻笑的，就跟离婚的男人一样，即便自身没做错什么，心里也会虚得慌。村民会戴着有色眼镜看你，从心底里瞧不起你，在道德上也会给你判刑，活生生地、毫不掩饰地表露出鄙夷的神色，让你一辈子都休想翻身。

没有哪个女人愿意做寡妇，当真成了寡妇，一辈子怕是毁了。

三十五岁的小然就是这样被毁掉的，前半生还好好的，咣当一下子厄运来临，生活轨迹从此发生变化。

小然在三十五岁之前，有一个顾家的男人，两个孝顺的儿子，虽然日子过得紧吧，但心里却敞亮。没有烦心事，脸上笑容自然多，所以小然每天都乐呵呵的。

《最炫民族风》从城里刮到村里，晚饭时间一过，村子中央小广场上，聚满来跳舞的女人。

小然喜欢跳舞，只要吃过晚饭，她第一时间就往小广场跑。男人喊她："洗碗，洗碗。"她头也不回："你洗吧，我赶着去跳舞。"话音未落，人已经飘出去很远，声音随着风荡过来，软绵绵地，像极了小然前凸后翘的身姿。

小然的身材很美。有多美？村里跳舞的女人多，观看女人跳舞的男人更多。男人们三三两两聚在一起，对女人们评头论足一番，小然是被大家议论得最多的女人。

小然的男人自然懂得男人的心思，他曾暗示过小然，叫她少去跳舞，收敛一些。小然不理会，她满不在乎地说："跳个舞而已，有什么大不了。"男人只好任由她去。

男人太爱小然了，自然不会违背她的意愿。男人在镇子上的煤矿打工，很危险，村里每年都会有工人死在那里，有人劝男人换个工作，人命大于天。

男人笑笑，笑得很苦涩，他说没事，他的命不值钱，就算哪天真死了，还能给小然她们母子三人留下一笔补偿款。补偿款三十万，他一辈子都没见过那么多钱。

不知道是不是男人的乌鸦嘴，总之，在一天夜里，男人果真出事了。

那个傍晚跟往常一样，吃过晚饭，男人去上工，小然去跳舞，出了大门，一个向北，一个向南，谁也没想到从此竟阴阳两隔。

男人到煤矿，刚刚下井，井就塌了，等男人被挖出来的时候已经没了任何生命体征。从男人出门上工到男人尸体被挖出来，前后仅一个多小时。

这个时候，小然正在跳舞，跳得热火朝天、汗流浃背。

男人弟弟挤过人群来到小然面前，小然没在意，依然扭动着腰身。“嫂子，”男人弟弟说，“我哥出事了。”

音乐声响太大，加上人们的笑声，男人弟弟的话，小然没听清。她边跳边说：“你说什么？你大声点。”

对于嫂子的表现，男人弟弟很是不满，自己哥哥刚刚没了，这个女人还在跳舞，如果不是她，哥哥怎么会出事？男人弟弟越想越气，他一把抓住小然手臂，大声喊：“别跳了，我哥哥出事了。”

男人弟弟声音很大，带着哭腔，小然一下子怔住了，跳舞的人群也安静下来，音乐被人给关了。人群开始骚动，旁观的人呼啦一下子围过来，大家七嘴八舌地问出了什么事。

小然没理会大家，她在原地愣了足足有十秒钟，然后大叫一声，双手扒开众人，向家中跑去。她跑得飞快，因为跳舞，她穿了高跟鞋，脚下的鞋子不知道什么时候被甩飞了，等跑到家的时候，才发现脚被什么东西划破，血呼啦的，很吓人。

男人的尸体就放在院子中央，被一层白布盖着。小然把白布掀开，看到血肉模糊的男人，放声大哭，哭着哭着就晕了过去。

小然醒来已是第二天中午，她闭着眼睛，用手在肚子上掐了一下，她希望这是一场梦，梦醒了，一切还跟往常一样。但事实上，这是一场噩梦，这个噩梦刚刚开始。

小然睁开眼，挣扎着坐起来，还没开口说话，眼泪就吧嗒吧嗒掉下来。她心里清楚，她这辈子算是完了，彻底完了。

自己做了寡妇不要紧，被村民们看不起也没关系，她在意的是别人会把她当作罪魁祸首，会把男人的死迁怒到她身上。小然心想，这只是一场意外。

在村子里，女人的命是跟男人绑在一起的，男人没了，就真的什么都没有了。

男人的死改变了小然的命运，也改变了两个孩子和母亲之间的感情。补偿款给了三十万，小然把它全部存起来，她要留着给两个孩子上学、娶妻生子。两个孩子，老大读初三，老二读初一，半大小子已经有了自己的思想，加上正处于青春叛逆期，对母亲爱搭不理，冷眼相向。

家里没了男人，小然充当起了男人的角色，平时很少下地干活儿的她，现在只要一有空就往地里跑。小然以前爱打扮，经常买一些新衣服，花枝招展的，可现在，哪里还有半点女人的样子。

我的母亲心疼小然，时不时周济她，还托关系，让小然在她任教的学校做了一名代课老师，教一年级的学生，每个月有固定收入，日子虽然紧一些，但养家糊口没问题。小然很感激，经常到我家和母亲拉家常。

俗语说，寡妇门前是非多。小然虽然变化很大，但风韵犹存，尤其是身段，保持得很好。有好色的后生，经常在夜里敲小然家的门。两个孩子住校，小然一人守着一座院子，心里空落落的。小然害怕，央求我母亲要搬来我家住。母亲同意后，小然难得露出笑容。

我母亲把东厢房一间空房腾出来，收拾干净，让小然住。我的房间在西厢房，刚好和小然的房间对着。寒假在家时，我常常半夜醒来，看到小然屋子里的灯还亮着。三十五岁的女人，如开得正艳的花硬生生被折断，令人惋惜。我母亲劝说她再找一个男人过日子，一个人终究不是办法。

小然低着头不说话，手里织着毛衣。良久，她说等两个孩子成家再说。我母亲便也不再说话，气氛很是伤感。我在一旁听着，感慨良久。

小然的良苦用心并未换得孩子们的体谅。对于父亲的死，两个孩子依然耿耿于怀，这件事明明与母亲没关系，但他们心里那道坎儿却怎么也迈不过去。平日里两个孩子以学习任务紧张为借口，周末也不回家，故意躲着小然，除非缺钱，否则话都很少和母亲说。

小然心里苦，但也怨不得孩子们，她安慰自己，等孩子们再长大一些，自然就懂了，人活着，不就是图个希望，图个盼头嘛。

盼着盼着，小然的心就碎了。男人活着的时候曾经跟小然说过，要把两个孩子都培养成大学生，可男人去世不到一年时间，两个孩子双双辍学，说什么也不读书了。小然哭天抢地，两个孩子无动于衷，不管小然采用什么办法，兄弟俩依然我行我素。

眼看着局面无法挽回，小然妥协了。她把两个孩子叫到跟前，说："人各有志，人的命天注定，我不管了，将来你们后悔的时候不要怪我。"

孩子们冷眼看着小然，把小然看得心里发毛。一个星期后，孩子们去了保定，在一家皮包厂里打工。孩子们临走都没跟小然说句话。

到了春节，没有接到孩子们回家的电话，小然忍不住打电话给老大，老大含糊其词地回应。小然在电话里怯怯地说："回家看看吧。"老大"嗯"了一声，随即沉默。小然小心地试探着，语气里带着央求说："妈想你们了。"

老大终于有些不耐烦地说："知道了，我们回去。"然后就挂断了电话。小然举着电话愣在那里，听筒传来"嘟嘟"的忙音。小然呆立好一会儿才缓过神来。渐渐地，她的脸上绽开了笑容，不管怎样，孩子们终于要回家了。

孩子们春节回家这件事成了小然的精神支柱，那几天小然红光满面，甚至吃过晚饭去了村里的小广场。由于天气很冷，跳舞的人很少，稀稀拉拉的，了无生气。小然不在乎这些，自从丈夫去世之后，她再也没有跳过舞。那晚，破天荒的，她竟然有了跳舞的冲动，她蹑手蹑脚地走到人群中，踩着音乐节拍跳起来。刚开始她的舞步是矜持的，可随着音乐的节奏，她似乎把之前的烦心事都忘记了，她越跳越高兴，动作也越来越大。虽然许久不跳，舞步有些生疏，但这又有什么关系呢，她只想开心地跳一回。

小然大概跳了一个多小时，直累得筋疲力尽。她一步一步往家走，心里始终被幸福感包围着，丈夫不在了，孩子是唯一的希望。

大年三十下午，小然早早走进厨房。她一直在厨房忙碌着，一会儿一看手表，计算着孩子们回家的时间。她准备了很多菜，都是孩子们爱吃的。天色渐渐暗下来，可依然没有看到孩子们的身影；她伸长脖子向村口望，一个人影都没有。

她拿起电话，犹豫了许久，最终鼓起勇气拨了过去。电话响了很久才接通，还没等小然开口说话，老大在电话里说："我们不回去了，临时加班。"

小然的脑袋嗡一下子炸开，手一松，电话掉在地上。

小然感觉自己的心都凉透了，她感觉那个夜晚既寒冷又漫长。她清楚，三十五岁之前的日子再也不会有了，甚至连活下去的勇气都一点一点消失了。

春节过后，小然就断了孩子们回家的念头，她把全部心思放在了教学上，她想通过工作让自己精力集中，不再想那些烦心事。但越是这样，过去的一幕幕反而更加清晰地浮现在脑子里。之后五年，小然一直没有两个孩子的消息。孩子们从来不主动打电话，每次小然把电话打过去，也是匆匆聊几句，语气充满敷衍与厌烦。后来，小然干脆就不打电话了。既然孩子们不想要这个家，不想要这个母亲，又何必滋生烦恼呢。小然这样告慰自己，可毕竟是亲生骨肉，又怎能不闻不问，狠得下这个心？

就在小然渐渐看开的时候，大儿子突然回家了，还带回了儿媳妇。儿媳妇是大儿子在打工的厂子里认识的，算是同事关系。家境怎样、来自何方、年龄多大等信息，小然一概不知。儿子不说，她想问却不敢开口。

但不管怎样，小然还是很兴奋的，儿子不但回家了，还出息了。当天晚上，小然精心准备了饭菜，大儿子和儿媳妇一直闷头吃饭，一句多余的话都没有。吃过饭，儿媳妇先回了房间，客厅里只剩下小然和大儿子。小然忙碌着收拾碗筷，大儿子坐着没动，过了半晌，大儿子开口打破沉默，他说："我要结婚，给我些钱。"

小然的手抖了一下，很快就恢复平静，她说："你爸去世时补偿的三十万，我一分没动，你们兄弟俩，每人十五万。"

小然叹了口气，又说："你们都长大了，我也算对得起你爸。"

婚礼是在老家办的，小然全程操持。她把房子重新装修一遍，家具都挑当下最流行的款式，就连请柬都是她一笔一画手写的。

在旁人眼里，小然的苦日子终于熬出来了，其实只有她自己知道，她只不过是从一个阴影走进另一个阴影罢了。丧夫之痛可以交给时间，时间会抚平一切，可得不到活着的人的谅解，才是痛苦一生的源头。

婚礼当天，亲戚们都来了，第一次聚这么整齐。大家是怀着真诚的祝福来的，孤儿寡母三人终于盼来了好日子。按照既定流程，婚礼热闹闹地进行，所有人的脸上都是挂满笑容。唯有小然，表情很不自然，她的笑容很僵硬，心细的人能看出端倪。

我的母亲也参加了婚礼，她是个心细的人，看出了小然的不对劲。宴席结束，小然站在门口送客。送走了宾客，我母亲陪着她收拾东西，收拾完，才对小然说："我也该回家了。"

就在我母亲说出这句话的时候，小然小声地抽泣起来，渐渐地哭声越来越大。她的肩膀一耸一耸的，哭声也断断续续的，仿佛下一秒钟就要晕厥过去。

我母亲没说什么安慰她的话，只是轻轻地抱住小然，把手在她背上轻轻地拍打。

同样是女人，我的母亲懂得小然，更懂得家庭是女人的唯一支柱。但是现在，这个支柱已经塌了，剩下的每一步小然都需要莫大的勇气。

婚后，小然大儿子就没再出去打工，但也很少下地干活儿，大部分时间都待在家里睡觉，或是和村里同龄人打牌。儿媳妇就寸步不离地跟着她大儿子。两个人黏黏糊糊的，让小然很不自在。

大概过了一年，有一天晚上，小然突然来到我家，跟我母亲说："我要改嫁。"

我母亲很错愕，问："你想好了？"

"嗯，我想好了。"小然说得很坚决。

我母亲起身从屋子里拿出一件崭新的衣服，说："这是我亲手给你做的。好多年不做针线活儿，手艺大不如从前了。"

小然有些受宠若惊，不好意思要，最后还是收下了。

小然改嫁的动作是神速的。就像预谋很久似的。她和我母亲说完没几天，就急匆匆地收拾东西去了邻村一个老鳏夫家。

这个老鳏夫我见过，长得很丑，六十多岁，有些驼背，走起路来一摇一摇，像个乌龟。老鳏夫有一个儿子，但儿子不孝顺，经常打他。“也是个苦命的人，”母亲说，“两个苦命的人在一起也挺好，懂得珍惜。”

老鳏夫对小然很好，家务不让她做，下地干活儿也不让，就让她在家待着。小然和自己两个孩子的关系原本就不好，和老鳏夫过日子的事情，两个孩子是反对的，他们觉得小然的做法让他们很丢脸。大儿子曾放出话说，只要她离开这个家，就别想再回来。

小然走得很坚决。听村里人说，在村口的时候，有人叫小然的名字，问她去做什么。小然没答话，头也没回就走了过去。那人说，小然这是要和这个村子彻底撇清关系。

老鳏夫的疼爱让小然暂时忘记了自己的不幸，她努力让自己接受这个现实，重新做一个好女人。就在小然学着改变的时候，不幸的事情再次发生，老鳏夫的儿子把小然赶了出来，理由听起来让人觉得可笑。他说小然不是个好女人，会给这个家庭带来灾难。

小然拿着行李一边走一边哭，她不知道要去哪里，不知道接下来的日子该怎样过。小然迷迷糊糊地走，走着走着就来到了张家庄村口。她忽然觉得自己的身体特别沉重，她坐在村口的一块大石上喘着粗气，想想之前的种种，悲上心头，放声大哭。压抑了这么久，这是小然第一次痛痛快快地大哭。她的哭声很大，我家就住在村口，我母亲听到哭声赶忙出门看，然后就看到了不远处的小然。

我母亲有些发慌，几乎是一路小跑，跑到小然身边，急切地问她出了什么事。

见到我母亲，小然哭得愈发厉害。我母亲把小然扶到了我家。在小然哭哭啼啼的叙述中，我母亲明白了事情的原委，在一旁也陪着落泪。我母亲说："你这命也太苦了。"

小然在我家住了一个星期，期间母亲找了小然儿子好几次，最终把他们说动，同意小然回家。母亲说："你们必须亲自去接她。"母亲的话很严厉，不容反驳。

小然随孩子回了家，但只要一有空闲就往我家跑，我家厢房也一直给小然留着。母亲对她说："只要你愿意，随时可以回来住。"

母亲托了关系，让小然继续在村里小学教书。

我每年春节回家一次，每次回去都发现小然比之前更加老了。十年光景，小然已完完全全是一副农村老太太的做派。

小然的儿子们依然没有原谅她，她依然大部分时间住在我家。

前不久母亲打电话给我，嘱咐我给她买一个音响，她让我一定要买可以放音乐的，必须要有《最炫民族风》这首歌。我没领会母亲的意思，我在电话里笑她："您这么大岁数了，怎么想起学跳舞了！"

我专程去了音响店，在挑选音响的空档，我突然就明白了母亲的良苦用心。刹那间，我眼睛有些模糊，有种热泪要夺眶而出的感觉。

我耳边仿佛响起《最炫民族风》的旋律，我仿佛看到三十五岁的小然正在村子的广场上热烈地舞蹈着，她的身段婀娜，舞姿优美，尤其是那双眼睛，满满的笑意，真美。

一叶浮萍

二改去世后的第八个年头，她的孙女小玉嫁到了同村的黄六家。那天出奇的冷，起先是狂风大作，到了下午天空开始飘起鹅毛大雪，不一会儿整个村庄就白茫茫一片，放眼望去，荒凉萧瑟，令人心里发寒。

按照村里习惯，结婚正日子前一天晚上，新郎家是要准备宴席的，村里老老少少、沾亲带故的，都要到新郎家讨上一杯喜酒。待宴席散后，新郎的至亲留下来，彻夜不眠，俗称暖屋。第二天凌晨五点左右，新郎家人要去新娘家接人。村子偏远落后，最好的婚车也只有面包车，于是新郎家人全部挤在一辆面包车上，颠颠簸簸地往新娘家赶去。

大雪整整下了一下午加一个晚上，厚厚的积雪没过脚脖子，踩上去，一脚一个窟窿。雪撒着欢儿似的往裤腿儿里钻，冷得让人忍不住打寒战。

说来也怪，到了二改家，车子突然熄火，怎么也发动不了了。一群人就在雪地里围着车子转圈，边转圈边把脚跺得咚咚响。

黄六急得额头上冒出了豆大的汗珠，村子越是穷，就越讲究，要是耽误了良辰吉时，可是要影响今后生活幸福的。

黄六啐了口唾沫在地上，恶狠狠地骂：“肯定是二改这个老东西在搞鬼，死了也不让活人安生。”黄六骂完，把手一挥，“不等了，咱们走回去。”

这个接亲过程后来成了村里人口中的笑话。村里人说当时的情形滑稽极了。新郎和新娘走在队伍最前面，后面跟着新郎、新娘的家人，大家深一脚浅一脚地往新郎家走去，一路上摔了好几个“狗吃屎”，等到了新郎家，大家的衣服都被大雪湿透了。

可能是因为迎亲不顺利的缘故，也有可能二改在村里的名声太响，小玉嫁到黄六家后日子一直不好过。小玉自己也因奶奶是傻子的缘故，从心里觉得处处低人一等。

黄六小小年纪不学好，经常偷村里人东西，所以村里人对他向来没什么好印象。

小玉长得很水灵，虽然奶奶和两个伯伯都是傻子，但也不至于下嫁黄六那个浑球。穷人家的孩子命贱，有口饭吃就行了。

小玉在嫁给黄六之前就已经怀孕了。

小玉和黄六是中学同学，同在乡里读中学，毕业后，两个人去了高阳一家纺织厂打工。可能是同村的缘故，远在他乡，两颗年少的心就绑在一起了。相处时间久了，小玉也就把自己的身子交给了黄六。几个月后，小玉发现自己例假没来，到医院检查才知道，竟是怀孕了。

小玉家里除了两个傻伯伯，已然没了亲人。黄六母亲做主，既然怀了黄家骨肉，这门亲事就这么定下了。

黄六的母亲也姓黄，叫黄兰仁，年轻时生活作风不好，生下黄六没多久就和丈夫离婚了，之后一直寡居，一手把黄六拉扯长大。按理说，黄兰仁是个苦命的女人，对小玉应该疼爱有加才对，可她的做派却令人大跌眼镜。

小玉嫁过来后，黄兰仁把她当作丫鬟一样使唤，洗衣服做饭、喂猪喂鸡，稍不顺眼，非打即骂。村里人看到已有八个月身孕的小玉挺着大肚子，笨重地干着活儿，而黄兰仁则坐在一旁，跷着二郎腿，跟个男人一样，把烟斗吸得叭叭响。

小玉在生孩子的前一天晚上，还挨了黄六一顿打。事情是这样的。一家人在吃晚饭，小玉为黄兰仁盛饭，因为突然肚子痛，把手里的筷子掉在了地上，结果黄兰仁非但不关心小玉的身体和她肚子里的孩子，还指着小玉的鼻子一顿臭骂。小玉气不过，顶了几句嘴。黄兰仁便唆使黄六打了小玉一巴掌。

黄六人高马大，别说小玉怀着孕了，就是没怀孕也受不住。一巴掌下去，小玉应声跌倒，头磕在了桌角上，顿时血流如注。此时的小玉头上流着血，肚子里却如翻江倒海，疼得她号啕大哭。

黄兰仁和黄六见状也慌了，急忙叫了村里的面包车，连夜往县城医院赶去。等到了医院，小玉就被送进了急诊室。急诊室门口的红灯一直亮了半个晚上。医生告诉黄六，幸亏送得及时，不然大人和孩子都保不住。孩子是剖宫产的，是个女孩。

黄六长叹一口气，瘫坐在地上。黄兰仁听医生说是女孩，蹭一下子从座椅上站了起来，急切地问：“什么？是女孩？”

对于黄兰仁的反应，医生非常厌恶：“你这家属怎么当的，能活下来就已经谢天谢地了，还管什么男孩女孩。”说完从鼻孔里发出“哼”的一声，转身而去。

只在医院住了三天，小玉就出院了。大夫一再要求留院观察几天，黄兰仁死活不让，说什么医药费贵住不起之类的。医生无奈，只好同意黄六办理了出院手续。

从医院回来，黄兰仁的脸就拉得老长，像要掉在地上。小玉坐月子期间，黄兰仁不闻不问，孙女从出生起一次也没抱过。

小玉拖着虚弱的身体不仅要给丈夫和婆婆做饭，还要做家务。小玉咬着牙，有泪往肚子里咽，她打定主意，等孩子再稍微大一些，就跟黄六离婚，离这个家远远的。

那年深秋，和城里相比村里冷得要更早一些，城里人还在穿薄外套的时候，村民们已经穿起了棉衣，家里也早早地升起了炉火。

这天，吃过晚饭，收拾完家务，小玉照例坐在炕上，哄孩子玩耍。黄六在一旁看电视，黄兰仁斜靠着被窝织毛衣。

孩子突然哭了，声音很大，把黄兰仁吓了一跳。黄兰仁皱了皱眉头，嚷着让孩子不许哭。

小玉见状，心里的委屈一下子爆发出来，她盯着黄兰仁问：“孩子长这么大你抱过吗？就算是女孩，也是你的亲孙女。”

黄兰仁没想到一向懦弱的小玉会顶撞自己，愣了一愣，随即破口大骂。

小玉也不甘示弱，把嫁到黄家之后所受的委屈一笔一笔给黄兰仁列出来。

两个人越说越生气，黄兰仁突然起身，拿起炉火旁的煤铲向小玉身上打去。

小玉下意识一躲，那煤铲不偏不倚，正好打在小玉怀里抱着的孩子头上。

小女孩发出一声凌厉的哭声，随后再也没有了声音。

黄兰仁和小玉都吓坏了，慌忙去看孩子。孩子一动不动，伸出手指一探，已经停止了呼吸。

小玉发疯了似的叫着孩子的乳名，眼睛血红血红的，像要吃人一般。她把孩子放在炕上，轻轻地在孩子额头上亲了一下，然后转身向黄兰仁扑去。

黄兰仁也吓傻了，自己的孙女活活让自己一煤铲给打死了，这件事放在谁身上都难以接受。就在小玉的双手刚要掐在黄兰仁脖子上的时候，黄六把小玉抱住了。黄六冲着黄兰仁大喊“快跑”，黄兰仁才慌忙回过神来，然后迅速向门外跑去，边喊边跑：“杀人了，杀人了……”

那个晚上小玉的心彻底死了，她用那把煤铲砸烂了屋子里的所有家具。

整整三天，小玉滴水未进。黄兰仁和黄六在外面躲了三天，他们怕看到小玉那要杀人般的眼神，更害怕受到全村人的谴责。

三天里，村里有好事的老人去看过小玉，屋子里一片狼藉，小玉就坐在炕上，怀里抱着孩子，披头散发，一言不语，活脱脱一个女鬼模样。

大家都心疼小玉，但不知道怎么劝说，有人出主意，把事情告诉了在县城里打工的小静。

小静是小玉的好姐妹，两个人年纪相仿，一起长大，感情很好。不过在三年前，小静举家搬到了县城，之后就再也没有联系。

听说，小静在县城找了一个婆家，跟小玉还是同一年结婚的，也是刚刚生了孩子，不过是个男孩。

小静听说小玉的遭遇后，赶回了村里。在小静的安慰下，小玉终于把怀里的孩子放下了。因为孩子太小，没办法举办丧事，就在后山找了一块安静的地方，用凉席裹了，埋了。

孩子下葬那天，小玉哭得撕心裂肺，全村人都听到了，那哭声就是在白天也令人毛骨悚然。

一个星期后，小静把小玉一起带走了。

走的那天，小玉一边哭，一边把家里所有的玻璃都砸了，然后用一把大锁锁上大门，头也不回地上了通往县城的中巴车。

远离了村子，加上小静的贴心照顾，小玉渐渐走出了失去孩子的阴影。她在县城一家服装店找了销售的工作，租了房子。日子一天天好起来，她的脸色也变得红润，笑容也多了起来。

小玉原本就是个漂亮的女孩子，光滑的脸蛋，婀娜的身姿，有不少男人追求她，但她心里的结一直没有打开。小静常常邀小玉一起逛街、吃饭、买衣服。

每次陪小玉，小静都会带上丈夫，她们两个女孩子有说有笑，丈夫小林就在后面默默地跟着，偶尔插几句嘴。看着小玉苗条的身材，丰翘的屁股，小林心里边痒痒的，像有一千只小手在心上挠来挠去。

有时候，小林见到小静几天没邀请小玉一起逛街，就会主动提醒小静，周末是不是该找小玉逛街了。

见到丈夫这样关心小玉，小静非但没有醋意，反而非常感激，她抱住小林撒娇，说他真是一个好男人。

可偏偏就是这个好男人爬上了小玉的床。

对于好姐妹的丈夫，小玉起初是不想接受的。但在交往中，她发现小林非常细心，逛街时他会主动拎包，买好的矿泉水也会提前把盖子打开，就连小玉爱吃的菜都记得一清二楚。

小玉真真切切感受到男人对她的关怀，这种感觉在她和黄六结婚之前也曾经有过。而现在她只剩下对黄六和黄兰仁咬牙切齿地恨。

在小林身上，小玉又看到了爱情的样子。她愿意跟小林在一起，但又不敢面对，她怕小静发现，不想变成忘恩负义的人。

小林不这样想，他想得到小玉，想得发疯发狂。一天，趁小静上班间隙，小林带小玉看了一场她最爱看的电影，吃了她最爱吃的饭菜，还喝了酒。酒后情难自禁，鬼使神差地，小玉把小林带回了出租屋。

待小静下班去找小玉的时候，正好看到小玉和小林裸体相拥的样子。她打死都不愿意相信，自己一心一意、毫无保留照顾的闺蜜竟然会和自己的丈夫睡在一起，这些只有在电视上看到的桥段，竟然真真切切发生在自己身上。

小静扯着小玉的头发，又抓又打，小林落荒而逃。

小静打累了，坐在地上大哭。哭罢，她站起来，拍拍身上的尘土，一字一句地说："好，好，我成全你们。"

一星期后，小静和小林办理了离婚手续。小静带走了孩子，除此之外，一无所有。小玉找了小静好几次，小静都避而不见。最后一次，小玉跪在小静家门外，哭着说是自己对不起小静，自己原本就是一个苦命的女人，不应该活在这个世上。

小静在屋里听得心酸，想想自己的委屈，也放声大哭。两个人就这样，一个在门外哭，一个在门内哭。

小静和小林离婚后，带着孩子去保定投奔了舅舅。小玉搬进了小林家。之前偷偷摸摸的时候，小玉恨不得天天和小林腻在一起，可真正在一起了，心里却又总是放不下。

母亲告诉我这些事的时候，絮絮叨叨，老泪纵横。说完，她叹口气："女人啊，就像浮萍一样，没有男人，就一辈子都没有根。"

我去过城里几次，按照母亲的吩咐，专程去小玉住的地方寻找过她，但每次都没见到。后来周围邻居告诉我，小玉早在一年前就搬走了，小玉和小林分手了。他们说起她的时候唏嘘不已："多好的女孩子啊，唉……"

飞翔的小鸟

生活在张家庄的村民，一生貌似只有一种结局——在田间地头的劳作中孤独地老去。我的父辈是这样，父辈的父辈还是这样，就像自然规律，年复一年，日复一日，从未有过改变。

在他们老去之前，大多以两种方式生活着，一种是在家务农，另一种是外出打工。不过外出打工是有年限的，等到了五十多岁，体力跟不上，他们也只能无可奈何地回到村里务农，最终还是没有跳出祖祖辈辈的圈子。这个圈子就像孙悟空的紧箍咒，它困住的不仅是人的身体，还有人的思想。久而久之，村里的年轻人很少去思考自己的出路，他们觉得生活在村里并自然老去，符合规律，既幸福又安稳。

在我的记忆里，从张家庄走出去且在城里安家的年轻人总共不超过五个，其中第一个就是年长我十岁的“司马光”。

张家庄没有姓司马的人，“司马光”本名张光。小学课本里有篇文章，叫《司马光砸缸》，小伙伴们根据这个给张光起了个绰号叫“司马光”。结果叫得时间久了，周围的人也受到影响，同学们这样叫他，老师也这样叫他，就连他的父母偶尔也会这样喊上几声。于是，许多人都快忘记他叫张光了，“司马光”反而成为他的代号了。

起初司马光反抗，他要做张光第一，不要做司马光第二，别人喊他司马光时，他故意不理，装作听不懂。有一次数学课上，老师喊他司马光，他在座位上坐着不动；老师喊了三遍，他依然不动。老师直接走下讲台，走到他旁边，一手就掐住了他的耳朵。老师的动作很快，他只觉得耳朵剧痛，身子不由自主地站起来，嘴里喊着：“疼，疼……”

老师突然笑了，说：“我还以为你耳朵聋了呢。”

同学们哄然一声笑了，张光在笑声里羞愧地低下了头。他的反抗以失败告终，于是在以后大家叫他“司马光”时，他总能很快反应。司马光的思想要比村里其他同龄的孩子们成熟，别的孩子整天讨论放学后去哪里抓鱼或是捕鸟，而司马光认为那些游戏都是小孩子玩的，并对他们的行为嗤之以鼻，似乎忘记了自己跟他们同龄。

司马光的想法真的很怪异。

在一次上课的时候，司马光盯着窗外。窗外，一只小鸟神气地站在树枝上，过了一会儿，又飞来一只，两只小鸟在一起互相追逐嬉闹。教室外面春光灿烂，教室里面，老师正在跟学生们谈理想。老师问：“同学们，你们长大后的理想是什么呢？”

同学们叽叽喳喳地像小鸟一样说个不停，有的说要做科学家，有的说要做医生。对于同学们的回答，老师笑着点头并给予肯定。老师的目光扫过司马光，看到他的眼睛死死地盯着窗外，对教室内的热闹置若罔闻。

老师拿粉笔头丢向他。粉笔头掉在他的课桌上，司马光醒悟过来，慌忙望向老师。老师问：“司马光，你的理想是什么呢？”

司马光不假思索脱口而出：“我要做一只小鸟。”

“为什么要做小鸟呢？”老师问。

“我要像小鸟一样自由自在，”司马光说，“我要飞出张家庄。”

老师笑了，同学们也笑了，在众人的笑声里，司马光又一次羞愧地低下了头。老师和同学们认为司马光的想法太奇特了，奇特得有点冒傻气，不知是谁带头喊了句：“傻光。”这句话就像星星之火，瞬间烧成燎原之势，大家一起喊：“傻光，傻光。”

司马光变成了傻光。在小学六年期间，张光变成了司马光，司马光又变成了傻光。直到中学，老师和同学们才喊他张光，但只要回到张家庄，大家又会继续喊他傻光。

上中学后，第一次被老师和同学们喊作张光时，他愣了好久。他已经习惯别人叫他司马光了，除了在课本上写“张光”之外，他很久没有听到过别人叫他大名了。于是，在某个初秋的上午，初一的班主任喊他“张光”时，他呆住了，他第一次感受到了被尊重的幸福，他喜欢这里。

张光将喜欢变成行动，上课认真听讲，下课勤奋做作业，凡是值班日，他会把教室每一个角落都打扫得干干净净。张光告诉自己，对这份他人的尊重，要格外珍惜。

其实，张家庄的年轻人几乎都有绰号，这个绰号会跟随人一辈子。“司马光”这样的绰号在张家庄那种环境下，再平常不过，老师、同学和家里人根本认识不到绰号对张光的伤害。

因为从来没有一个人会这么认真对待自己的名字，司马光的行为过于敏感了。他的敏感与坚毅，在张家庄的少年和青年身上是少见的。大多数张家庄的年轻人的眼神是迷茫的，他们也许早早就从父辈身上看到了自己的未来，于是只有顺从，从未想过改变。而司马光不同，他的敏感使他改变，他太“不安分”了。

我在同学张小叶身上也看到过这种不安分，他们一样敏感，一样坚毅，这种不安分被小心翼翼地包裹在世俗之下，显得弥足珍贵。只不过张小叶走了一条充满荆棘的小路，而司马光所走的路，越来越光明，越来越宽阔。

我一度很难理解司马光在小学时期的行为，直到上中学之后，我把自己的处境和司马光做了对比，才恍然大悟，甚至醍醐灌顶。我想，我的许多思想是受司马光影响的。

司马光的父亲叫张良，和我父亲同辈，是村里仅有的几个文化人之一，同时也是我的中学物理老师。我偏文科，语文最好，物理最差，所以我是张良眼中的坏学生。

张良骄傲，他认为整座中学，他教物理的水平最高，怎么能够允许自己学生的物理成绩差得一塌糊涂？这有损他的颜面。对于我这种学生，他是深恶痛绝的。他经常会要求物理学习成绩不好的学生在放学后留校做功课，至少多留一个小时。

夏天还好些，冬天下午五点一过，天就黑下来。从学校到我家距离较远，要翻过一座山，然后到山脚下的农家取存放的自行车，再骑自行车回家。等回到家，天已经黑得伸手不见五指。

那个时候我年龄小、个子矮，胆子也小，在走山路的时候，经常一边跑，一边掉眼泪。因为回家晚，父亲怕我出意外，经常沿着村子里的路接我。起初，父亲责备我，说我自作自受，每次责备完，就找出物理课本给我补课。可对于我来说，学物理就像看天书一样，怎么也学不会。

物理课每天都有，只要不是下午最后一节课，我都会认真听完，虽然我什么都没听懂；但只要下午最后一节课是物理，我准会逃课。逃了几次，张良就找上门来了。

那天我们一家人刚要吃晚饭，张良推着自行车走进院子里。

我和他只对视一眼就心里发虚，便低下头不敢再直视他的眼睛。

父亲招呼张良在饭桌旁坐下，问："你怎么有空过来？"

张良从鼻孔里发出哼声："还不是因为你儿子逃课的事。"

"什么逃课？"父亲不解，望向我。见我不说话，父亲又问，"你逃物理课了？"

我逃课的事，父亲并不知情。张良瞅我一眼，眼神很复杂，然后把我逃课的事情告诉了父亲。

父亲知道真相后并未对我大发雷霆，却对张良说："他物理不好，我有责任，但让他延时做作业，回家那么晚，路上出了事情谁负责？"

张良没想到父亲会这么说，气得鼓鼓的，站起来推起自行车就往院子外走，一边走，一边头也不回地说："考不上重点高中，一辈子都别想走出张家庄。"

张良的身影很快就消失在门外，我低着头等待着父亲的责骂。父亲叹了口气说："都是造化，学习好又能怎样。我和你母亲都是大学生，现在不也在土地里扒食。"

父亲的话很泄气，我听了很难过。那晚，我躺在床上怎么也睡不着，不知不觉，就想到了司马光。司马光在北京工业大学读土木工程建设专业，在北京读大学，他是全村第一人。我知道，命运对于当年的农村孩子来说是残酷的，生活环境、学习条件艰苦，尤其是师资力量匮乏，若想考上好大学，就必须要付出更多的辛苦。

我能想象到，司马光吃了多少苦头。那一刻，我突然觉得很羞愧，我决定在寒假时去司马光家，让他父亲张良给我补习物理。我的决定得到了父母的大力支持，寒假第一天父亲就主动领我到了张良家里。

父亲和张良说："孩子的物理就交给你了。"

张良看了父亲一眼，说："你的物理水平可比我高多了，你都教不会，我怎可以？"张良冷嘲热讽。

按照父亲的脾气，若在平时，定要生气，但这一次，为了我竟然什么话都没有说。父亲喝着茶水，过了片刻，说："你的物理是全村最好的，这谁都知道。"

父亲不擅长恭维人，但张良听了却开心地笑了。张良骄傲，骄傲的人并无太多心眼，只要顺着他的骄傲，一切都好说。父亲既然已经服软，张良自然要给台阶下，便说："行，你先回去吧，一会儿补完课，我让张光送他回去。"

我已经很多年没有见到司马光了。他上大学后，一年才在寒假时回一次家。他从屋里走出来的时候，灯光打在他的身上，我抬头望他，感觉他背后有一圈光环。他跟我打了招呼。因为年龄的差距，这些年，我不管怎么努力，始终赶不上司马光前进的步伐。他俨然是大人模样了，摸摸我的头，说："好好努力。"

我点点头说："你是我的榜样。"

他笑了，说："你和以前的我真像。"

整个寒假，每天傍晚我都是在司马光家度过的，一边跟着张良学物理，一边缠着司马光给我讲述他在大学里发生的故事。司马光告诉我，他记得他小学时候被人叫傻光，他记得课堂上他说自己想变成一只小鸟时，老师和同学们的表情。

司马光还说，每个人都有属于自己的路要走，每一步都要珍惜。当时我没有完全明白这句话的含义，只是很崇拜他，觉得他懂得太多了，知识渊博，眼界开阔。

司马光的讲述，为我打开了一个全新的世界。这个世界光怪陆离，既精彩又无奈，我向往这个世界，想和司马光一样，拥有打开这个世界大门的钥匙。

司马光说，这把钥匙就是学习。

司马光的话，伴我度过了无数个黑暗的夜晚，就像鲁迅先生笔下的藤野先生，在我偷懒懈怠时，指引着我奋斗，给我力量。

那是我度过的最愉快的寒假，虽然学习任务繁重，但因为有了司马光的陪伴，一切都显得那么轻松自然。寒假结束，司马光回到了学校。他给我写过一些信，但后来，信越来越少，我和他见面的机会也越来越少，直到后来彻底断了联系。

我考上重点高中那年，司马光从北京工业大学毕业，去了深圳。司马光是家中独子。在张家庄人心目中，深圳远在天边，深圳的样子，也只是在电视上看到过。在听说司马光去了深圳后，他们纷纷竖起大拇指说："这个孩子太了不起了。"

他们已经忘记曾经叫他傻光，而且，也很少有人叫他司马光了。他们像是重新记起了他的大名，开始叫他张光。

这个变化是从司马光考上大学那一刻开始的。司马光性格内向，高考结束那个暑假，他大部分时间都是窝在家里看书，偶尔和父母下地干活儿。司马光发现乡亲们对他的态度明显不一样了，最直接的表现就是叫他名字时的变化。

他们开始叫他张光，他们热情地跟他打着招呼：“大学生张光回来了。”

“是啊，张光真有出息，”村民说，“他小时候我就看出来了。”

对于这些变化，司马光的心里是狂喜的，他很快就忘记了他们曾经对他的嘲弄，也热情地和他们打着招呼。他太喜欢这种感觉了。这种感觉刺激着他，他的人生就像开了挂一般，大学里品学兼优，毕业后，顺利签约深圳一家著名企业。司马光的故事就像传说，一度在张家庄流传着，尤其是司马光的父亲张良，走起路来，昂着头，腰杆挺得直直的，快五十岁的人了，竟然穿起了花里胡哨的衣服。

在深圳工作四年，司马光做了一个大胆举动。

司马光找到公司高层，提出自己一个想法：和公司签约三十年，借贷公司六十万，在深圳买一个一百多平方米的房子。

司马光太想拥有一个属于自己的家了。每天租住在出租屋里，下班后面对舍友，面对冰冷的屋子，他觉得生活没有比这更艰难的了。他给自己算了一笔账，按照目前的工资，要等许多年才能买得起房子。深圳是个高速发展的城市，房价会越来越高，如果现在不买，以后更加买不起。司马光在深思熟虑许久之后，决定赌一把。

司马光的决定很大胆，很疯狂，如果成功，他将拥有自己的房子，将为公司工作三十年；如果不成功，司马光清楚，自己这一举动会被大家嘲笑，自己在这家公司的工作就很难开展。在向公司提出条件之前，司马光做了评估，评估了自己在公司领导心目中的地位：工作四年，主持了几个大项目，取得了不错的成绩，自己年轻，有拼劲儿，公司需要这样的员工，况且，在当时没有人敢提出这样的条件。

在司马光提出条件后，公司高层并未立刻答复他，他们告诉司马光，让他等消息，领导们要开会商定一下。司马光很忐忑，根据经验，这件事多半是不能成功了。司马光有些沮丧，下班回到出租屋后，晚饭没吃、衣服没脱就直接躺在床上。他用被子蒙住头，心里无比沮丧。

就在司马光打算卷铺盖走人时，公司高层告诉他，同意他这个大胆的条件。司马光简直不敢相信自己的耳朵，他第一时间把消息告诉了父母。

那天司马光的父亲张良正在外面喝酒。听到这个消息，他很兴奋，一连喝了好几杯酒，最后有些醉了，在妻子的搀扶下，晃晃悠悠地往家走，走了几步，竟然唱起了《智斗》。他唱："想当初，老子的队伍刚开张……"风把张良的声音吹散了，断断续续地，像笑声，更像哭声。

司马光凭借一己之力在深圳那座繁华都市买了房子，这在张家庄简直是天大的新闻。在张家庄读过大学的人没有几个，靠自己本事在城市里安身立命的几乎没有，能在城市里买房的更是少之又少，这是司马光的荣耀，更是村民们的荣耀。

在张家庄，并非所有人都像司马光一样，梦想着有朝一日通过自己努力，走出张家庄，反而有一大批人安于现状，乐意在张家庄继续生活下去，日出而作，日落而息。对司马光的行为，他们不能理解，不明白司马光这么拼命是为什么，难道在张家庄生活不好吗？

对这些问题，司马光并没有正面回答。司马光说："动物园的老虎，一日三餐，有人饲养，吃得好，睡得好，可山里的老虎，什么都要靠自己。你说哪种生活方式更好？”

司马光意味深长地说：“没有什么比自由更重要，外面的世界很精彩。”

司马光的信念让他获得无尽的力量。司马光说，他曾想过家乡的安逸，但是每当看到城市的万家灯火，他就觉得浑身充满力量，有些事情必须要改变，改变张家庄就要先从改变自己开始。

2005年夏天的某天中午，张家庄突降大雨。久旱逢甘霖，面对这场大雨，村民们开心极了。大家甚至都不午休了，搬了桌椅在月台上，一边看着瓢泼大雨，一边评头品足。

这场雨持续了两个小时左右依然没有要停的意思，院子里已经积了很深的水，院子外面的河槽里，水声很大，轰隆隆地像火车驶过一般。村民们开始慌了，再这样下去，村里就要发洪水了。

这场大雨最终在傍晚时分停了下来。村里庄稼几乎全毁了，路也被冲断，像是用剪刀剪过似的，一段一段的。

通往村外就这一条路，路断了，要了村民的命。村支书通过大喇叭，招呼村民去修路，每家至少出男丁一名。一时间村里热闹起来。第二天上午，县委书记到了张家庄，当场提出要拨赈灾款。

司马光就是在这个时候回家的。村里发洪灾的消息是司马光的母亲在电话里告诉他的，司马光听后，很着急，说要回家一趟。母亲劝他：“你回家也没用，就安心工作吧。”

司马光嘴上答应着，但放下电话就买了飞北京的机票，又从北京坐了五个小时的大巴，在傍晚时分走进了村子里。

修路的村民大都已经散了，只有零星几个人还在抓紧干着。司马光在外读书多年，加上工作后很少回村里，村里认识他的年轻人很少，对他有印象的村民大都五十岁开外了。司马光拎着行李往村子里走，干活的村民抬头看了一眼司马光，发现是陌生的面孔。

“少小离家老大回，乡音未改鬓毛衰。”司马光突然想到了这首诗，心里阴郁下来。第一个发现司马光回家的人是我。我坐在家门口的拦水坝上盯着河槽里的水发呆。正值傍晚时分，村里到处炊烟袅袅，村民们大都已经回家，结束了一天忙碌的生活。这个时候是最惬意的，他们坐在板凳上，吸上几根烟，面前的餐桌已经摆好，有茶水，甚至还有已经做好的下酒小菜。

司马光从我身边走过的时候，我没有发现他，他先叫了我的名字。我转过头就看到了司马光笑意盈盈的脸。我站起来，向司马光走去，我说：“你怎么回来了？”

司马光伸手来摸我的头。可能是觉得我已经长大，这个动作不合适，他的手在半空中停住，随后改做摸自己头发的动作。他说：“听说家里发洪灾，我回家看看能不能帮上什么忙。”

司马光说：“听说你考上了大学，祝贺你。”

我和司马光的对话很简短，就几分钟，随后司马光向我告辞，拎着行李继续往村子中央走去。

司马光在回村的第二天早上做了一件大事。大约早上六点多钟，村里的大喇叭突然响起来，一般这个时候，村里的大喇叭都是寂静的，那天却突然反常起来。喇叭里传出村支书的咳嗽声，他清清嗓子，在大喇叭里说：“乡亲们，告诉你们一个好消息，在深圳工作的张光回来了，他知道咱们村儿受了灾，要出五万元无偿资助修路。”

五万元，放在今天的张家庄依然是个大数目，是普通村民一家老小好几年的口粮。司马光这一举动太令村民们惊讶了，要知道司马光在深圳的房子依然没有还清贷款。

这个消息一经大喇叭播出，全村沸腾了。这么多年，张家庄出了不少有钱的村民，但他们大都把钱揣进了自己的腰包，从没有一个人拿钱出来为村子做贡献。司马光的行为让村民们简直不敢相信，他们聚在一起讨论着这件事，他们说："张光是不是傻了？"

有村民附和着说："肯定傻了，不傻谁干这种事。"

"是啊，是啊，"有村民说，"他小时候大家都叫他傻光呢。"

可能是太久没有听到这种事情，村民们大都持怀疑态度。就在村民们议论纷纷的时候，司马光突然给村支书送去五万元现金，然后迅速返回深圳了。村支书把这消息一传播，村里顿时又炸开了锅，大家讨论得更加激烈了。最终村民们分为了两队，一队支持，说司马光是年轻人的榜样，全村都应该记住他的恩德；另一队反对，他们说，司马光想出名想疯了，他这么做，多半是脑袋进水了。

但不管如何争论，司马光确实无偿拿出了五万元钱。这五万元钱村支书用来购买了水泥，虽然不多，可多少也能起到点作用。村支书决定，在路修好后，要在村头的路边上，竖一块石碑，把这次事件记录下来，并且要把司马光无偿捐献五万元的事情写进去。

对于司马光捐钱的事情，司马光的父母是坚决反对的。他们听到这个消息后，第一反应就是儿子糊涂了，自己辛辛苦苦赚来的钱，为什么要无偿捐给村里，再说，他的日子也不好过。

父母说的在理，但不管父母怎样苦口婆心地劝，司马光就是不听，他心意已决。在回村的路上，司马光就已经做出了这个决定，他的行李箱里，整整齐齐地装着五万元人民币。司马光之所以很快把钱捐出去，又逃离似的离开村子，多半是因为家人的缘故，他不想因为这件事情，为自己带来没有必要的麻烦。当然，这些事情都是我的猜测。

司马光捐钱事件发生不到一年，在某天下午，司马光的父母一同在村子里消失了。许多村民都记得，那天，一辆小轿车开到了村子里，在司马光家门口停了下来。司马光从车上走下来，他没有和围观的村民打招呼，而是迅速地走进了家门。

这一切都是事先商量好的。因为司马光进家门没多久，司马光的父母就和他一起走了出来，他们手里拎着几个大袋子，行李被塞在这几个大袋子里。司马光和父亲把这些袋子放在后备厢，收拾妥当之后，司马光就和父母上车了。司马光的父亲有些留恋，上车前，在门口看了好久。

有好事的村民过来打招呼："这是要去哪里啊？"

司马光的父亲张良说："跟儿子去深圳住几天。"

村民很是艳羡："有这样一个儿子，是你们老两口的福气啊。"

司马光摇下车窗，最后看了家门一眼，大门被一把大铁锁锁了起来。司马光发动车子，以飞快的速度向村外驶去。车子扬起一片尘土，很快就不见了踪影。

几个村民聚在一起嘀咕，有村民说："张光真行，把父母接出去享福了。"

"你看吧，用不了多久，他们就会回来的。"有村民说。

司马光的这次决定和捐钱时的决定一样，让村民们大跌眼镜。司马光把父母接到深圳居住的消息瞬间便传遍了全村，有村民路过司马光家门口时，总会停下来打量一番。司马光家不算村子里的大户，但也绝对属于中等偏上的人家，尤其是司马光工作这些年，时不时地给家里寄钱回来。司马光的父亲已经退休，每月退休金有一千多元，在村子里，这已经是非常不错的收入了。

司马光家的房子共七间，一字排开，院子很大，方方正正的被围墙围起来，很有种大宅门的感觉。有村民在房前伫立良久，离开之后，他说："司马光家的风水真好，是出人才的地方。"

就在大家以为司马光父母用不了多久就会回村时，司马光家的消息让所有人再一次震惊。

司马光全家这一走，就再也没有人回来，他家就像消失在茫茫大海的珍珠，杳无音信。没人知道司马光家住在哪里，也没人知道司马光一家人的任何联系方式，只是听司马光家的亲戚传出话来，说是司马光娶了深圳本地人家的姑娘，一家人过得特别好。

消息还说，司马光生了一个儿子，真是有福气。

我相信这些传言是真的。虽然我和司马光的接触并不多，但从他身上我总能感觉到些什么，这种感觉是面对其他村民时从来都不会有的，他就像一个谜，吸引着你去探索谜底。

2008年我大学毕业参加工作，在万家灯火璀璨的时候，拖着疲惫的身躯，乘坐公交，横跨大半个城市回到出租屋时，我一下子想起了司马光。我想象着，司马光曾经和我一样，也有过同样的场景，有过同样的心境，只不过，司马光的立场比我更加坚定，他更加清楚自己想要的是什么。

我曾经认真回忆司马光的一切。虽然在张家庄生活的时间不长，但司马光却留下了许多传说：第一个在北京读大学的大学生，第一个无偿为村子捐款的年轻人，第一个把父母接到城市定居的儿子。在司马光身上，有太多解不开的故事，也有令人无法直视的光环。就像我第一次去司马光家补习物理时，司马光从屋子里走出来，灯光打在他的身上，一圈圈光晕扩散开来，金灿灿的，特别美丽。我想终有一天，我也会走上和司马光同样的道路，他就像暗夜里的灯塔，指引着我，照亮着我。

第四章

云淡风轻别时景

命运的转变

十里八乡，老蛋以抠闻名。

一般来说，抠是因为穷，但老蛋不是，他是因为贪。贪到什么程度？举个例子。

张家庄山中多种果树，果树种类繁杂，柿子、核桃、苹果等应有尽有，最多的还是枣树，赶上好年头，一斤大枣能卖十五元。

每年五月开始到九月结束，村民都要给果树喷洒农药。果树距离比较近，很多枝杈互相搭在一起，农药难免会给相邻的别家的树打上。村民大都已经习惯，没人会计较，可老蛋不同。他喷洒农药时小心翼翼，如不小心给别人家喷上，他便觉得亏，整整一天都高兴不起来。

到了秋收季节，大枣落在地上，弹出去很远，分不清是谁家的，村民们在捡枣子时，就有意识地少捡一些，给对方多留一些，但老蛋非但一颗不留，还要偷偷地把对方的枣子都捡了去，村民们知道他的脾性，干脆睁一只眼闭一只眼。村民们说，多捡几颗枣子也不会富起来，何必因为这点小事生气。

村民们的宽容和放任给了老蛋可乘之机。凡是别人家不种的土地，他都栽上果树。几年下来，老蛋的好日子来了。也不知怎么的，老蛋家的果树年年大丰收，老蛋的财富就在这些果树上积累下来，慢慢成为村里的有钱人。

老蛋到底有多少钱？没人知道。一年三百六十五天，他家几乎天天吃粗粮，玉米是自家地里种的，蔬菜也是，除了孩子们上学，几乎没有花钱的地方。他的衣服常年打着补丁，同一个地方破了，就再补上一块，一圈一圈，很像老树的年轮。

老蛋很勤劳，每天都蹲在地里。吃过早饭，他把锄头扛在肩上，手里拎着饭盒，饭盒里装着窝窝头和咸菜，那是老蛋的午饭。由于常年劳作，老蛋略有驼背，走起路来，一摇一摇的，像个王八。

我父亲和老蛋很要好，村里能干的人不多，数来数去也就一个手掌数，他们经常约在一起下地。到中午，劳作的村民找一个平地坐下，大家打开饭盒，饭菜样式五花八门，唯有老蛋的饭菜十年如一日，单调乏味。

大家交换着饭菜，老蛋的饭菜没人愿意吃；老蛋盯着大家的饭菜，眼里冒着幽幽的光。

大家跟他开玩笑："老蛋，你赚那么多钱，舍不得吃，舍不得穿，难道要带到棺材里去？"

老蛋讪讪地笑，他说："老伴儿当家，我做不了主。"

我父亲好酒，午饭自然不能少，每次带一小瓶，大约半斤的样子。老蛋喊我父亲叔。他往我父亲身边挪动一下，他说："叔，这酒好香，我能尝尝不？"

父亲便倒一些给他。老蛋双手捧着，先是闭着眼睛闻一下，然后才轻轻地抿一口，再咂咂嘴，回味一下，嘴里说："果真是好酒。"

父亲也不说破，每次午饭照常是半斤酒，不等老蛋说话，就分一半给他。老蛋很抠，但不傻，他看父亲的眼神很是感激。

我读大学那年，学费不够，父亲向老蛋借了一千块钱。老蛋当时很爽快，但只过了一个星期，有一天晚上，老蛋和老婆突然来到我们家里。当时我们一家人正在吃晚饭，母亲招呼他们坐下一起吃，他们客气地拒绝了。父亲把碗筷放在桌子上，抹抹嘴说："家里有新买的茶叶，我们一边喝茶一边说话。"

茶喝了好几壶，我父亲都连续打了好几个哈欠，老蛋依然没有要走的意思。

父亲耐着性子，他问："今天来，是不是有什么事情？"

老蛋先是笑，笑得很勉强，他扭头望望老婆，有点难为情。

老蛋老婆像是得到某种指令，她说："叔，我家遇到点事，您看借您的一千块钱能不能……"

话说到这个份上，再听不出来就是傻子。父亲不傻，他要面子，他打断老蛋老婆的话，说："明天上午我给你送去。"

老蛋夫妇走了，家人很气愤，但父亲却很平静。他说："人帮你是情分，不要埋怨。"

第二天，父亲早早地就出了门。中午时分父亲从外面回来，手里拿着一摞钱，大约有五千的样子。父亲对我说："好好读书，钱的事情不用你操心。"

老蛋有六个孩子，五个女孩，男孩是老幺。老蛋老来得子，宠爱得不得了。小时候，孩子们一起玩耍，只要老幺一哭，不管隔着多远，老蛋肯定会放下手里的活儿，三步并作两步跑过去，把跟老幺一起玩耍的孩子吼一顿，常常把孩子们吓哭，惹得家里大人找上门来。

老蛋护短，不知道让人，好几次差点儿动手。一来二往，村里大人便教育孩子，坚决不许和老蛋家孩子玩耍。孩子们听话，渐渐不与老幺来往，老幺不高兴，在家里哭闹。老蛋心软，只好上门跟人家说好话，让人家冷嘲热讽一番，非常没有面子。

我家和老蛋家是邻居，加上父亲和老蛋的关系，我和老幺玩耍的时间最多。人们常说，慈母多败儿。初中开始我和老幺的关系越走越远，我爱读书，老幺爱打架。老幺把同学们打得头破血流，老蛋只好拿钱了事。老幺常常挂在嘴上的话就是："不怕，我家有钱。"

老蛋心里也着急，但手举到半空就是打不下去。老蛋说："老子不管你了，你想怎样就怎样。"

初三那年，老幺辍学跟着他大姐夫去了保定学厨师，结果厨师没学成，事惹了一摊。老幺把饭店服务员的肚子搞大了，不到结婚年龄，姑娘家人不干，跑到老蛋家闹了个你死我活。

老蛋因为太抠，在村里名声本来就不好，这一闹，更是让村民们看了笑话。那天老蛋铁青着脸，狠狠地打了老幺一巴掌，没想到老幺突然推了老蛋一把，老蛋猝不及防摔倒在地上。看热闹的村民哄然大笑，老蛋的脸没地方搁，一会儿红，一会儿白，过了好一会儿，哇哇地大哭起来，把看热闹的村民唬得一愣一愣的。大家纷纷交头接耳："这是唱的哪一出啊？"

这件事之后，老蛋更加低调了。他把早起的时间提前，每天天不亮就起床下地，很晚才回家。午饭也不跟我父亲他们一起吃了，自己躲得远远的。

老蛋想不明白，自己辛苦一辈子，不就是为了这个儿子吗？没想到，竟然生出这么个东西。老蛋越想越气，越气越想，结果病倒了。屋漏偏逢连夜雨，老蛋锁在抽屉里的几万块钱不见了。老蛋心里清楚，钱是被儿子偷去了，但家丑不可外扬，真真儿的是打碎牙齿和血吞，有苦说不出。

大约春节前，老幺突然开一辆轿车回来，一时间风光无限。

别人越赞美，老蛋心里越沮丧，这个败家子，被偷走的钱原来是用来买车了。

老蛋感觉自己进入了人生低谷期，急需要一副好牌，打一个漂亮的翻身仗。

经过几番思量，老蛋把目光锁定在高利贷上。那几年，村子里流行赌博，有人偷偷躲在山里进行赌博。

赌博赌的是运气，没有人天生运气好，有人输得倾家荡产。赢的人鬼迷心窍想要赢得更多，输的人急赤白脸想要赢回来，没钱怎么办，那就借，于是便催生了高利贷这个行当。

有人打老蛋的主意，但老蛋那么抠，会舍得把钱拿出来放高利贷?

抠和贪是两兄弟，越抠就越贪。当有人上门借钱，老蛋故意端着架子。来人便说：“先放一千试试，钱不多，亏了也不心疼。”

老蛋有些心动，放了一千块钱出去，没几天连本带利就拿了回来。老蛋尝到了甜头。欲望的堤坝一旦打开，贪婪的洪水一发不可收拾。

两千、三千，两万、三万……老蛋的高利贷越放越多。起初很快就能收回本金和利息，但渐渐地只能收回利息了。

我父亲曾劝老蛋尽早收手，但老蛋不听，等老蛋彻底醒悟过来的时候，悔之晚矣。

高利贷就是利滚利，高收益自然伴随着高风险，赌博这事更不靠谱。

输了的人红了眼，把村民聚众赌博的事情捅到了乡派出所，参与赌博的人某一天被悄无声息地来了个一锅端。

人被抓了，赌资也被没收了，有的人便以此为理由不还账了。竹篮打水一场空，老蛋上吊的心都有。

派出所民警顺藤摸瓜找到了老蛋。老蛋被带到派出所录口供，自然少不了一顿教育。从派出所出来，老蛋的精神就有些恍惚了。

有人粗略算计过，老蛋前后放出去的高利贷有二十多万元。这在当时来说，张家庄的大部分村民一辈子都没挣过这么多钱。

就算果树一年赚一万多，这些钱也需要二十年才能赚回来，还要不吃不喝才能攒下。好心的村民替老蛋惋惜，哀其不幸。

二十万不至于要了老蛋的命，但是对老蛋的打击是沉重的，老蛋卧病在床足足一个多月。有一天，老蛋从床上爬起来，对老婆说："去，给我买些鸡鸭鱼肉回来，我要尝尝什么味道。"

老蛋变了，他家里的伙食也好了，大鱼大肉每顿饭都有，还有好酒。他曾专程拿着酒到我家，跟父亲说："之前总喝你的酒，这次你也尝尝我的。"

父亲很惊讶，说："人这一辈子，苦一天，乐一天，想明白了，什么都不重要了。"

村民们也觉得老蛋想明白了，他们发现老蛋的大烟锅不见了，取而代之的是十块钱一盒的云烟。

有村民合计，老蛋白白失去二十多万，还能这样生活，老蛋到底有多少钱呢？

对呀，老蛋到底有多少钱呢？这在张家庄是个谜，至今没有人能够解开。

父亲跟我说：“老蛋变了，变大方了。”

第七所房子

房子是张国旺的心病。

自成家开始，直至去世，张国旺大半辈子都在与房子较真儿。张国旺一共建有六所房子，这在张家庄是绝无仅有的事情。按照张家庄的风俗，父亲要给儿子建房子，儿子要给孙子建房子，一代一代传下去，从未改变。若是某个村民的儿子结婚时没有房子，要被人笑话。

张国旺就曾经是个笑话，所以自从第一个儿子出生，他就把所有精力都用在了房子建设上。

从严格意义上来讲，张国旺一家并非土生土长的张家庄人。他们是从山东流浪过来的，当年张国旺的父亲带着媳妇一路乞讨来到张家庄并扎根于此。

张国旺父亲本来是个银匠，后来在村里打银饰。村长与村民们商量，把几间废弃屋子给了他们，还分给他一小块土地。张国旺父亲感动得痛哭流涕，一家人再也不用风雨飘摇。张国旺父亲从来没跟任何人提起过自己的身世，包括他自己的孩子们。

张国旺父亲憨厚，与村民们相处非常融洽。在张国旺的童年岁月里，他父亲曾经反复提及这段往事，他告诫孩子们，一定要记住张家庄村民的恩情，要世世代代在这片土地上生活下去。

将那几间房子修葺好没多久，张国旺的大哥出生了。那时没有计划生育政策，张国旺父母共生了十一个孩子，张国旺排行老五。张国旺父亲的收入，根本无法养活这么多张嘴，更别提建房子的事情。这么些年过去，张国旺一家依然住在当初的房子里。房子前后修葺多次，要不然每逢下雨天，房顶就会滴滴答答漏水，弄得屋子里一片狼藉。

房子中央有一个大土炕，十一个孩子全部睡在这个土炕上，年龄小的时候还好些，年龄稍大，就很不方便。为养活这一大家子人，白天，张国旺母亲就带着几个孩子出门乞讨，老大和老二留下来照顾小一些的孩子，张国旺在外出乞讨之列。

这一走就是一天。赶上雨水多的季节，附近几个村子河水暴涨，他们渴了，就趴在河边喝几口，根本不会在意河水是否干净。村子里长大的孩子皮实，只要能活下去，什么苦都吃得。

最可怕的是饥饿，经常走大半天的路，都没有讨到什么吃的东西，大家饿得前胸贴后背。饿得急了，孩子们便哭，一边走一边哭。

经常外出乞讨一天，晚上空手而归。孩子们又累又饿，等回到家里，倒在土炕上，一声不响昏睡过去，半夜饿醒又开始哭。那场景要多凄惨有多凄惨。

这种日子，张国旺一天都不想过。他脚上起了许多水泡，忍着疼痛用针一个一个把它们挑破，把脓水挤出来。就这样，长了挑破，挑破再长，久而久之，张国旺脚底板留下了厚厚的老茧和坑坑洼洼的疤痕。

即便是苦日子，但只要一家人健健康康地生活在一起，总有一天也会熬出头。可张国旺家里实在太贫穷，饥饿加上生病，十一个孩子只活下来六个。张国旺的四个哥哥和最小的妹妹先后夭折了。那个时候张国旺已经长大懂事，他从父母疼爱的老五一下子变成家里最大的孩子。那种眼看着亲人离世，自己却无能为力的滋味，张国旺在短短几年里尝尽了。张国旺看着兄弟姐妹，看着一贫如洗的家，发誓：这辈子无论如何也要让自己的家人过上好日子，一定要建很多很多房子，让全家人都住上宽敞明亮的房子，再也不用挤在那个阴暗潮湿的土炕上。这个信念一直支撑着张国旺。

张国旺几乎没有感受过童年的快乐，仿佛是一下子就长成了十八岁的大小伙子。

作为家里老大，张国旺觉得自己有义务扛起这个家庭的重担。在与父母商量之后，没有读过一天书，连自己名字都不会写的张国旺决定走出张家庄，到外面的世界去闯一闯。张国旺和村里一群年轻人外出谋生，十几个人，经过多次讨论，最终选定目的地为山西大同。

山西大同盛产煤，距离张家庄也较近，翻过几座山，沿着大山一直走，走上几天，就能到。决定去大同的前几天，张国旺的心情一直很复杂，他渴望通过这次闯大同改变自己和全家人的命运，可又不知道未来的路在哪里。从小到大，就算讨饭，也从来没有远离过村子，外面的世界是怎样的，张国旺既期待又忐忑。令张国旺最放心不下的还是家人。父亲和母亲上了年纪，一些体力活儿基本不能做了，弟妹们还都小，自己走了，这个家能否支撑下去，会不会上演几位哥哥的悲剧。每每想到这些，张国旺心里就有说不出的难受。

张国旺心里也打过退堂鼓，但最终还是把心一横，和村民们出发了。出发前，张国旺给父母磕了三个响头，又跟弟弟妹妹们一一作别，然后头也不回地走出了家门。张国旺心里憋着委屈，一路上走得飞快。踏上张家庄最高的山峰峰顶，俯瞰整个村子时，张国旺的眼泪就像决堤的洪水，尽情地在脸上流淌着。张国旺哭了很久，像是要把这些年所有的不如意都要哭出去。同行的村民谁也没有上前安慰他，他们静静地坐在不远处的山石上看着张国旺大哭，也悄悄地流下了眼泪。

张国旺哭罢，跪在地上，冲着村庄的方向又磕了三个响头才站起来。他最后望了望村庄，和村民们一起下了山，再也没有回头。

张家庄跟大同隔着连绵的大山。时值秋季，山里野果多，大家饿了就摘野果吃，渴了就喝山泉水，困了就随意找个背风的地方睡。一路上走走停停，走了七八天才到大同。

那是张国旺第一次见到城市。夜晚降临，街灯依次亮起，张国旺站在路旁看着迷离的灯光，心便荡漾起来。他们一路上打听有煤矿的地方，但到了煤矿工地，张国旺荡漾的心开始一点一点黯淡下去。

张国旺第一次见到煤矿便傻眼了：煤堆得像小山一样高，工地上机器轰鸣震耳欲聋，每个人都灰头土脸，除了牙齿，全身都是黑色的。

张国旺从小干体力活儿，加上一米八多的身高，浑身上下有使不完的劲儿。同行的十几个村民都在煤矿留了下来，张国旺的工作就是井下作业。

煤矿工人的苦非一般人能够承受，张国旺好几次产生放弃的念头，但一想到家人，便硬是咬牙坚持下来。张国旺给同村的村民做思想工作，鼓励大家抱成团，一起坚持。张国旺在十几人中虽然年龄不是最大的，但大家都以他马首是瞻。

在煤矿工作的三年里，日子是灰暗的，看不到希望，唯一的盼头就是让家人过上好日子。偶尔休息，张国旺就和大家去城里逛街，他们走在城市的街道上，虽然强作镇定，但心里却无比胆怯。张国旺知道，他并不属于这里。

三年来，除了日常必要花销，张国旺把所有工钱都攒下来。做煤矿工虽然辛苦，好在收入较高，张国旺心里想着，等再干两年就回村里去，给家里建几间大房子。

人算不如天算。一天夜里，煤矿塌方，三名矿工被埋在了地下，人被挖出来的时候已经不行了。这件事对张国旺的触动太大了，他怕有一天自己也被埋在地下，再也不能见到家人。张国旺深思熟虑之后决定辞工回家。张国旺把这一想法告诉了其他同伴，他们没有异议，大家商定，一起来，一起走，谁也不能丢下。

十几个人一起辞工，肯定不妥，况且煤矿刚刚发生事故，矿厂的领导态度又都很强势，如果正面起冲突，说不定大家谁也走不了。

张国旺与大家商定，利用休息的机会，偷偷溜出去。他嘱咐大家只带工钱，其他生活用具一律不带，就连衣服也不能带。

就这样，张国旺等十几个人从煤矿上跑了出来，原路返回，继续走山路，一为节省费用，二为自身安全。

回家的心情和来时的心情不一样，更加轻松，每个人身上都有钱。大家走走停停，漫长的山路也不觉得难走，甚至有村民吹口哨，唱山歌。这个队伍在某天天快黑的时候看到了张家庄的影子，大家呼啦一下子全部奔跑起来。

张国旺没有跑，他的心情很复杂，他想立刻见到家人，可又怕家里有什么事情发生。张国旺推开家门时，家人正在吃晚饭。见到张国旺回来，张国旺的父亲和母亲激动得说不出话，他们围着张国旺转了好几圈，确定儿子安然无恙，悬着的一颗心才放下来。

张国旺在心里数了一下，弟妹都在，这才想起一件事情来——回来匆忙，没有给大家带礼物。张国旺懊悔地在自己脑门上拍了一下，说："都怪我，都怪我。"

弟弟妹妹都去睡觉的时候，张国旺把工钱全部拿了出来，厚厚的一摞。他把钱放在父亲面前，说："我想给咱家建房子。"

张国旺父亲的眼泪一下子涌了出来，他哽咽着，半天没有说出一句话。这次回来，张国旺的肤色变得黝黑，虽然身体愈发强壮，但一眼就可以看出，这些年在外面吃了不少苦。张国旺母亲也哭了。望着父亲和母亲，张国旺却笑了。晚上，张国旺睡在土炕上，思绪万千，等醒来，已是日出三竿。张国旺伸了一个懒腰，把手遮在头顶，半眯着眼睛向远处的大山望了望，这种感觉太好了。

一个星期之后，张国旺家的房子被推到了，他要在原来的房基地上，重新建房子，而且要扩大面积，建十间房子，要让父母、弟弟和妹妹每人都有一间。

在村子里，建房子是一项大工程，是许多村民一辈子中最重要的一件事情，然而这对于二十一岁的张国旺来说，仅仅是个开始。

张国旺年龄最小的弟弟和妹妹正在读书，其他人全部帮忙建房子，那真是一片热闹的景象。在这片曾经一贫如洗的土地上，将有十间崭新的房子建起来，想想都让人觉得无比舒坦。尤其是张国旺，他感到很骄傲，甚至在一天夜里，他竟然梦到自己已经住进了宽敞明亮的新房里。

第二天醒来，张国旺脸上都是挂着笑容的。在建房子的那段时间，张国旺的心情每天都很美丽。自从父亲扎根在这片土地之后，张国旺家终于真正拥有了属于自己的第一所房子，这意味着，这个家彻底融入这个村落里了。

房子建了七八个月。搬新家那天，张国旺邀请了村长和村里几位德高望重的村民来家里吃饭。吃水不忘挖井人，张国旺清楚，没有村民们照顾，就没有这个家。那天，张国旺的父亲喝醉了，张国旺也破天荒地喝了一杯酒，还叫弟弟妹妹买了鞭炮，在家门口放，噼里啪啦的鞭炮声，响彻整个村庄。

张国旺把房间做了分配，父母一间，他和五个弟弟妹妹每人一间，剩下的，放粮食和其他的物件。一家人再也不用挤在一起了。

张家庄的年轻人普遍结婚较早，十七八岁就有做了父亲的，张国旺的年龄足可以被划为晚婚行列。之前因为家里穷，张国旺的父亲不敢托媒人介绍，现在不一样了，十间崭新的房子，别说空间够用，在张家庄也属于很好的房子了。

在村子里，有房子住，有地种，这就是好日子；如果自家男人有本事，能通过卖力气赚一些钱，更是锦上添花。而张国旺就处在这个阶段。虽然自家地不多，但这么多年过来，张国旺的父亲在山上开垦了不少荒地，每年所打的粮食足可以养活一家人。

就在张国旺的父亲打算托媒人说亲时，一桩婚事却自己找上门来。和张国旺一同闯山西的其中一个村民的妹妹比张国旺小三岁。在闯山西的过程中，这村民发现张国旺不仅心细，头脑活络，还踏实肯干，如果把自己的妹妹嫁给他，将来一定能过上好日子。于是在和妹妹商量后，主动来到张国旺家，和张国旺的父母撮合此桩婚事。

张国旺的父母自然欢喜得紧；张国旺最孝顺，只要父母开心就好，他本人没有意见。这门亲事算是定下了。

两家人商量，婚事一切从简，能省就省，省下来给小两口过日子。结婚当天，宾客散去之后，张国旺父母把儿子和儿媳叫到跟前，当着弟弟妹妹的面，把西面的三间房子分给了张国旺，父亲说："你现在是成家的人了，没有房子怎么行。"

张国旺低着头没有说话，过了一会儿，他看看身边的弟弟妹妹说："以后他们怎么办？"

这句话戳到了张国旺父亲的痛处，十一个孩子只养活了六个；活了大半辈子，自己连一间房子都没能盖起来，现在住的新房，还是沾儿子的光，顿时觉得很羞愧，他喏喏地说："以后再说。"

张国旺不再说话。

小两口回到屋里，张国旺一点新婚大喜的心情都没有，他坐在土炕沿上抽烟，把烟锅嘬得吧嗒吧嗒响。媳妇坐在一旁陪着他，也不说话。两个人就这样闷闷地坐了好一会儿。张国旺吸了最后一口烟，咳嗽了一声才说："我想建房子。"

张国旺媳妇早猜测到了他的想法。房子是张国旺的命根子，漂泊惯了，没有根，就没有家的感觉，更别提安全感。一大家子人挤在一起不是办法，弟弟妹妹总要长大，这个家迟早是要分开的。虽然心里不太乐意，但嘴上却是支持的，她说："都听你的。"

张国旺很感动，他握住媳妇的手，用力地捏了一下，说："放心，我会让你跟我过上好日子的。"

张国旺要建新房的想法遭到了父亲的强烈反对，父子俩发生了有生以来最激烈的一次争吵。父亲理由充分，房子够用，再建意义不大，况且家里余钱不多，再建房子必须要借款，日子又会陷入紧张状态，这是自讨苦吃。张国旺寸步不让，既然已经成家，自己就是这个家的主人，建不建房子，主动权在自己手里，即便借钱，也要把房子建起来。

张国旺在心里跟自己打赌，他不相信，只要踏实肯干，还有过不好的日子，所以无论如何也不能妥协。父亲最终没有拗过张国旺。

这次建房子，张国旺比较慎重。首先选址要讲究，既不能距离现在的房子太远，也不能太近，而且位置要好，将来村子里修了公路，进出方便。经过仔细考察，张国旺把地址选在了距离村口不远的地方。

土地是置换来的。当时的张家庄村民大多聚集而住，可张国旺选择的地方却在村口，周边一户人家都没有，到了晚上，荒凉得让人觉得可怕。

张国旺的父亲和村民们都不解，唯有张国旺信心满满，他知道，迟早有一天，房子一定会多起来，到那时，自己的房子一定会是进出村子最方便的。

这一次，张国旺计划建五间房子，就算将来有了孩子，也住得下。张国旺向一同闯过山西的村民借款，因为有过煤矿时的相互照顾，村民们都相当爽快，钱很快就凑齐了。张国旺找了之前建房时的同一家施工队，选了良辰吉日，便动工了。

房子马上就要修建完毕的时候，张国旺媳妇怀孕了。张国旺欣喜若狂，但也添了许多压力，孩子出生就多了一张嘴，房子的欠款还没来得及还，孩子成了甜蜜的负担。一天夜里，张国旺和媳妇商量，他想外出打工。

媳妇心里一百个不愿意，她说："我不怕过苦日子。"

张国旺叹口气说："我不想让你和孩子跟我过苦日子。"

一切安排妥当之后，张国旺独自一人依依不舍地出了张家庄。他听说山西五台山盛产药材，可以采回来卖。张国旺不懂药材，但想试一试，如果不行，再干些苦力活儿。张国旺想，天无绝人之路，去五台山碰碰运气，总比在张家庄坐吃山空强得多。

到了五台山，向当地的人一打听，果然当地药材生意盛行。其实五台山上的药材很好辨认，村民从山上把药材采下来，再卖给来村子收药材的商家，赚取些微薄的生活费以补贴家用。这种买卖只是村民自发的，零星的，并没有形成规模。

那时村民们各自为战，根本没有经商头脑。这一发现让张国旺欣喜若狂，他感觉机会来了。

但是若自己一人上山采药，辛苦一天也赚不了多少钱，如果按当地收购价把村民手中的药材收过来，再加价卖给药材商，自己从中赚些差价岂不更好。

张国旺主动找到商家说明，商家自然乐意。一家家地收药，太浪费时间，这下有人主动承揽这个收购过程，即便价格稍微高那么一点，也更划算。

张国旺和商家约定，每周送一次，一手交钱，一手交货。随后，张国旺主动上门去村民家收药材，价格不变。没多久，张国旺便承揽了整个村的药材生意，做起了药材"贸易大亨"。

张国旺在五台山做药材生意大半年，他算了一笔账，除了还债，还能余下一部分钱，这些钱足够养家糊口。于是，冬季来临时，张国旺决定利用药材生意淡季返回张家庄，待来年春天，再来五台山。

就在张国旺背上行囊，走在路上的时候，看到路边一辆马车陷进泥淖里，便上前帮忙推车。没承想，马车车轮竟然从张国旺的右脚脚背上碾了过去。当时天寒地冻没有感觉到疼痛，等稍微喘息几口之后，疼痛感瞬间传遍全身。

马车的主人把张国旺送到镇子上的医院，一检查脚背骨裂。

张国旺在医院躺了大半个月后被马车主人接到家里。医生嘱咐，要静养三个月，不然会落下终身毛病。张国旺懊恼不已，但也无可奈何。万幸的是，马车主人善良，且自觉是因为自己张国旺才受的伤，便照顾张国旺饮食起居，没有丝毫怨言。

五台山的冬天异常寒冷，张国旺一住就是四个月。四个月后，右脚基本康复，但也留下了后遗症，每逢阴天下雨，脚背便钻心地疼。张国旺本想立刻启程回张家庄，但春季已经来临，正是收购药材的好季节，于是只好留下来，再继续干上几个月。

就这样，张国旺在五台山又拖了几个月才返程。回到家里，儿子已经出生，临走前建的五间砖房宽敞明亮，房子四周砌了围墙，大门口被崭新的木栅栏掩起来，很是气派。张国旺坐在台阶上，吧嗒吧嗒地抽烟，那种幸福感满满地包围着他。

张国旺还清了所有外债，还给了父母一些钱，剩下的，全部交给媳妇保管。媳妇从来没有见过这么多钱，激动得又哭又笑。

张国旺过了几年悠闲的日子，白天下地干活儿，晚上陪媳妇孩子，俨然一副当地村民的生活状态。这种老婆孩子热炕头的日子是张国旺所向往和追求的，二十多岁的张国旺显然已经提前实现愿望。

随后的几年里，张国旺和媳妇又生了三个男孩。家里四个男孩令张国旺感到不安。张国旺不想像自己的父亲一样，除了生命什么都没有给孩子们留下，张国旺决定，要为每个孩子建一所房子。这样一来，对孩子们有一个交代，对自己也有一个交代，他也算是尽到了作为父亲的责任。

有了目标，张国旺在白天下地干活儿的时候，便思考着如何赚钱。那时候，生产队早就解散，市场经济的风慢慢吹过来。张国旺比所有村民都觉醒得早，他知道，自己又等来了一次机会。

张国旺开始了自己的第一次创业。

张家庄的果树漫山遍野，到了秋季，果实挂满枝头，大枣、核桃、黑枣……起初，这些果实都被摘下来分到各个村民家里，自从包干到户之后，一夜之间，竟然形成了买卖生意。村民把果子摘下来，到镇上的集市去卖。

张国旺买了一匹骡子和一辆大车，这些都是生产队解散后留下来的。那个时候交通不发达，村民外出都是步行。张国旺看准的就是这个机会。村民们把果子装在篮子里，坐张国旺的大车去赶集，张国旺收取每人一些费用。就这样，张国旺做起了赶大车的生意。

谁家建房，张国旺就运砖石和沙子；谁家粮食大丰收，他就运输和贩卖粮食。村里的大车原本就不多，一时间张国旺生意兴隆，竟然有些忙不过来。索性，张国旺又买了两匹骡子和两辆大车，交给已经成家的弟弟，于是，兄弟三人几乎承揽了整个镇的运输生意。

张国旺的运输生意一干就是十年。

大儿子高中毕业参了军，二儿子到了年龄也去了部队，家里只剩下年龄稍小的老三和老四。之后张国旺停了运输生意，开始张罗建自己人生中的第三所和第四所房子。

他想，老大和老二当兵回来，正好到适婚年龄，趁现在还有力气，孩子们服兵役还没结束，刚好有空闲建房子。

老大和老二的房子，张国旺是同时修建的。这次张国旺学着城里房子的模样，建起了两层小楼。两栋两层小楼紧挨着，在张家庄一排平房里面显得非常扎眼。

这是张家庄有史以来第一次出现两层楼房，房子一修建完成，立刻引起张家庄村民们的关注，大家纷纷跑到张国旺家参观。大家一边参观，一边啧啧称奇："房子竟然可以修建成这个模样？"

"是啊，是啊，活了大半辈子，我也是第一次见到。"

"张国旺就是跟别人不一样。"

"对，我也感觉张国旺很有出息。"

对于村民的评价，张国旺很是享受，甚至飘飘然。张国旺觉得，自从父亲迁居在张家庄，这个家一直努力地生存着，这回总算扬眉吐气了一次。

房子已经建了四所，这在张家庄已经是史无前例，但这并没有阻碍张国旺继续建房子的脚步。

张国旺心里盘算着，四个孩子，老大和老二已经有了房子，老三和老四也要有，这样，自己的一生才圆满，才是一个称职的父亲。在这种念头支撑下，年过半百的张国旺开始了第二次创业。

这次创业，张国旺选择了杀猪。张家庄人善养猪，家家户户都会在春节过后买一头小猪，养到大雪纷飞时，再杀掉，俗称杀年猪。年猪浑身都是宝，除了新鲜的肉，猪油被榨干放在罐子里，足可以吃上一年；余下的猪肉被熏制或是腌制后保存起来，一年四季都可以吃；猪下水用来做菜，要多香就有多香。

张家庄的年猪都是用玉米喂大的，膘肥体壮，每头都有两百多斤。张家庄的日子不过好，杀年猪是村民们最为期盼的日子，尤其是孩子们，因为杀了年猪就意味着春节要到了。每家杀年猪，都会做一大锅肉菜，前来帮忙杀猪的人都要留下吃饭。在寒冷的冬日，吃着喷香的猪肉，喝着自家酿制的大枣酒，别提有多惬意。

张国旺的杀猪本领完全是自学的。张家庄没有杀年猪的人，整个乡里，会这门手艺的人也没几个。张国旺家人口多，养了许多头年猪，每逢杀年猪时，都要请人帮忙，管饭不说，还要花工钱。为了省钱，张国旺干脆自己动手。他指挥着弟弟们用绳子把猪捆好，自己手里握着杀猪刀，战战兢兢地往猪身上捅去。

好在家里猪多，没过几年，张国旺竟然掌握了杀年猪这门技巧。于是，张国旺便做起了杀猪生意。

张国旺特地买了一整套杀猪工具，磨刀霍霍，一副要大干一场的模样。老三和老四帮张国旺一起，父子三人穿梭在乡里各个村子中。一个冬季下来，张国旺竟然赚得盆满钵满。不仅如此，每天被年猪的主人好酒好菜招待，张国旺的体重也直线飙升。

张国旺的杀年猪生意一直做到老三和老四参军之前。张国旺看得明白，这么多年，张家庄因读书成功的没有几个，但因当兵走出张家庄的却有好几个，当兵回来后，都吃上了公家粮。在张国旺心里，当兵才能有出息。所以，老三和老四到了当兵年龄，张国旺毫不犹豫地把两个孩子送到了部队。

杀了几年的年猪，张国旺积累了不少钱。这些钱，张国旺有自己的用处，那就是给老三和老四建房子。老大和老二是两层楼房，老三和老四自然也不能落后，要跟两个哥哥一样。于是，他在老大和老二两栋楼房的东边，又建了两栋一模一样的楼房。

四栋两层小楼一字排开，羡煞了张家庄的村民。张国旺在村民眼里，无疑是最成功的。张国旺一生建了六所房子，父亲一所，自己一所，四个孩子各一所，这简直就是不可超越的丰功伟绩。

在张国旺的带动和影响下，许多村民开始纷纷效仿张国旺，建起了两层小楼。一时间，张家庄盖了许多两层小楼。

所有村民都认为张国旺建房子的心思会到此为止，就连张国旺的媳妇也这样认为：张国旺折腾了大半辈子，任务基本都已经完成，接下来的日子就要安稳地过，享享清福，帮忙照看一下孙子、孙女，享受儿孙绕膝之福。

但张国旺的想法再一次在张家庄引起了轰动，他计划把自己现在居住的房子修建成四合院，在原来的基础上，左右各建三间平房。张国旺找风水先生看过，风水先生说，修建四合院对孩子的将来大有帮助。

张国旺从来不信风水学，前面所建的房子也没有找任何风水先生看过，但这一次，不知为何，张国旺却对风水先生的话深信不疑。对于张国旺要建四合院的想法，四个孩子坚决反对。他们一致认为，父亲年纪大了，经不起折腾，再说房子已够用，根本没有必要再耗财耗力。

面对孩子的质疑和阻挠，张国旺气得半天说不出话来，吧嗒吧嗒地抽着旱烟，抽完一锅，把烟锅敲在桌沿上，发出当当的声响。

张国旺说："房子必须建。我自己花钱，你们谁反对也没有用。"

四个孩子见父亲动了气，坐在一旁都不敢吭声。张国旺站起身来说："就这么定了。一星期后动工，愿意帮忙就来，不愿意就别来，就当我没有你们这几个儿子。"

张国旺说完背着手向屋里走去。四个孩子你看看我，我看看你，一时间唉声叹气，都没了主意。张国旺媳妇最理解张国旺的心思，他之所以不顾孩子们的反对，听信风水先生的话，初衷也只是为了孩子们的将来好。

张国旺媳妇心里明白，孩子们是张国旺的命根子，是这个家的未来。

房子动工那天，张国旺的四个儿子都来帮忙了，张国旺虽然眉头紧皱，但心里却乐开了花。四合院的左边厢房很快就建好了。右边的厢房地基已经打好，就差垒砖砌墙了。

一天傍晚，工人和四个孩子都散去了，家里只剩下张国旺老两口。吃过晚饭，张国旺在院子里踱步，他一会儿看看左边已建好的厢房，一会儿看看右边厢房的地基，脸上挂着满足的笑容。

看到右边厢房地基上放着一把工人施工后丢下的铁锨，他想把它捡起来，放在一旁，以免夜里去厕所路过时碰到。张国旺向铁锨走去，走到铁锨旁，俯下身，伸手去拿。就在手要碰到铁锨时，张国旺眼前一黑，身子直直地向地上栽去。

张国旺媳妇正在院子里洗涮碗筷，她听到背后扑通一声，转过头，便看到已经倒在地上的张国旺。张国旺媳妇发出凄厉的尖叫，很快引来了四个儿子和邻居。大家七手八脚把张国旺抬到村卫生所时，张国旺已经没了呼吸。

医生诊断说，张国旺死于突发脑出血。

张国旺的死太突然了，消息传来，震惊了张家庄所有人。张国旺媳妇哭得死去活来，四个孩子也自责不已。

三天后，张国旺的家人为他举行了下葬仪式。之后，四个孩子操持着，把右边三间厢房建了起来。四合院建好了，张国旺却不在了。

张国旺家位于村口，每次我回家探亲，都要路过，路过时，会忍不住看上几眼，然后唏嘘不已。

有一次，一位非常要好的朋友随我回家过春节，车子驶过张国旺修建的四栋两层小楼时，朋友指着四栋两层小楼说：“这四栋房子真漂亮。这一定是你们村的首富吧？”

我听后不知该如何回答他，良久，我说：“是的，房子主人叫张国旺，他确实是我们村最富有的人。”说完，我莞尔一笑，我想起了张国旺，那个晚年时略有驼背，背着手走路，一摇一摆的小老头儿。

他的样子是那么的亲切。

田翠翠的爱情

张彩喜五十六岁那年死在了工地上。

那天中午跟往常一样，午饭时间，张彩喜打了一份菜，用筷子穿了两个馒头。那天饭菜很好，破天荒的，竟然有红烧肉。张彩喜最爱吃红烧肉，伙房师傅知道他喜欢，打饭时特意给他多打了一些。

张彩喜找个角落坐下，从上衣口袋掏出一个酒瓶。酒瓶是铁的，之前装的内蒙好酒。酒是儿子张俊鹏买的，张彩喜没舍得喝，每次打开瓶盖，只是抿一小口，闭上眼睛咂摸嘴儿，那情形好像一辈子都没喝过好酒一样。大约咂摸一分钟，张彩喜慢慢睁开眼睛，脸上浮现出满足的笑容，又心满意足地夹一口菜，再咬上一口馒头。

连续三天中午，张彩喜都是这样度过。他一边吃一边笑，工友们从他身旁经过，都要问上几句："老张，有啥好事啊？"张彩喜并不搭腔儿，继续吃着、喝着。按照惯例，午饭过后，他会睡上一小会儿，睡醒后继续开工。

只是那天中午，张彩喜躺下后再也没有起来。马上到开工时间了，张彩喜依然在睡。工友们知道，张彩喜是个谨小慎微的人，做什么事都小心翼翼，尤其是时间方面，一分钟都不差，但是当天却很反常。

平时要好的工友去叫他，叫了几声，张彩喜没答应。他侧躺着，工友看不清他的表情，便蹲下身子推了他一把，没想到张彩喜竟然软绵绵地趴在了地上。这可吓坏了工友，工友慌忙喊人来。等大家跑过来围在张彩喜身边时才发现，张彩喜已经死去多时了。

见过张彩喜死时模样的人都感觉很奇怪，如果不是没了呼吸，张彩喜的样子更像是睡着了，他的嘴角微微翘起，脸上挂着满足的微笑。工友们一时唏嘘不止："张彩喜肯定是高兴死了。"

"是啊，有那么一个出息的儿子，能不高兴吗？"有工友附和着说。

张彩喜的葬礼是在三天后举行的。葬礼那天，场面空前盛大，县里许多有头有脸的人物都来了，张彩喜的坟头上摆满了花圈，各种好酒被打开洒在坟前。村民们哪里见过这种阵仗，都跑过来看热闹。张彩喜家住村西头，坟地在村东头，送葬时一路上吹吹打打，鞭炮阵阵（当地习俗）。村民们站在自家门口，伸长脖子遥望，嘴里时不时发出"啧啧"的赞叹声，他们艳羡地说："张彩喜这辈子也算值了。"

送葬的队伍终于散了，张彩喜儿子张俊鹏没走，他依然跪在张彩喜坟前，把酒一瓶一瓶地洒在地上，一边洒一边说："爸，知道您爱喝酒，这次不要省着，喝个够。"

张彩喜的葬礼办得风光，但张彩喜活着时，那叫一个窝囊。

张彩喜身材瘦小，一辈子都在工地做小工，推推沙土，搬搬砖。他平时话很少，但眼里有活儿，知道活儿怎么干，做的时间久了，竟也摸索出一套技巧来。别人在工地上累得要死要活，唯有他，一天下来，轻轻松松。张彩喜熟悉每个工头的喜好，对每个工友也非常友善，凡是工地有活儿，大家第一时间就会想到他，所以张彩喜从来都不愁没活儿干。

张彩喜生前就爱一件事：喝酒。酒是劣质二锅头，从地摊上打来，一天三顿，顿顿不离，但也不多喝，每次二两，微醺。不喝酒，张彩喜觉得生活很没意思，只有喝了酒，他才干劲十足。

村民们知道他这个爱好，有事没事就勾搭他喝酒，他们想验证一下，张彩喜是不是真像传说中那般，每次只喝二两。有村民邀请张彩喜到家里喝酒，二两酒下肚之后，张彩喜把酒杯倒扣在桌子上，无论别人怎样劝，就是不再喝了。

对于张彩喜这般的克制力，村民们传得很邪，传来传去，大家得出一个结论：张彩喜太窝囊。究竟哪里窝囊？按理讲，这样一个眼里有活儿，又懂得克制的男人，即便没什么大本事，也不至于被定义为窝囊。

这还得从张彩喜老婆田翠翠说起。张彩喜长得毫不起眼，但田翠翠绝对是张家庄数一数二的美女。田翠翠脸蛋好，身材更好，走起路来一摇一摆的，把张家庄的男人的心都晃荡了起来。

张彩喜和田翠翠的搭配，相当于武大郎和潘金莲。张彩喜能娶到田翠翠，自然疼爱有加，什么活儿都不让她干。田翠翠心里委屈，但嫁鸡随鸡嫁狗随狗，也只好作罢。

张彩喜为啥能娶到田翠翠呢？这源于上一辈人的约定。张彩喜父亲和田翠翠父亲是战友，在战场上两个人指腹为婚。后来两个人都死在战场上，张彩喜和田翠翠的母亲为完成丈夫的遗愿，一直记得约定，最后两家结为了亲家。这可是祖上冒青烟的美事，张彩喜十分珍惜这段婚姻。

张彩喜在做小工之前，一直在生产二队。那时候穷，穷得连饭都吃不饱，可屋漏偏逢连夜雨，老天爷好似故意跟生产二队搞破坏。村子里三个生产队，一队和三队地里庄稼发疯似的长，唯有二队，不管种什么，都是半死不活的状态。

二队村民日子过得紧吧，张彩喜更紧吧，上面有一个老娘要侍奉，自己又不愿让媳妇下地干活儿，家里靠他一个壮劳力，粮食根本就不够吃。张彩喜老实，吃不饱就饿着，饿得实在不行就喝凉水。但田翠翠不肯，田翠翠胆子大，性格泼辣，家里没吃的，就去队里偷。

地里种满了红薯、玉米、花生之类的作物，夏季和秋季是比较好过的。二队队长怕人来偷，就安排村里上了年纪的老人看管。那个年月，并不是所有人都能被安排上看管粮食的好事，安排上的人必定是村里德高望重的老人，一来给予照顾，看管工作轻松；二来还能算些工分，补贴家用。在生产二队，看管粮食的老人有七八个，大家轮流值守。

中午和晚上是看管人员最松懈的时候。村民们习惯午睡，吃过午饭，会在田间地头找个阴凉处睡一会儿，这个时候是偷粮食的好时机；晚上看管的老人熬不住，加上眼神不好，偷起粮食来最是方便。

村里人家少，到了晚上全村寂静无比，走夜路有些害怕，况且夜里偷东西不能打手电筒，深一脚浅一脚，很容易把自己弄伤，所以田翠翠的偷窃行为都是在中午进行。

中午时分，田翠翠偷偷来到地里，慌忙掰上几个玉米棒子，行色匆匆地往家走。路上碰到熟识的村民打招呼，田翠翠支支吾吾就过去了，虽然村民觉得奇怪，但也不多想。就这样，田翠翠的偷窃行为竟然连续几天都没有被人发现。

其实，偷粮食并非只是田翠翠一个人的行为，村里好多妇女也在偷，只不过大家每次不敢偷得太多。这样，等看管人员发现粮食少的时候，已经是好几天以后了。

二队生产队长发现很多玉米秆都空了，有些慌，但看管的人都是长辈，不好发脾气，只好好言相劝，叮嘱他们要加紧看护。几位老人商量了一下，决定中午时假装午睡，来个突然偷袭，准能把小偷抓住。

说来也巧。前几天偷粮食没人发现，田翠翠胆子开始大起来，这天中午，她照例来到玉米地里，一开始并没有发现什么异常，可就在她东张西望，放松警惕，刚掰下一个玉米棒时，突然从不远处传来动静，田翠翠扭头看到几位老人向她跑来。

眼看就要被抓个人赃俱获，田翠翠急中生智，突然脱下裤子，佯装小便。几位老人慌了神，纷纷停下脚步，背过身去。

趁这个空当，田翠翠迅速穿过玉米地溜掉了，待几位老人转过身来，早就不见田翠翠的影子。几位老人捶胸顿足，嘴里直喊：“造孽啊，造孽。”

当二队生产队长找上门来的时候，田翠翠一口否认。在那场口舌大战中，田翠翠充分发挥了泼妇特长，她说：“捉贼捉赃，既然没有现场抓到，有什么证据证明是我偷的？”紧接着一屁股坐在地上，号啕大哭，一边哭一边说，“你们看我家男人不中用，就欺负到我这个女人身上。”

生产队长几乎是仓皇逃出田翠翠家的，对这个女人，他一点办法都没有。田翠翠说的不无道理，没有现场抓住人，就没有证据，可真要把她当场抓住，她又来那么一出，怎么好收场？干脆睁一只眼闭一只眼。再说田翠翠一家三口人，吃不了多少东西。

因为有这个法子在手，又有生产队长的无奈纵容，在此后的日子里，田翠翠每隔几天都要去趟地里。跟以往不同，她再也不用偷偷地掰玉米了，她光明正大地走进玉米地。几位老人假装午睡，田翠翠从他们身边路过时，他们眼皮都不敢抬一下。

田翠翠这种行为很快传遍全村，村民们下地干活儿时，就有意疏远张彩喜，时不时还奚落他，说他是吃软饭的，靠女人养着，就是个窝囊废。

张彩喜也不争辩，好像这件事根本就与他无关，村民们看他越是这个样子，就越瞧不起他。张彩喜小心翼翼地跟田翠翠商量："以后能不能不去偷了？"

"我不去偷，你吃什么？"田翠翠一巴掌拍在桌上，"若是指着你，这个家早就完了。"

田翠翠怒不可遏，指着张彩喜的鼻子，几乎是跳着脚骂。田翠翠的骂词非常难听，甚至问候了张彩喜十八辈祖宗。张彩喜大气都不敢吭，在田翠翠的咒骂下，手足无措。

等田翠翠骂累了，张彩喜才能叹一口气。他一边叹气一边摇头，无可奈何的样子让人看了特别心酸。

"忍辱负重"是张俊鹏对父亲张彩喜的定义。也许张俊鹏是对的，后来发生的事情，若非张彩喜，其他人根本无法忍受。

田翠翠给张彩喜戴了绿帽子。

生产队解散之后，张彩喜和村民们去了工地，一个月左右回家一次。邻村不知何时开了一家砖厂，一群外地人在砖厂里打工。烧好的砖块被成批地垛起来，为防止下雨返潮，垛好的砖墙被一大片塑料布蒙住。

在村里，塑料布的作用是巨大的。家家户户都把粮食晒在屋顶，下雨时来不及收，用塑料布盖起来是最好的办法。但塑料布售价高，许多村民就用麻袋代替，可结果不理想，粮食被淋湿了不说，等天空放晴，粮食再晒过之后，就会发霉。

村民们盯上了邻村的砖厂，用来掩盖砖块的塑料布再好不过。成片成片的塑料布铺在砖厂里，远远望去白花花的一片，在夜里，有村民开始去砖厂偷塑料布。起初只是偷很小的一块，而且偷的人少，砖厂并未发现。

过了一周左右，砖厂的人有所发觉，砖厂老板安排工人轮流值守，并放出话来，凡是偷塑料布的人，不管是谁，被抓住都要毒打一顿。消息一出，村民胆子小，又碍于面子，没人再敢去偷塑料布了。

田翠翠是惯偷，偷了这么多年都没出事，这点恐吓就被吓住，那还叫什么田翠翠。只是田翠翠忽略了一个现实，看护砖厂的工人都是外地人，可没有当地村民那般友善。

砖厂特意安装了探照灯，灯光一圈一圈地从院落里扫过，把整个砖厂照得明如白昼。田翠翠就是在这个时候进入砖厂的。翻过砖厂围墙，在距离围墙最近的塑料布面前，田翠翠停下来，四处张望，在确定无人之后，从怀里拿出剪刀，迅速地剪掉一块。

田翠翠把塑料布折好，从围墙里跳出去，准备原路返回。一切都很顺利，田翠翠心里狂喜，脸上带着那么一些骄傲的表情。就在田翠翠心情大好的时候，一只男人的手搭在了田翠翠的肩上，另一只手顺势搂住了田翠翠的腰，田翠翠惊得差点儿叫出声来。

这事说来也巧，看护砖厂的工人在巡逻时一时尿急，厕所距离又远，干脆翻墙出来小便，结果小便刚结束，就看到了偷塑料布的田翠翠。田翠翠挣扎了几次，都没挣脱开，开口喊人又觉得不合适，田翠翠又惊又怕。就在田翠翠不知所措的时候，男人的手攀上了她的胸，男人在田翠翠耳边说：“跟我睡一觉，我就放了你。”

鬼使神差地，田翠翠竟然就答应了。这件事让田翠翠惊魂未定，足足一个星期都没敢走出院门。天底下没有不透风的墙，砖厂的工人把事情告诉了其他工友，一传十，十传百，消息很快就传到了村民们的耳朵里。大家听后，一边骂田翠翠不守妇道，一边替张彩喜抱不平。

事已至此，田翠翠悬着的一颗心反而放下了。自从发生这件事之后，她一直害怕被人知道，没想到，真正面对的时候，却无比淡定。

因为有这样的事情，田翠翠被村民们贴上了“荡妇”的标签，之后，田翠翠很少到村民中间去，去了也不受欢迎，不是被冷嘲热讽就是大家对她爱答不理。田翠翠哪里受得了这般奚落和冷遇，她开始转移阵地，频繁地往邻村跑。

邻村的李三强游手好闲惯了，在村子里和其他女人调情，回家稍不顺意就打老婆，老婆的忍气吞声愈加让李三强有恃无恐。李三强不认识田翠翠，但很早就从村民口中听过田翠翠的故事，尤其是砖厂事件，李三强听后心里直痒痒。

就在李三强寻思怎样找个适当的机会接近田翠翠时，田翠翠却自己送上门来。田翠翠找邻村的姐妹打麻将，姐妹把她带到了李三强家。门帘被掀开的时候，李三强嘴里正叼着烟，眼睛死死地盯着麻将，根本不在乎是谁进来，他手气不好，连输了几把，正晦气着呢。

屋子不大，打麻将的人都抽着烟，男的女的，烟熏火燎的，田翠翠有些不适应，打了一个喷嚏。可能是这个喷嚏起了作用。李三强扭头看了一眼田翠翠，只一眼，眼睛就挪不开了。

在李三强眼里，田翠翠简直就是仙女下凡，比村里其他女人强太多了。李三强眯着眼睛，嘴里依然叼着烟，含糊地说：“这位是？”

“这是张家庄的田翠翠，”女人介绍说，“来找我打麻将的。”

“田翠翠”三个字就像一声晴天霹雳，李三强听到这三个字后，迅速掐掉了嘴里的烟，他甚至故意挺直身子，热情地招呼田翠翠：“快坐下，快坐下。”

因为都是生面孔，田翠翠多少有些拘谨。田翠翠的拘谨更加刺激了李三强，李三强一边打麻将，眼睛一边滴溜溜地往田翠翠身上转。李三强天生一副小白脸模样，他的垂涎样，田翠翠全捕捉在眼里。一来二去，两个人竟然好上了。

只要一有时间，田翠翠就会去邻村串门，明着是找姐妹打麻将，暗里是跟李三强私会。李三强甚至带着田翠翠去了趟北戴河，两个人在北戴河旅游期间，毫不避讳村里同去的人，俨然一对夫妻模样。

田翠翠和李三强苟且的事很快传遍了张家庄。对于这件事情，张彩喜很早就知道，但他照常在工地干活儿，装作什么事情都没发生。村民们在背后对张彩喜指指点点，有时甚至直接在张彩喜面前说起田翠翠的事情。

张彩喜原以为自己装聋作哑不闻不问，田翠翠会有所收敛，没想到反而愈演愈烈。张彩喜终于忍不住了，在一天夜里，两个人发生了自结婚以来最激烈的争吵。

张彩喜下工回来已是傍晚时分，这个时候，村里各家炊烟袅袅，唯有张彩喜家大门紧锁。在掏出钥匙，打开大门的整个过程中，张彩喜心里一直窝着火，他清楚，这个时候，田翠翠还不知道在哪里鬼混呢。

张彩喜做了晚饭，给自己倒了一杯酒，他一边吃，一边喝。二两酒下肚后，张彩喜有些颓废，借着酒劲，想想这么多年的日子，他竟然从心底里生出无限的悲哀来。他又给自己倒了一杯酒，破天荒地打破了多年以来只喝二两的规矩。

田翠翠回到家的时候，张彩喜已经喝了一斤白酒，他醉眼惺忪，看看手表，已是夜里九点多。田翠翠不理会张彩喜，径直走到里屋。对于田翠翠的漠视，张彩喜只觉得头脑发热，血压一个劲儿地往上升，他站起身来，摇摇晃晃向田翠翠走去。

田翠翠正在脱外套，张彩喜一伸手就捉住了田翠翠的右手臂。田翠翠用力甩了一下右手，顺势推了张彩喜一把。张彩喜原本就喝多了，有些站立不稳，这下一屁股就跌倒在地上。

张彩喜坐在地上，冲田翠翠喊："你不要脸。"

田翠翠弯下腰，伸出手，一下就掐住了张彩喜的耳朵，"你吃了熊心豹子胆了？竟然跟我嚷嚷。"说着，手更用力了。张彩喜疼得龇牙咧嘴，不知哪里来的勇气，反手给了田翠翠一记耳光。

这一耳光把田翠翠打蒙了，结婚这么多年，不管两个人发生什么争吵，张彩喜从来都不敢动手打田翠翠一下。田翠翠先是愣了，继而扬起双手，向张彩喜身上扑去。

张彩喜也蒙了，一耳光打下去，他的酒醒了大半。面对田翠翠的进攻，他只好后退，一边退，一边向院子里跑。田翠翠追不上张彩喜，一边破口大骂，一边把锅碗瓢盆砸了个稀巴烂。

田翠翠连夜回了娘家，扬言要跟张彩喜离婚。

张彩喜死活不肯离婚，为了这个家，为了儿子，这个婚无论如何也不能离。张彩喜到岳母家找田翠翠，找了很多次，都被田翠翠赶了出来。到最后，实在没有办法，张彩喜跪在了岳母家门前。

岳母出门扶张彩喜，张彩喜就是不肯起来，他说：“翠翠不跟我回家，我就跪一辈子。”

村民们路过，对张彩喜指指点点。

“这个窝囊废，干脆离婚算了。”

“是啊，是啊，真够窝囊的。”

村民们议论的声音很大，张彩喜不予理睬，依然跪在门前，一连跪了好几天。

在母亲的劝说下，田翠翠终于答应跟张彩喜回家。这场离婚大战，张彩喜丢尽了脸面，对于田翠翠的胡作非为，张彩喜心如死灰，他干脆搬到工地去住，回家的次数越来越少。

这样的日子持续了七八年，直到张彩喜儿子张俊鹏大学毕业参加工作，田翠翠才有所收敛，张彩喜也开始回家住。

张俊鹏大学读的政法学校，毕业后进入县公安局工作。对于父亲和母亲的事情，张俊鹏是站在父亲这边的，他觉得父亲之所以忍辱负重，主要是为了这个家。这么多年来，张俊鹏一直刻苦学习，他希望有朝一日可以通过自己的努力，让父亲过上好日子。

张俊鹏做到了，他在工作中任劳任怨，没几年就提了正科。张俊鹏脑子活，人缘好，工作顺风顺水，生活正是得意的时候。

因为这个好儿子，张彩喜在村里的地位明显不一样了，走在村里，村民们照样对他指指点点，但议论的不再是他和田翠翠的事情，而是张俊鹏。

每逢周末，张俊鹏都会开车回家，都会给张彩喜带好烟好酒。对于母亲田翠翠，张俊鹏分寸拿捏得极好，既不过分熟络，也不热情，就好像田翠翠不是他的母亲，而是他家雇佣的保姆。

张俊鹏给张彩喜买烟买酒，偶尔也会给田翠翠买几件漂亮衣服。

只有在张俊鹏回家的时候，田翠翠才会安分，但只要张俊鹏一离开，田翠翠立刻会换上花枝招展的衣服出门。

张彩喜无暇顾及田翠翠，他的全部希望都在张俊鹏身上。张俊鹏曾多次劝阻张彩喜不要再去工地打工，但张彩喜就是不肯，干了一辈子小工，到老也闲不住。

张俊鹏买回来的烟酒都被张彩喜藏了起来。每次吃饭，他也只是喝上一小口，一边喝一边咂摸嘴儿，闭着眼睛，仿佛只有酒才能给他带来陶醉般的感觉，除此之外，活着已经失去了意义。

然而就在张彩喜五十六岁那年，他的人生彻底画上了句号，他死在了自我陶醉中。对张彩喜来说，这也许是最好的结果。

张彩喜死后，张俊鹏搬去了县城，很少回张家庄。田翠翠依然活得潇洒，仿佛张彩喜的死与她无关。

田翠翠迷恋上了跳舞，每天晚饭后，她都会去村子中央，跳上一段广场舞。那天我去同学家串门，路过村子中央时，正巧遇到一群跳广场的村民。虽然灯光微弱，人群沸腾，但我一眼就认出了田翠翠。她穿一件粉红色的裙装，在一堆黑色、白色的衣服里面，显得那么扎眼。

田翠翠随着音乐转了一个圈，裙角打着旋涡飞起来，然后慢慢恢复平静。我看到田翠翠的脸上始终挂着微笑，那笑容特别迷人。我想，田翠翠大概从来就没有爱过任何人，她这一生，只爱自己。

难过的日子

当我能记事的时候，二改就已经六十岁了。

二改的大号是什么，村里没几个人知道。我曾经问过母亲，母亲也答不上来，只知道她嫁到村里的时候，二改的父母已经不在了，加上二改脑子糊涂，自己也说不清楚。时间久了，原本知道二改名字的老人相继离世，就更没有人关心她的名字了。

何况一个傻子的名字本来就是无关紧要的。

我对二改有印象，最初并不是因为她的傻里傻气，而是她在六十岁时表现出来的蛮力。

我家住在村子东头，拥有全村唯一的石碾。二改家住村子西头，步行到我家几乎要穿过整个村子。

在我的记忆里，每天黄昏的时候，二改都会端着一簸箕玉米来到我家，和母亲打个招呼，傻傻地笑，然后把玉米倒在石碾上，随后便全神贯注地推碾。

每到这时，一群孩子会围上来，他们喊："傻二改，傻二改，你的力气真大，你能把石碾推飞起来吗？"

不要说一个六十岁的女人，上百斤的石碾就连强壮有力的年轻男人推起来都显得费力。听到孩子们的喊叫，二改停下来，咧开嘴一笑，露出黑黢黢的牙齿。突然，她铆足劲，弓着身，撅着屁股，把石碾一下子推得快速转起来。她跟着石碾快速地跑动着，一边跑一边喘着粗气。一口气跑了十多圈，才慢慢停下，豆大的汗珠从她额头渗出来，被夕阳一照，晶莹剔透的。

孩子们看到这个情形都很兴奋，他们继续大声喊："傻二改，傻二改，你太厉害了！"

二改就"嘿嘿"地笑，声音又闷又粗，难听极了。

太阳随着二改的轰隆隆推磨声渐渐从西山落了下去，满满一簸箕玉米也推得差不多了。二改开始用扫帚把推好的玉米粉一点一点扫到簸箕里，她的动作很轻，也很慢。扫完一遍后，她会从地上找出一根棍子，折断，握一小截在手里，在石碾的缝槽里剜黏在上面的玉米渣。

这个时候，我家的晚饭差不多刚刚做好，母亲会盛一碗菜，再拿两个刚出锅的白面馒头，一起递给二改。母亲对二改说："先把饭吃了，刚做好的。"末了，没走几步的母亲转过身来又说："以后不要跟孩子们胡闹，一把年纪的人了，那样会伤了身体。"

二改满是褶皱的脸上堆满了笑容，她把馒头捧在手里，千恩万谢。她说："全村就你们家是好人。"

母亲走后，我偷偷地观察二改，只见她小心翼翼地托着馒头，像是托着刚出生的婴儿；她把手慢慢挪到眼前，仔细端详馒头，然后迅速地、狠狠地一口咬在馒头上；两个拳头大小的馒头，她只几口就吞了下去。

吃掉馒头之后，她才开始吃碗里的菜，吃完后还要用嘴巴舔一舔碗，像几辈子没吃过饭一样，狼吞虎咽的。

吃过饭，二改会拿自己的袖子把碗认真地擦一遍。母亲也不嫌脏，接过来，直到二改走出去好远，才把碗筷放在早已准备好的热水盆里。

父亲下地回来，看到热水盆里的碗筷，问："二改又来过？"

母亲点点头，说："她那么可怜，能帮一点是一点。"

我家的石磨，二改一推就是十年，母亲给她的碗筷也留了十年。

十年里，无论寒暑，除了下雨天，每天黄昏二改都会准时端着一簸箕玉米来到我家，二改的玉米快要推完的时候，我家的晚饭也做好了。年少长身体的时候，我肚子饿得很快，常常会抱怨母亲做晚饭的时间。每当我喊饿，母亲会先拿出一个馒头，偶尔是烤好的红薯，递给我，让我先吃点，说饭马上就做。

母亲说完并没有立即起身做饭，她竖着耳朵听听外面的动静，偶尔起身看看外面。直到夕阳西下，石碾声变得稀碎，她才开始做饭。

年少的我一直不明白，直到我读了高中，才突然醒悟。母亲心里很清楚，二改每天黄昏到我家推磨，目的就是能吃上我家的馒头，而善良的母亲从不戳穿，用她那颗细腻的心呵护着这个苦命的女人，直到二改年迈，再也推不动石碾。

十年中，石碾的木头装置被二改推坏了十多把。每隔一段时间，母亲就叫父亲砍新的木头换上。其实，这个石碾我家早就不用了，村里也几乎没人再用了，我曾跟父亲说：“干脆卖掉算了，放在院子里还占地方。”

父亲说：“留着吧，这么多年，有感情了。”

我一直以为父亲是因为对老物件的感情而不忍心卖掉它，实际上，他这个粗壮的汉子跟母亲一样，都在用自己的方式照顾着二改。

二改生了三个儿子，老大、老二都是傻子，老三虽然好一些，但与常人相比，智商远远不够。二改的老伴去世得早，二改独自一人把三个孩子拉扯大。

幸好，在村子里生活，用钱的地方不多，那些年地里的庄稼倒也够母子四人一年的口粮。

二改带着孩子们整天在地里劳作，因为脑子不好使，种地的技术也不好，所以二改家的地里永远都是简单的几样作物，比如玉米、土豆、红薯之类。

二改家住的房子是老伴年轻时盖的，这么多年过去，很多砖瓦已经脱落，摇摇欲坠。

平时还好些，一到下雨天，外面下大雨，屋里便下小雨。村支书出钱找工匠进行了修补，但毕竟年久失修，简单的修修补补，治标不治本。

如果翻新重盖要花不少钱，二改手里一个大子儿都没有，更别提盖房子了。村支书也为难，二改的亲戚早就跟她家断了往来，剩下孤儿寡母过着苦捱捱的日子。

三个儿子到了适婚年龄，村里没有一个姑娘愿意下嫁。老大、老二原本就傻，二改干脆断了念头。至于老三，二改心里盘算，无论如何也要给老三讨一个老婆，不然怎么对得起死去的老伴。

二改瞒着儿子们卖了一年的口粮，凑了点钱，托媒人讨来一个婆娘。这个婆娘脑子好使，可脸长得太吓人了，听说小时候得过怪病，落下了眼斜嘴歪的毛病，尤其是一张嘴，大得惊人，像是从脸上硬生生咧开的一道口子。

口粮不够，二改只好上山挖野菜充饥。母亲知道后，让父亲背了一袋玉米过去。

送玉米那天，我和父亲一起去的。父亲说明来意，二改一下子跪在了地上，父亲慌忙把她搀扶起来。二改"嘿嘿"地笑，伸手向我的头上摸来，我受了惊吓，"哇"的一声哭了。

二改见状，慌忙把手缩回去，双手连连在胸前挥舞，嘴里乌拉乌拉地说着什么。

父亲拍了拍我说："没事，没事。"

二改这才放下心来，紧张的表情也开始舒展。

三儿子结婚几年后，生了两个孩子，一儿一女，令人高兴的是，两个孩子不但脑子好使，长得还都很水灵。

二改整天乐得合不拢嘴。可好景不长，孙子、孙女懂事后，便不再与二改亲近，他们嫌弃二改傻，嫌弃她脏。

原本这样的日子倒也能凑合过下去。二改一天比一天老，虽然生活并没有多大改变，但至少衣食不愁，一辈子吃惯了粗茶淡饭，也不觉得日子难过。

可偏偏就在这个时候，二改的三儿子自杀了。事情起因很简单，因为孩子上学的事情，两口子拌了几句嘴，结果三儿子一时想不开，喝了放在屋子角落里的农药。村子医疗条件差，距离镇上医院又远，救护车还没到，人就不行了。

二改哭得死去活来，那哭声呜呜地，隔老远都能听到，特别瘆人。

原本不再联系的亲戚不知道从哪里一下子冒出来，纷纷来到二改家里，指责三儿子的婆娘，唆使二改的大儿子、二儿子毒打她。他们一群人逼着三儿子的婆娘跪在三儿子的灵前，揪着她的头发往棺材上撞。

听在场的村里人说，那场面非常惨烈，鲜血顺着头皮流下来，把三儿子的婆娘整张脸都染红了。三儿子的婆娘也不反抗，只是哇哇地大声哭。

三儿子下葬第二天，婆娘就用一把菜刀抹了脖子，丢下了一双年幼的儿女。

那些天，村里人经常在半夜听到二改的哭声。村支书派人去二改家里几次，都被二改拿着木棍轰了出来。

久而久之，原本与二改家有走动的村里人也渐渐不再来往，二改家真正成了村里的独户。

母亲暗地里掉过几次泪，也曾专门去过二改家里。母亲回来说，二改拉着她的手，哆嗦着说不出话来。

回到家后，母亲的脸色很难看，情绪也不稳定，动不动就发脾气。我从心里怨恨二改，更怨恨母亲，一个不沾亲不带故的傻子，有什么值得同情的。

后来我离开家乡到外地读大学，关于家乡的一切都越来越遥远，偶尔零星的消息都是寒暑假回家听母亲念叨的。

从母亲口中，我知道了二改的近况。她过得并不好，因为常年劳作，身体一日不如一日，两个儿子依旧傻里傻气，孙子和孙女也早早辍学在家，一家人的日子都要过不动了。

近几年村里连续闹洪灾，庄稼颗粒无收，如果不是村里人救济，二改家早就揭不开锅了。

我听了很愕然，继而难过。我和母亲都沉默着，良久无语。

再次得到二改的消息，是在大二那年夏天。我跟母亲打电话时，母亲说二改去世了，我惊得差点儿把电话摔在地上，问：“二改身体不是挺结实的吗？”

母亲说二改不是病死的，是被砖瓦砸断了双腿，活活疼死的。

一天夜里，村里下大雨，二改家屋顶塌了，她被砖瓦埋在了里面，待村里人把她挖出来的时候，她的下半身已经血肉模糊。

村支书连忙找人用一辆面包车把二改送往县医院，在去医院的路上，二改一直喊：“疼死了，疼死了。”刚刚走出去十多里地，二改的身子就软软地塌了下去，鼻孔里也没有了呼吸。

挂断电话，我难受得半天没有说出话来。我想起了初见二改时的情形，想起了二改把石磙推得飞速转起来的样子，她额头渗出的豆大汗珠一颗一颗滚落在地上，像是砸在了我的心里，揪心地疼。

我对自己说，也像是对二改说：“死了好，死了就可以少受点罪了。”

说着，说着，我的眼泪忍不住流下来。泪光中，我似乎看到了二改那张褶皱的脸，笑意盈盈的，她仿佛正在努力地对我说：“谢谢。”

第五章

生一炉缘分的火

孤独的养马人

天上龙肉，地下驴肉。

在北方，提起驴肉，可谓无人不知，无人不晓。北方盛产驴肉的地方主要集中在保定、河间和大厂三个地方，其中保定的驴肉最具特色，当地人非常热爱驴肉，一天三顿，吃上几十年都不觉得腻。

在张家庄也是这样。张家庄的驴肉是当地一绝，只因过于闭塞，几十年来，名气始终打不出去，仅仅只局限于镇子上。

张家庄养驴的人多，几乎家家户户都得养几头。山上青草多，小河穿村而过，特别适合养殖，有村民瞅准商机，在村口圈一块地，养了上百头驴。一到傍晚，全村的驴都开始叫，那绝对是一场声势浩大的驴的聚会，叫声把整个村子的其他声音都覆盖了。

张家庄的驴大都被镇子上开饭店的人买走了。因为天然喂养，不吃饲料，驴肉味道鲜美，很是畅销。冬天是吃驴肉的最好时节，天气寒冷，围坐在火炉旁，吃着味美的驴肉，喝着滚烫的小酒，真叫一个舒坦。

就在所有人都忙着养驴赚钱时，有一个人例外，村民一窝蜂地养驴，唯独他养马。他就是李力。

李力有匹马太漂亮了，它高昂着额头，一副骄傲的模样。村民们没见过这么漂亮的马。

北方养马大多在平原地带，张家庄地处太行山脉，马少得可怜，养驴来得更切实际、也更实在些。平日里，驴可以下地干活儿，干不动了，可以卖钱。马呢，就没那么有用处了，最主要的是马肉远没有驴肉味道鲜美。

李力反其道而行之，村民们大感诧异，纷纷议论："李力脑子进水了吧？"

"就是，现在都知道养驴赚钱。养马除了浪费钱，还能干什么啊？"村民们聚在一起嘀嘀咕咕，很快，他们达成一致看法，养马百害无一利，李力就是个败家子。

李力对众人的议论不理不睬。他经常到后山放马，傍晚把马牵回家，在家门口的小河里为马刷洗。李力光着上身，手里拿一把刷子，费力地为马刷洗；黄骠马低着头喝水，尾巴一甩一甩的；阳光斜斜地照下来，映在水面上，波光粼粼，整个场景特别静谧、和谐。

这匹马不是李力买的。李力常年在张家口打工，到了年底，主家赊欠李力工钱，就把这匹马抵给了他。李力祖上是响马，就在张家庄后山占山为王，最多时有上百号人、几十条枪。在一场与日本人的火拼后，大部分人死在后山上，活着的人解散后定居在了张家庄。所以从严格意义上讲，李力也不是土生土长的张家庄村民。

可能是骨子里流淌着响马的血，也可能是父辈人讲述的那段热血沸腾的故事让李力着迷，平日在村子里，李力总是一副英雄模样，以响马自诩，说话粗声粗气，走起路来虎虎生风。尤其是喝过酒，李力会借着酒劲打上一套拳。这套拳就是李力祖上传下来的。打完一套拳，李力气喘吁吁，他双手叉着腰，一边喘着粗气，一边愤愤地说："要是战争年代，我至少是个将军。"

张家庄的后山上有很多动物，野兔子、野鸡等应有尽有，只是后山很深，越往里走，越觉得阴森森的。峰顶上有许多圆形的洞，这些洞不是天然形成的，而是用钝器凿出来的。沿着峰顶往下走几十米，会看到一个洞府。洞府特别大，地上到处都是已经碎掉的盆盆罐罐，偶尔还会发现人骨；洞壁上弹痕累累，有些子弹头还镶嵌在洞壁上，已经锈迹斑斑。

二十世纪九十年代，当时交通还不发达，李力牵着马走了很久，一路上走走停停，等到村子里，工钱已花得所剩无几。好在李力父母健在，他还没有成家，不用为吃饭发愁。只是李力在把这匹马牵回家的时候，父母失望地摇了摇头。这年头，肚子都填不饱，谁还有心思去养一匹没用的马。

这匹马在别人眼里一无是处，但在李力眼里却是宝贝。李力请村里铁匠打了一副马鞍，又买了上好的皮革制成坐垫，重新换了马掌。

新打的马鞍在太阳光下熠熠生辉，新换的马掌踩在地上发出清脆的声响。李力翻身上马，双脚轻轻一夹马肚子，黄骠马开始嗒嗒地往前走。那种感觉太美妙了。

镇子每月五号和二十五号是大集，到了赶集的日子，一大清早，张家庄村民都会集中出发。大家赶着驴车，驴脖子上挂着铃铛，走起路来丁零当啷，驴车队伍很是壮观。这个时候，年轻的后生开始显摆自己赶车的技术，把鞭子甩得哗哗响，驴惊了，奋力往前跑，屁股后面跟着一溜烟的尘土。

村民们哈哈大笑，平时庄稼地里忙，只有这个时候，大家才会彻底放松下来。大家说说笑笑，一路上很是开心。有村民曾经劝李力："村里人都养驴，你养马，多各色。再说了，马有什么好，下地干活儿又不如驴。"

李力非但不听，还不给人好脸色，拉着脸回应："我爱养什么就养什么，用不着你们瞎操心。你们多缺德，把驴卖给屠宰场。要知道驴是通人性的，小心它们下辈子都不放过你们。"

村民们被李力说得直起鸡皮疙瘩，他们骂骂咧咧地离开，在背地里叫李力"倔驴"，骂他不识抬举。李力不去理会，依然我行我素。

镇子的大集李力每次都会赶，在没有这匹黄骠马的时候，李力一般都骑自行车去。一路上，村民们都戏谑他，他们起哄："吆，那不是李力吗，真是倔驴一头啊。"

李力也不生气，他脚下用力，铆着劲儿蹬车轮，走出去老远。

自从有了马以后，李力的状况便不可同日而语了，自行车早就被他扔在了院子的角落里。赶大集时，李力会在前一天傍晚把马牵到小河边刷洗一遍，并且把马鞍、坐垫等一应家伙什也全都洗刷一遍。第二天早上，阳光打在黄骠马身上，嚯，威风无比。

李力翻身上马，在众人艳羡的目光中，吧嗒吧嗒地骑马远去。每经过一个驴车时，他都会故意勒一下缰绳，将速度放慢。驴车太矮，村民们需要仰起头才能看到李力，他们费力仰起脖子，招呼李力："这马真棒。"

李力把头扬得高高的，和驴车并排走一会儿，随意聊上几句，然后，把马鞭在马屁股上轻轻一抽，马立刻四蹄飞扬，一溜烟儿跑开了。

从张家庄到镇子大集需要经过十余个村子，驴车要走上一个小时。这一路上，李力得意极了，许多艳羡的目光盯在他身上，走到哪里他都是焦点。等到了大集，李力下马，把缰绳牵在手里，集上的人群顿时骚动，大家高声喊："快看啊，这匹马真漂亮。"

大人们还能保持着矜持的姿态，只是凑在一起指指点点；小孩子们可不管那么多，他们跳起来，围在马周围，大声地尖叫："哇，好高的马。"李力故意绷着脸，不理会人们的赞扬，他在每一个摊位前都要停下来，等有人称赞他的马之后，才继续奔向下一个摊位。

李力太喜欢这种感觉了，他在心里想，张家庄那些人，哪里懂得欣赏。所以，凡是大集，即便不买东西，李力也要走上一遭。

在养马之前，李力是养过驴的；不仅养驴，他还开过屠宰场，专门宰驴。

那个时候，李力家境不错，靠着屠宰场，他家每年都会赚一大笔钱。可就在生意越来越好的时候，李力家突然把屠宰场关了，把几头驴都卖掉了。听说，期间李力得了一场大病，病好之后，死活不愿意再养驴和宰驴了。他父母就李力一个儿子，虽然百般不舍，但也无可奈何，于是，李力家从此之后再也没有养过驴，久而久之，家境也败落了。

"只靠着家里的庄稼和瓜果能挣几个钱，"村民们说，"李力也真是的，胆子太小了。”

“养驴和胆子小有什么直接关系？”不知情的村民问。

有村民说：“这件事我也是听说的，不知道真假。”

李力二十几岁的时候，满身力气，能把一头驴推倒在地，杀起驴来，毫不手软，面对驴的嚎叫，甚至眼睛都不眨一下。

对于宰驴的手法，张家庄有属于自己的规矩。驴通人性，将要被宰杀的时候，它会用一双无辜的大眼睛直直地盯着你，盯得宰杀的人心里发毛，拿刀子的手就会发抖。老祖宗流传下来一个法子，宰驴把驴的眼睛用布蒙起来，把它的四肢绑在一起，然后用钝器猛击驴的头部，这样，驴不会感觉到痛苦，会在一声闷哼之后直接死去。

这种宰驴的方法流传了上百年，张家庄谁也不敢破坏这个规矩。李力的父母也不敢，但年轻的李力却有些不甘。他听村民说，驴被宰杀的时候，会流眼泪。李力不信，要亲自验证这一传言。

于是再杀驴的时候，李力不蒙驴的眼睛，也不用钝器，而是选择用刀。父母极力反对，在场的村民也劝说李力不要破坏祖宗规矩。大家越是这样，李力越觉得新鲜刺激。李力指挥村民绑了驴的四条腿，把驴摁倒在地，他举着明晃晃的刀子来到驴的面前，驴可怜巴巴地望着李力，大眼睛扑闪扑闪的，果真流下泪来。

驴的泪水让李力心烦意乱，但村民们都在看着他，这个时候如果退缩会让人看不起，李力咬咬牙，一狠心把刀向驴脖子上刺去。因为心里发虚，手上用劲儿不足，这一刀下去失了准头，没有扎在要害之处，驴一声惨叫，一下子把绑在腿上的绳子挣断了。

村民们慌了，大家一股脑儿拥上来，拼命把驴摁在地上。李力惊呆了，做梦也没想到会是这种结果，他呆呆地立在原地，脑子一片空白。

李力父亲见状，推开李力，快速走到驴跟前，一把把刀子拔下来。一股鲜血喷射而出，李力只觉得眼前一黑，晕了过去。

待李力醒来之后，一切已归于平静。驴被李力的父亲宰杀了，场面非常惨烈，血流成河，参与宰杀的村民每个人身上都沾了血。大家觉得晦气，纷纷埋怨李力。李力父母没办法，只好一个劲儿地给村民们赔不是。

李力父母没有责怪他，他们以为经过这件事之后，李力应该不敢胡作非为了，会老老实实地按照老祖宗的法子宰驴。结果，李力父母想错了，李力在床上昏睡了几天，完全清醒过来之后，再也不敢宰驴了。

一看到有人宰驴，李力就会躲得远远的；偶尔，李力还会歇斯底里地发疯，狠狠地抽打自己。父母看在眼里，疼在心里，就把宰驴厂关掉了。父母上了年纪，地里庄稼收成又不好，一下子断了经济来源，日子越过越紧巴。

说来奇怪，日子虽然不好过，但李力却一天比一天好起来，等李力从张家口弄回来这匹马，他之前的精神头又回来了。

父母高兴，任由他去。时间久了，村民们也早已忘记李力宰驴的事情。后来知道那件事情的村民越来越少，所以对于李力的行为，许多村民很不理解。

于是，在一个跟往常一样平静的夜里，李力的心不平静了，他做出一个决定：用自己的马和村里的驴配种。

在当时的张家庄，这是天大的事，不亚于一项伟大的科学发明。李力在张家口打工的时候，曾亲眼看到马和驴交配，它们杂交生下来的动物被当地人称作“骡子”。骡子并不是一种新物种，在张家口、承德一带有很多，但是在只有几百人的张家庄从来没有过。

骡子似马非马，像驴非驴，它没有马高大英俊，但力气比马大得多；身高比驴要高一些，长相更偏向于马，拉车、下地是一把好手。

这个新物种，张家庄人没见过，更没听说过。其实最初李力把马带回张家庄的时候，就曾经产生过这样的想法，只是当时时机不成熟。有了许多次赶大集的经历，李力觉得是时候了。

李力最先找到我家，按辈分，李力应该叫我父亲“爷爷”。父亲不反对，李力说的事情在读书的时候，父亲曾经在书上看到过。

父亲的允诺让李力看到了希望。那阵子，李力每天都会把马牵到我家驴圈里。在马和驴交配的过程中，李力从来都不让我们靠近，他小心翼翼地守护着，生怕别人偷看了去。

说来也巧，第二年春天，我家的驴果然生下一个新物种，样子看上去怪怪的。

这头骡子生长极快，不到一年光景，竟然长得高大威猛。父亲带它下地干活儿，别人对它赞不绝口。

这个消息很快就传遍了村里，村民们开始打李力这匹马的主意，排着队把驴牵到李力家门口，李力心里乐开了花。李力虽然心里高兴，但却黑着一张脸，对曾经嘲笑过他的村民，李力一概不理。李力招呼村民把驴牵回家，如果谁家有需要，他会牵着马去那个村民家里。

这种差事不能白费力气，李力和村民们约定，交配一次收五十元钱。五十元在当时的张家庄可不便宜，但为了能得到骡子这种新物种，村民们咬咬牙忍了。

李力原本以为自己会发一笔财，但事实上并非如此。和所有的新鲜事情一样，起初大家会蜂拥而上，待冷静下来，事情便会向另一个方向发展。

李力的法子虽好，可他忽略了一件事情，马和驴基因不同，交配育种的成功概率非常小，我家的骡子只是个意外。

在第一年里，李力的日子过得确实非常滋润。许多人慕名找上门来，就连十里八乡的村民也来了，李力乐此不疲，整天骑着马在乡里穿来穿去。李力把这匹马当财神爷一样供着，不仅喂上好的饲料，而且若不是重要的事情或是赶远路，李力都不骑马了，他恨不得把马背在自己身上。

好景不长。村民们都盼望着自家的驴产下小骡子，可到了第二年，村民们傻眼了，大部分驴的肚子空空如也，只有几头驴生下了小骡子。村民慌了，李力更慌，他原以为打开了财路，没承想这个发财梦破碎得这么快。

村民们不解，李力也不解。我父亲读过书，又是村里第一个大学生，李力和村民们便找上门来，请求父亲帮忙解答。父亲教了一辈子数理化，不懂生物科学。好在父亲同学多，人缘广，他请在保定市教育局任职的同学帮忙，父亲的同学又找到河北畜牧业大学的教授。折腾来折腾去，这件事情总算弄明白了。

原来，马和驴的杂交鲜有成功的案例，尤其是公马和母驴，受精率低得可怜，而且马和驴的杂交几乎不能生育。得知了这个真相，村民们傻眼了，但事已至此，只能自认倒霉。最受打击的是李力，他原本想着，这会是个石破天惊的发现，结果却是竹篮打水一场空。

李力很沮丧，与破碎的发财梦相比，李力更害怕村民对他态度的变化。他喜欢大家尊重他、仰视他的感觉，他对这种感觉很迷恋。他知道，这件事情之后，自己又回到了原点。

果然，再也没有村民上门来找李力了，甚至偶尔在路上碰到，大家也都不怎么理睬他。更令他气愤的是，他骑马出门赶大集的时候，村民们也不抬头仰视他跟他打招呼了。

这个打击对李力来说是非常大的，李力不爱赶大集了，他把自己关在屋里，一待就是一整天。治愈伤痛最好的办法就是转移伤痛，就跟恋爱一般，继续下一段恋情会很快忘记当初失恋的痛苦。李力父母觉得不能让李力再这样下去，必须要给他重新找一个事情。

自从关闭宰驴厂、不再养驴之后，李力家道中落，他年近三十，依然孑身一人，现在是时候讨个老婆了。

为了李力讨老婆的事情，李力父母操碎了心，他们托付了好几个媒人，提了许多门亲事，结果没有一个姑娘愿意嫁上门来。媒人回话说，姑娘们嫌弃李家贫穷，姑娘们还说李力脑子有问题，跟了他，肯定不会幸福。

家里穷是事实，也是没办法的事情，但说李力脑子有问题，李力父母气得直喘气。家里不养驴，脑子就有问题了？事情没搞清楚就瞎传，这像什么话。李力父母一边生村民的气，一边生李力的气，若不是李力这个不争气的儿子，家里也不至于成这样。

就这样，李力的婚事一拖再拖，他成了村里的大龄光棍。

若不是马驴交配事件，李力父母也许不会从根本上意识到这个问题的严重性。这件事以后，他们觉得，给李力娶老婆的事情迫在眉睫了。

谣传这么多年，李力脑子有问题的说法已经根深蒂固，为李力讨老婆，难于登天。就在李力父母一筹莫展的时候，媒婆突然登门造访。媒婆进门就笑，她说：“好事来了，天大的好事。”

李力父母赶紧赔笑，拿出瓜果招待媒婆，可听完媒婆的话，李力父母却笑不出来了。

邻村有一个姑娘，叫王华美，比李力小五六岁，模样很俊俏，读过几年中学，只是因为一场大病，落下了后遗症，脑子时好时坏。李力父母觉得，再怎么说，李家祖上也是有头有脸的人物，即便家道中落，也不能娶这样一个儿媳妇，说出去，多让村里人笑话。

媒婆站起身来，拍拍屁股："老娘还不伺候了。"说完，一摇一摇地走了。

李力父母心里就像是吃了苍蝇般难受，不娶王华美吧，李力可能就要打一辈子光棍；娶吧，又怕人说笑，心有不甘。一时间，李力父母陷入两难局面。两个人在经过激烈讨论之后，决定让李力和姑娘见见面，万一两人看对眼了就定下来。

相亲定在了李力家里，李力母亲特意准备了一桌饭菜，还专门做了张家庄扬名在外的驴肉火烧。原以为这是一顿难以下咽的饭，结果这场相亲竟然皆大欢喜。

李力和王华美一见钟情。对于李王两家来说，这可是天大的喜事，婚事很快就定了下来。两家父母对这门婚事的态度出奇地一致，他们只有一个目标，尽快完婚。

一切从简，从相亲到举办婚礼，加在一起的时间不超过一个月。婚后两个人很恩爱，很快就生下了一儿一女。对于这个家庭，李力很珍惜，他知道，这一切都来之不易，有了一双儿女之后，李力更是觉得这辈子算是圆满了。

在这期间，李力并没有忘记他的马。塞翁失马焉知祸福，若不是因这匹马造成的谣言，李力不会娶到王华美，更不会有健康的儿女，所以，李力把这匹马当作他和王华美的媒人、恩人。

李力越来越疼爱这匹马了。他在院子里专门为它建了马棚，甚至宁愿自己累得半死，也不让这匹马干重活儿。还有，李力很少骑马出门了，他把马拴在马圈里，省吃俭用为马买饲料。

在李力的呵护下，这匹马越发健壮肥硕，它打着响鼻，马蹄敲打着路面发出“嗒嗒”的声音。李力专门为它重新打制了几副马鞍和马掌，披挂后，整匹马看上去威风凛凛。

偶尔，李力会骑马带儿女赶大集，一对儿女一路上叽叽喳喳兴奋不已。村民们对待事物不似以前那般固执，他们见到李力，开始热情地打着招呼。李力也变了，变得更加随和，遇到要好的村民，李力会把村民的孩子抱到马背上骑一会儿，小家伙兴奋得嗷嗷直叫。就这样，一路上洒满了笑声。

李力以为这样的日子可以安稳地过一辈子，结果造化弄人，接下来发生的事情彻底打乱了他所有的计划，甚至改变了他的家庭的命运。

孩子们读中学了，乡中距离家远，孩子们选择住校，家里只剩下李力和王华美。白天李力下地干活儿，王华美在家休息——这么多年，他几乎没有让王华美下过地。王华美脑子不好，地里的活计没法干，况且李力对王华美百般疼爱，只是把一些家务交给王华美做。

这样安排，李力并没有觉得有什么不妥，十几年过去，也没发生过什么事情。

这天，跟往常一样，吃过早饭，李力牵着马下地了。平时，马会自己在山坡上悠闲地吃草，可是那天，这匹马异常地暴躁，它嘶鸣着，在山坡上跑来跑去，四只蹄子用力地摩擦着地面，扬起一片尘土。

李力觉得奇怪，这匹马跟他将近二十年了，从来没有出现过这种情况。李力慌忙向山坡上跑去，等跑到马身边，马突然在李力身上蹭起来，一边蹭，一边低声鸣叫。

李力没明白状况，他抚摸着马脖子，努力想使马安静下来，结果马突然一跃，向山坡下跑去。李力猝不及防，被马撞得一屁股摔倒在地。李力气坏了，他一边跟着马跑，一边骂着："让我抓住你，看不扒了你的皮。"

马跑得飞快，在山地里左右腾挪，李力紧追在后面，只听得耳边风声呼呼刮过。

马似乎有意引导李力，它跑跑停停，不停地望向李力的方向。距离远了，它就停下来；距离近了，又撒丫子跑一阵。

李力气坏了，也累坏了，气喘吁吁的，时不时要停下来休息一会儿。就这样，马和李力一前一后向村子跑去。那天下地干活儿的村民都看到了这个情况，觉得场面特别滑稽，他们哈哈大笑，甚至打起了呼哨，李力竟然让匹马耍了，他们觉得太好笑了。

马跑着跑着，就跑到了家里。就在李力暗自高兴，终于把马抓住了的时候，他看到王华美仰面朝天躺在家门口的地上，嘴角里冒着白沫，身旁不远处，有几只碗滚落在地上，其中一只碎掉了，碎渣洒了一地。

李力慌忙跑到王华美身边，用手探了一下王华美的鼻息，竟然一点呼吸都没有了。李力抱起王华美向马棚跑去，他想把王华美放在马背上，但因为过于着急，试了几次都没成功。李力尖厉的号哭引起了邻居的注意。邻居们跑到李力家里，只看一眼就全明白了——王华美突然发病，抢救不及时，已经死了。

邻居们拉住李力，把王美华的尸体抱到屋子里的炕上，大家纷纷劝他："人死不能复生，节哀顺变吧。"

人越围越多，李力感觉很嘈杂，他瘫坐在地上，脑子里一点意识都没有。

王华美下葬那天，李力拒绝人们抬棺材。他把马套上了车架，他说，王华美一辈子没骑过马，这次，他要和马一起为她送葬。

李力的儿女跟在马车后哭哭啼啼；李力牵着马，眼泪吧嗒吧嗒地掉。那天，马也好像没了精神，耷拉着脑袋，慢悠悠地走在路上，时不时抬起头嘶鸣几声。

王华美走后，李力整整缓了一年。他时常到王华美的坟前发呆，一句话都不说，一坐就是一个上午。每次去王华美坟前，李力都带着马。

李力终于从伤痛中走了出来，但他拒绝续弦。家里没了女人，日子一下子变得难过起来，李力又当爹又当妈地拉扯着两个孩子，日子过得愈发紧吧。

2000年，张家庄养驴的人越来越少，村子闭塞，越来越多的年轻人外出打工，一时间，村里只剩下老弱病残。

养驴赚钱，但钱来得太慢，年轻人看不上，上了年纪的村民又力不从心。曾经因养驴鼎盛一时的张家庄仿佛一夜之间没落了，村子里、田地里很少再能看到驴的身影，偶尔遇到的几头驴，也已是风烛残年。

我家的驴都被父亲卖掉了，卖驴那天，父亲躲在一旁偷偷地掉眼泪。

父亲一边擦眼泪，一边叹着气说：“张家庄养驴几十年，就这样没了。”

我明白父亲的意思，他是在悼念一个时代的凋落。

村民们纷纷把驴卖掉，到了夜里，再也听不到驴叫声了。李力的马依然没有卖，但在一夜之间李力和这匹马都老了。

单纯从这匹马身上，你很难看到，它曾经是那么的健硕，那么的骄傲。它很少抬头，大部分时间窝在马棚里望着地面。

李力心里难受，他舍不得这匹马，风风雨雨几十年，是这匹马一直陪伴着他。这匹马就像家人一样，是这个家庭里不可或缺的一分子。

但李力实在没办法。儿子和李力谈过一次，儿子认为李力老了，干不动了，家里没人，这匹马没办法再养下去了，与其让它老死、饿死，还不如趁早把它卖掉。

儿子说："如果非要等到与这匹马生离死别的时候，我怕您会崩溃。"

儿子的话有道理，李力心里明白，他知道，这是目前唯一的办法，也是这匹马最好的归宿，他只是不舍得，这是他身上的一块肉啊。

在儿子的反复劝说下，李力终于下了决心。李力到死都记得那个日子，那天，李力借故到地里干活儿，他把卖马的事情交给了儿子。

据跟李力一起干活儿的村民后来讲述，那天李力一直在哭，哭得特别伤心，眼睛哭得又红又肿。

我至今都清晰地记得，李力把这匹马带回村时的情景。那年我六岁，我站在家门口，远远地看着李力牵着马走过来，马太漂亮了，膘肥体壮，金灿灿的毛发，威风凛凛。那是我第一次见到马，在清一色的黑色的矮小的驴面前，它是那么的耀眼。

悬案

1986年9月23日夜里，张家庄发生一起命案。死者叫张庆山，二十五岁，张家庄人，尸体是第二天早上被下地干活儿的村民发现的。

村民报了警，经法医鉴定，系他杀。现场有明显的搏斗迹象，张庆山仰面躺在地上，面容恐怖，眼睛突出来，脖子上的勒痕触目惊心。张庆山死在了自家的枣树林里。

时值秋收，为防止小偷前来偷大枣，村民们都有在地里守夜的习惯。每到秋季，村民们便在自家地里用玉米秆搭起棚子，夜里便睡在棚子里。到了夜里，全村漆黑无比，静得可怕，胆子小的人，都不敢出门。

说来也巧，出事那天晚上，天下起大雨，电闪雷鸣的，很是瘆人。村里停了电，村民们吃过晚饭便早早休息，谁也没想到竟然出了这样的事情。

因为雨下得比较大，现场的痕迹都被雨水冲掉了，没有留下任何有用的破案线索，加上当时破案手段落后，虽然民警做了大量工作，但始终没有理出头绪，所以迟迟没有破案。

这个案子成了悬案，一悬就是几十年。出事那天晚上，张庆山的爱人张兰兰看天色不好，劝张庆山不要出去了。张庆山安慰爱人说："没事，要是下雨我就回来。"临出门时，张庆山还在张兰兰的肚子上轻轻摸了一下，对着张兰兰的肚子说："儿子，要听话，不要踢妈妈啊。"

那时张兰兰刚好怀孕九个月，再有一个月就要生产。

张兰兰甜蜜地笑，她说："你怎么知道是儿子，万一是女儿呢？"

"肯定是儿子，"张庆山说，"我的种，我还能不知道。"说完，张庆山拎着手电筒就往山里去了。没想到，他这一走就再也没有回来。

张庆山家的枣树在羊儿沟，村里大部分枣树都在那里。羊儿沟是个非常深的沟，阴森恐怖，可能是沟过于深和大。白天的时候还好些，前来干农活儿的人多，不觉得害怕，但是一旦太阳下山，羊儿沟便给人一种不祥的感觉。可就是这样一个地方，枣树长得出奇的好，到了秋季，枝头果实累累，放眼望去，满眼的大红枣，一片丰收的景象。

因为害怕，在羊儿沟守夜的村民向来比较少，而那年尤其少。因为涝灾，收成不好，大枣都裂开了，挂在树上，黑黢黢的。这种大枣不值钱，更没人去偷。可偏偏张庆山家的大枣长得出奇的好，在枣林里显得尤其扎眼。

下地的村民经过，都会和张庆山聊上几句，他们艳羡地说："庆山，今年你要发财了。"

张庆山嘴里谦虚着，心里却乐开了花，今年收成好，又赶上儿子出世，真是双喜临门。按理说，张兰兰要生了，张庆山不应该去地里守夜，但他发现自家枣树下面有脚印，而且树上的大枣明显被人摘过，就对张兰兰说："咱家地里有小偷，我得去看看。"

张兰兰害怕，她对张庆山说："你叫咱爸跟你一起。"

张庆山孝顺，父亲年纪大了，夜凉如水，老人怎么受得了。张庆山安慰张兰兰说："放心吧，还有其他村民做伴呢。"

平时和张庆山一起守夜的村民，临时有事不能去，还对张庆山说："算了，今晚你也别去了。"张庆山不理会，他说："没事的，没准儿去一会儿我就回来。"

在去的路上，张庆山心里直犯嘀咕，到羊儿沟守夜的人不多，但其他地方人不少。张庆山抬头看天，天空阴云密布，黑压压的一片，真要下雨了。张庆山自言自语地说："如果下起雨来，我就回家。"

张庆山一边走一边看天，走到羊儿沟沟口时，有些犯怵，心里升起悔意，应该听张兰兰的，可已经走到沟口了，于是心一横，走进了沟里。

其实在出事那天晚上，是有很多征兆的，但张庆山和张兰兰都忽略了。事后张兰兰回忆起来，悔恨不已。

张庆山是被活活掐死的，他死的时候太痛苦，把地都蹬出一个大坑。

张庆山读过几年书，和张兰兰青梅竹马。长大后，张兰兰家里做主，把张兰兰嫁给了张庆山。婚后两个人很恩爱。张庆山出事那年，他们结婚才不到两年。

张庆山死后，张兰兰感觉自己的天都塌了。孩子还未出生，地里的庄稼正在等着收，父母年纪大了，帮衬不了多少，所有的担子都压在张兰兰身上，压得她喘不过气来。张兰兰一直沉浸在悲痛中，整日以泪洗面，不管家人怎样劝慰，她就是听不进去。

张山柱是张家庄人，和张庆山年龄相仿，因为两家住得远，张山柱和张庆山很少来往。

张山柱家穷，父母就他一个儿子，且是老来得子，一家三口守着一点薄田过日子。张山柱父母身体不好，常年靠药维持。张山柱没啥本事，到处给人打零工，一年到头，很少在家，村里人对他不熟悉。

但说起张山柱家，村民们都知道，若论谁家最穷，非张山柱家莫属。父母年迈多病，地里庄稼大都荒废，张山柱常年不在家，家里的日子几乎过不下去。

张山柱长得很结实，常年干体力活儿，肌肉非常发达。张山柱在村里几乎没朋友，因而养成了沉闷的性格，只要回村里，他从来不串门，把自己关在屋子里，一待就是一整天。

张山柱的性格加上家里的情况，到了结婚的年龄，没有姑娘愿意嫁给他。张家庄的姑娘大都嫁到外村，她们把嫁人当作走出张家庄的机会，没人愿意在这个穷苦的村子里生活，更没有父母愿意把自己女儿往火坑里推，嫁给全村最穷的张山柱。

村里人谁也不知道张山柱什么时候回到村子里的。在张庆山出事后一个多月，有村民看到张山柱坐在家门口的大石块上发呆，便打招呼："山柱回来了？"

张山柱呆呆地望着远处出神，没有注意到打招呼的村民。村民叹口气，摇摇头从张山柱身边走过，边走边说："多好的年轻人啊，让这个家给拖累了。"

张山柱回到村里后，很少下地干活儿，大部分时间都坐在家门口的大石块上发呆。张山柱和张庆山没有来往，也没去过张庆山家。张庆山家有一块石碾，村里人经常去推玉米、地瓜干之类的粗粮。之前，一到秋季，张庆山家总是很热闹，但自从张庆山出事后，家里一下子冷清下来，前来推碾的村民也很少。

家里冷清，张兰兰有些不适应。热闹些还好，大家说说话，一天很快就过去，可一旦冷清下来，张兰兰就忍不住胡思乱想，想着想着，就流眼泪。

有一天，就在张兰兰坐在院子里的藤椅上忍不住掉眼泪的时候，张山柱突然端着一簸箕玉米来了。张兰兰有些惊讶，她没理张山柱，继续抹着眼泪。张山柱也不说话，他把玉米倒在碾子上，吱吱呀呀地推起来，一边推，一边偷偷地瞄张兰兰。

这是张山柱第一次来张兰兰家，家里没男人，显得死气沉沉。张山柱推得很慢，一簸箕玉米，他整整推了两个多小时，直到太阳下山，才收拾妥当。

张兰兰依旧坐在藤椅上抹眼泪，她已经两个多小时没有活动过了。张山柱经过张兰兰身边时忽然停下来，说："你应该多走走，这样对孩子不好。"

张兰兰抬头看了张山柱一眼，没有理他。张山柱也不生气，加快脚步走出了院子。

自从这次之后，每隔几天，张山柱就会端着一簸箕玉米去推，每次都要推两个多小时，而且每次在结束的时候，都会和张兰兰说上几句话。张兰兰并不是每次都不理张山柱，赶上心情好的时候，会跟张山柱聊几句，虽然是些无关痛痒的话题，但张山柱脸上会布满笑容。

张山柱往张兰兰家跑得勤快了，村里便有闲话传出。村民们议论，张山柱是不是看上张兰兰了。

有村民反驳："张兰兰是个寡妇，而且马上就要生孩子了，张山柱又不是傻子，怎么会看上她？"

这些闲言碎语很快传到张兰兰耳朵里，当张山柱再来家里推碾时，张兰兰就故意躲着他，在屋里坐着，直到张山柱走远了，才出来。张兰兰的变化，让张山柱很失落，每次经过张兰兰屋门口的时候，张山柱就会放慢脚步，有时甚至会停下来，张开嘴想说些什么，但最终什么也没有说。

虽然张兰兰的态度发生了变化，但张山柱依然每隔几天就会去张兰兰家推碾。推碾仿佛成为张山柱日常生活里必不可少的一部分。

就在张山柱又一次到张兰兰家推碾的时候，他听到张兰兰在屋子里发出一声尖叫。张山柱立刻放下手里的活计，三步两步跑到张兰兰的屋子里。张山柱看到张兰兰痛苦地靠在被褥上，脸上、额头上有大颗的汗珠沁出来，痛苦地呻吟着。张山柱愣了几秒，撒丫子便往外跑，他跑到张兰兰父母家门口，大声吆喝："要生了，快，要生了。"

张兰兰的父母慌慌张张地随着张山柱跑到张兰兰家。看到女儿的样子，张兰兰父亲对张山柱说："快，赶紧把我家的驴车套上。"

张山柱又跑到张兰兰父母家里，把驴车套好。他扬着鞭子，把驴车赶得飞快。等到了张兰兰家里，他和张兰兰的父母一起把张兰兰抬上车，马不停蹄地往镇医院赶去。

紧赶慢赶，到了镇医院。张兰兰被推进了手术室，张山柱和张兰兰的父母在门外焦急地守着。张兰兰的父母都快急哭了，说："张庆山就这么一个孩子，如果孩子保不住，我们怎么对得起张家！"

手术室门被推开了，医生走了出来。“母子平安，”医生长吁一口气，“幸亏送得及时，再晚一步大人和孩子就都保不住了。”

听到医生的话，张兰兰母亲破涕为笑，父亲则靠着墙壁，缓缓地蹲了下去。再看张山柱，他把身体靠在墙壁上，攥着拳头，脸上有说不出的表情，不知道是喜，还是悲。医生看了一眼张山柱问：“你是孩子的父亲？”

张山柱摇摇头，很快脸上的表情就恢复平静，他意识到自己的失态，有些抱歉地说：“我们是一个村子的。”医生不再说话，转身返回手术室。

过了不大一会儿，张兰兰被推出来，她躺在病床上，眼睛紧闭着，右手手背上还打着点滴。孩子也被推出来，在很小的婴儿床上。护士推着孩子，跟着张兰兰，缓缓向病房走去。看到张兰兰的样子，张山柱的心猛然揪了一下，他问：“医生，她怎么还没醒过来？”

医生说：“没事的，只是身体太虚弱，麻药还没散，过一会儿就会醒过来了。”

张兰兰父母跟着进了病房。张山柱走到病房门口，他突然想抽根烟。他从裤子口袋里把烟掏出来，却发现没带打火机。他径直向医院大门口走去，觉得此时此刻必须要抽一根烟压压惊，至于惊从何来，他也说不上来。

张山柱在医院对面的小卖部买了一只打火机。他把烟点着，深深地吸了一口，在吸到第四口的时候，才感觉自己活了过来。他扭头向医院望望，太阳明晃晃的，很刺眼。他没有再回医院和张兰兰以及张兰兰父母打招呼，而是一步一步向张家庄走去，虽然他很清楚，张家庄和镇上的距离，如果步行回家，至少需要三个小时。

张山柱往张家庄走的时候是下午四点钟，他一边走一边停下来歇脚。只要一歇脚，张山柱就要点一根烟，等走到家的时候，已经抽了整整一包烟。张山柱累极了，走到村口，身子开始摇晃，步子轻飘飘的，像踩在棉花上。

天已经完全黑下来了，张山柱并没有立刻回家，他在张兰兰家门口停下来。因为走得急，张兰兰家大门并未上锁，门虚掩着。张山柱推开大门，向着石碾走去。张山柱想起，自己的玉米还没推完。张山柱在张兰兰家水井旁坐下，打了一桶水，舀上一瓢，咕咚咕咚喝了一阵。走了一路，他一口水都没喝，嗓子早就干得冒烟了。

在水井旁，张山柱整整坐了半个多小时，随后站起来，摸着黑，开始推石碾。在暗夜里，石碾的声音很响，张山柱越推越快，他想尽快把玉米推好，要不然太晚了还在推石碾，被村民看到，会觉得奇怪。

张兰兰在医院住了七天，七天后，父母用驴车把她和孩子接回了张家庄。为方便照顾她，父母把张兰兰母子接到自己家里。这是张庆山的遗腹子，张庆山父母格外疼爱，他们每天都过来看望，有时看着孙子想到儿子，就忍不住吧嗒吧嗒掉眼泪。

然后四位老人一起抹眼泪，但从来不敢在张兰兰面前抹。张兰兰的情绪好不容易稳定下来，刚生完孩子身体还很虚弱，他们生怕自己的举动再勾起张兰兰的伤心事。于是在张兰兰面前，四位老人只是帮着带孩子、逗孩子，为张兰兰准备可口的饭菜。

在四位老人悉心照顾下，张兰兰月子期间竟然胖了不少。自从张庆山出事，张兰兰茶不思饭不想，日渐消瘦，整个人都脱了相，这下脸蛋又开始恢复圆润，身体也一天比一天好起来，越来越散发出少妇独有的味道。这个味道令张山柱着迷。

在张兰兰月子里，张山柱依然每隔几天去张兰兰家碾玉米。张山柱心思缜密，如果自己突然不去张兰兰家推碾，怕村里人会议论。张山柱在推石碾的时候，经常会不经意地向张兰兰曾经常坐的位置上看，推一会儿便会停下来发一会儿呆，然后继续推，而且，速度比往常要快很多，平时两个小时，现在一个小时不到就全部搞定。

出了月子，张兰兰和父母专程到张山柱家里表示感谢。对于张山柱的帮忙，张兰兰感激不尽，若不是张山柱，张庆山恐怕就要绝后了。这是天大的恩情，张兰兰说她会记一辈子。

面对张兰兰的感激，张山柱慌忙摆手，他说："乡里乡亲，应该做的，不用挂在心上。"

不管怎样，这份情张兰兰是记下了，从此，张山柱去张兰兰家碾玉米，张兰兰会主动跟张山柱打招呼，甚至还会给他端水喝，聊上几句。偶尔张兰兰也会抱着孩子去张山柱家串门。张兰兰说："我给你说个媳妇吧，你也老大不小了，不能总是单着。"

张山柱憨憨地笑，他说："我家穷，谁会看上我。"

"穷怎么了？好日子都是过出来的。"张兰兰说，"你人品好，只要努力，很快就能过上好日子。"

对于张山柱的亲事，张兰兰非常上心，她把自己身边的朋友问了一个遍，结果还真有愿意跟张山柱见面的。就在张兰兰信心满满，要介绍张山柱和朋友见面的时候，张山柱突然去南方打工了，他甚至都没有告诉张兰兰一声。

张兰兰有点沮丧，她和朋友解释说："再等等，等张山柱打工回来，一定安排你们见面。"

张兰兰没想到这一等就是一年。一年后的初夏，张山柱从南方回来了。这次回来，张山柱变化很大，这种变化并不是指面貌上的，而是出去打工之前，张山柱是穷光蛋一个，这次回来，却成了有钱人。

张山柱去了海南，做起了贩卖水果的生意。他先是给人打工，几个月后，便自己单干。他脑子活，把海南的水果卖到北方，把北方的一些特产卖到海南，就这样，才一年光景，“穷鬼”张山柱成了名副其实的张老板。

张兰兰替张山柱高兴，她的高兴写在脸上，是发自肺腑的。张兰兰说：“姑娘我已经给你找好了，明天就见面。”

张山柱瞅着张兰兰笑，笑得张兰兰有些摸不着头脑。张山柱说：“我喜欢你。”

还没等张兰兰反应，张山柱继续说：“之前我穷，不敢说，现在有钱了，可以养活你跟孩子。我想娶你。”

张山柱的话让张兰兰震惊，在确定张山柱不是开玩笑后，张兰兰黑着脸说：“我丈夫去世才一年，再婚的事情现在不想谈。”

说完，张兰兰便离开了张山柱家。回到家，张兰兰的心情一直不能平静。在与张山柱的接触中，她感觉张山柱是个好人，对他非常有好感，只是自己现在这个样子，怎么能接受他的爱意。他曾帮过自己，虽然张山柱家境不好，但他和村里大部分男人不同，他上进，有能力。张兰兰心烦意乱，她决定，以后尽量不再跟张山柱来往，避免让张山柱扰乱自己平静的生活。

因为张山柱突然发迹，前来说亲的人多了起来。张山柱父母很是高兴，但张山柱不管媒人怎么说，一律回绝。

不知道怎么的，张山柱追求张兰兰的消息在村里传开了，仿佛一夜之间，村里人都知道张山柱为什么拒绝媒人了。只是村民们想不明白，张山柱现在的条件，什么样的女人娶不到，非得娶一个带着孩子的寡妇。

大家议论纷纷，对张山柱的做法不解，都说张山柱脑子有毛病。

“脑子有毛病”这句话在张家庄是很难听的骂人话，但张山柱依然和往常一样，端着一簸箕玉米到张兰兰家碾，一边推石碾，一边看张兰兰。张兰兰故意躲着他，直到石碾声停下来，张山柱走远了，她才抱着孩子从屋子里出来。

张兰兰心想，过不了过久，张山柱就该放弃了。张兰兰心里很矛盾，一方面她怕面对张山柱，希望他放弃；另一方面，她怕张山柱真的放弃，心里又有些不舍。

就在张兰兰矛盾纠结的时候，张山柱再一次去了南方，这一走便是三年。就在大家将要把张山柱忘记的时候，他又突然回来了。这一次，他是真真切切闯出了名堂。

开车回来的张山柱没有直接回家，而是在张兰兰家门口停了下来。张兰兰正在院子里带孩子玩儿，看到张山柱走进院子里时愣了一下。还没等张兰兰反应过来，张山柱突然返回车旁，从后备厢拿出一个大提包，然后又走进了院子。

张山柱蹲下身子，拉开了提包的拉链，提包里有很多零食和孩子穿的衣服。张山柱拿出一袋糖果递给张兰兰的儿子，他摸摸孩子的头说：“三年不见，都长这么高了。”

张山柱说完站起身来，笑着对张兰兰说：“你一点都没变，还是那么漂亮。”

在张兰兰面前，张山柱一直都是自卑的，但经过这几年的闯荡，加上自身财力的富足，他现在举手投足之间，都散发着成熟男人的魅力。

望着眼前的张山柱，张兰兰心里波涛汹涌。她有些慌乱，她说：“我去给你倒杯水。”便转身进了厨房。她在厨房里呆立许久才走出来，把水杯递给张山柱问：“你什么时候回来的？”

“刚刚，家还没回就先来你这里了。”张山柱喝了口水说，“几年不见，挺想你和孩子。”

面对张山柱大胆的、赤裸裸的表白，张兰兰不知道该说些什么。张山柱把杯子里的水喝完说：“我该回家了。”

回到家，一家人吃晚饭的时候，张山柱对父母说：“我想娶张兰兰。”这个家这几年都是张山柱在撑着，父母知道亏欠他太多，对于张山柱的婚事，并不阻拦。他母亲问：“你可想好了？”

张山柱头也不抬，专注地吃着饭说：“明天我就找人去提亲。”

媒人没有直接去找张兰兰，而是去了张兰兰父母家。对于女儿的再嫁，两位老人持赞成态度，女儿还年轻，不能守一辈子寡；女儿为张庆山家生了儿子，守寡四年，算是对得起张家了。

从张兰兰父母家出来，媒人又去了张庆山父母家，说明来意。张庆山母亲直掉泪，张庆山父亲在一旁默不作声地抽旱烟。两位老人心里明白，儿子不在，儿媳还年轻，迟早都是留不住的。况且，两位老人也不忍心让儿媳一直守寡。

这门亲事只差张兰兰点头。

隔几天，媒人才到张兰兰家。在看到媒人进门的刹那，张兰兰心里便明白，这件事始终躲不过去，必须要面对了。

张兰兰对媒人说：“我想跟张山柱谈谈。”

见到张山柱，张兰兰问：“我是个寡妇，还有孩子，你想好了？”

张山柱回答得很肯定：“四年前我就想好了。”

“儿子是我的命根子，你待他必须像亲儿子一样。”张兰兰说。

“我向你发誓，一定会好好照顾你们娘俩儿。”张山柱说。

从张兰兰家里走出来的时候，张山柱觉得整片天都亮了，他心里舒坦极了，在回家的路上，吹起了口哨。

张兰兰提的条件张山柱都答应，唯有婚礼从简这一条，张山柱坚决反对。张山柱说：“我一定要风风光光地把你娶进门，绝对不能让你和孩子受委屈。”

张山柱和张兰兰的婚礼是盛大的，十里八乡都首屈一指。村民们在羡慕之余，更多的是对张山柱的行为感到叹服，甚至把死去的张庆山和张山柱做了对比。几年过去，唯一不能让村民们释怀的是张庆山的案子始终没有侦破。

婚后两年，张兰兰又给张山柱生了个儿子，一家人很高兴，尤其是张兰兰，整天沉浸在幸福之中。张山柱对她百依百顺，家里的钱财都交给她打理。张山柱每年都要去海南做生意，但回家很频繁，隔几个月就会回来一趟。

1996年冬天，张山柱全家从张家庄搬了出去。张山柱的生意越做越大，越来越忙，从海南到张家庄既要乘飞机，又要坐火车，还要坐客车，为了方便照顾家人，张山柱把父母以及张兰兰母子三人一同接到了海南。

在搬离张家庄之后，张山柱和张兰兰家的房子一直没人居住。房子没有卖掉，大门紧闭，门前长满了杂草。在此后的十几年里，张山柱和张兰兰也曾经回来过。听村民说，海南真是养人啊，张兰兰越来越好看，皮肤越来越水灵。

张庆山的案子在几乎被人遗忘的时候，终于破了。

张庆山的确是被人杀害的。

李大奎是个流浪汉，家境贫穷，从小无依无靠。当年案发前不久，李大奎流浪到张家庄，他听说羊儿沟张庆山家的大枣收成不错，于是趁着夜色，想偷一些大枣拿到集市上去卖。

那天天色不好，李大奎以为没人守夜，就去了张庆山的枣林。就在李大奎偷摘大枣的时候，被正巧赶来守夜的张庆山发现了。李大奎百般求饶，张庆山不依不饶，非要把李大奎送到派出所。张庆山身体壮，胆子大，对弱小的李大奎，张庆山不放在眼里。

在求饶无果之后，两个人打斗在一起。因为害怕被抓到派出所，李大奎起了杀心。张庆山一心只想把李大奎送到派出所，并没想过伤害李大奎，所以在力气上有些保留。结果张庆山的手软给了李大奎机会，李大奎硬生生用手臂把张庆山勒死了。说来也巧，一场大雨突然而至，所有的线索被冲刷干净。

勒死张庆山之后，李大奎心里害怕，沿着羊儿沟一直狂奔，连夜走山路，顺着山顶，到达了山西地界。随后几年，李大奎一直生活在山西五台山附近的村子里。

原以为这个案子会一直悬下去，谁也没有想到，李大奎得了肝癌。在被确诊为晚期之后，他主动向警方自首，交代了这一陈年往事。

警方问："你怎么去的张家庄？"

李大奎说："我和张家庄的张山柱是朋友，我是去找他的。"

警方辗转联系到远在海南的张山柱和张兰兰，一个作为证人回来接受询问，一个作为受害者家属回来结案。和他们一同回来的还有张庆山的儿子。

真相大白，张山柱给张兰兰和儿子跪下了。

他痛哭流涕，揪着自己的头发把头往墙上撞。张山柱的举动把警方和张兰兰母子都吓住了，张兰兰跟张山柱结婚多年，从来没有见到他这样失态过。

张山柱这个男人在张兰兰心目中就是完美的化身，这些年，在生意场上，张山柱叱咤风云；在家里，他是完美丈夫和好父亲。

张山柱说，他和李大奎是朋友，他是在外地打工时认识李大奎的，李大奎来张家庄是来找他的。

张山柱给李大奎出主意，张庆山家的大枣长得很不错，可以偷些来卖，只是他做梦都没有想到，会发生这样的事情。

张庆山死后，张山柱一直担惊受怕，他好几次都想去派出所报案，但又怕自己受到牵连，便始终把这件事深埋心底。这些年，这件事就像一块巨石，一直压在他的胸口。

他说："说出来心里好受多了，孩子们都大了，我心里没有牵挂，唯一放心不下的就是兰兰。"

张山柱说，这辈子做的最大的错事就是怂恿李大奎去偷张庆山家的大枣，做得最正确的事就是娶了张兰兰。刚开始接触她是因为愧疚，但后来才发现，他真的很爱张兰兰，他离不开她。

在张山柱的叙述中，张兰兰一直在哭，起初是刻意的压制，后来几乎是山洪暴发。张兰兰哭，张兰兰的儿子也跟着掉眼泪。

张兰兰直哭得眼睛又红又肿，然后做出一个决定。她走到张山柱身边，轻轻地抱住了他，说："都过去了，现在，我们是一家人。"

有人说张兰兰真是个了不起的女人。

父母说起这件事情，母亲唏嘘，父亲慢吞吞地说："都过去了，活着的人总要活得更好。"

我觉得父亲的话就是真理。我一边琢磨父亲的话，一边想起他人对张兰兰的评价，张兰兰真是个了不起的女人。

我想，的确如此。

张大棒槌

张家庄村民被写进县志的，迄今为止唯有一人，他就是张万海，村民们口中的“张大棒槌”。

张万海身高一米八八，体重三百多斤，是全村身高最高、体重最重的人。单从外表来看，张万海浓眉大眼，即便算不上美男子，在村子的年轻后生里，也是个顶个儿的主。

张万海的爱好是发呆，尤其是在夏天。夏天天气炎热，张万海坐在家门前的小河边，挽着裤腿，脚泡在河水里，眼睛盯着河水，一句话都不说，一坐就是半天。

村民们没人愿意理张万海，甚至不愿意喊他的名字，而更愿意叫他“大棒槌”。单从张万海外表来看，没人能够理解喊他“大棒槌”的缘由，但只要张万海一张嘴，大家就会恍然大悟，进而点着头说，果然是个“棒槌”。

在张家庄，“棒槌”是骂人的话，是脑袋里缺根弦儿、半憨半傻的意思。张万海与老母亲相依为命，一辈子没结婚。按理说，这样的人怎么都不可能被写进县志，可张万海不仅被写进了县志，还成了张家庄村最具传奇色彩的人物。

张万海被写进县志，是因为他的力气。据说，一千多斤的重物，张万海轻轻松松就能扛起来。在那个普遍吃不饱穿不暖的年代，这是一般人想都不敢想的事情。

张万海出生那年，父亲因干农活儿时发生事故去世，母亲拉扯着张万海长大，始终没有再嫁。张万海只读到了小学，不再念书的一个原因是家里穷。张万海家的经济来源，主要是母亲侍弄一些果树。张万海的母亲裹着小脚，身体很单薄，一阵风就要把她刮跑的样子。母子两人的日子过得紧巴巴的，有时还要靠村里心善的人家接济。

除了因为家穷，张万海辍学的另一个原因就是脑子笨，头天教的知识，第二天一早准忘得一干二净。

小学六年，张万海读了八年。小学毕业后，张万海辍学在家，他对母亲说：“我学不会，还不如帮家里干点活儿。”母亲无奈，在丈夫灵位前哭哭啼啼。张万海跪在地上，低着头，眼睛盯着地面，一声不吭。母亲哭累了，站起身来，对张万海说：“这都是命。”

母亲认了命，但张万海不认，张万海对母亲说：“只要我在，就不能让您饿着。”

听了儿子的话，母亲又掉下眼泪来，这么多年不容易，日子终于有盼头了。张万海和母亲说这些话的时候，刚刚十四岁。在读小学时，张万海就已经是学校最高的学生了，身高一米七，膀大腰圆，浑身都是力气。

那时，还没有外出打工这一说法，村里还有生产队。全村分为三个队，张万海家属于一队，我父亲是一队队长。父亲看张万海可怜，让他帮队里干些零活儿，算作工分，分些粮食，多少能补贴家用。

生产一队有三十多只羊，我父亲安排张万海去放羊，让他早上把羊赶到山里，傍晚时分再把羊赶回羊圈，中午带饭。张万海正是长身体的时候，中午饭总是吃不饱。他家里没粮食，他母亲省吃俭用也不够张万海一个人的口粮。

放羊时带的饭不够吃，张万海就喝山泉水，他趴在泉眼旁，撅起屁股，咕咚咕咚灌一肚子凉水。山上有果树，地里有玉米、红薯。张万海在放羊时，眼睛死死地盯着树上的果子，恨不得立刻摘来吃。张万海虽然脑子不灵光，但偷鸡摸狗的事情他还是不敢做的。在交给他放羊任务前，父亲曾严厉地嘱咐他，如果被发现偷吃村里的粮食，放羊的活儿也不让他做了，而且还要扣他家粮食，让他没饭吃。

张万海天不怕地不怕，就怕没饭吃，一说不让吃饭，张万海把头点得像小鸡啄米一般。所以，即便再饿，张万海也不敢去偷。

张万海不仅能吃，还懒。他把羊赶到山坡上，自己找一个背风的山洞，一睡就是一上午，到吃午饭时，自然醒来，吃过午饭继续睡，一到傍晚时分，准又自然醒来。放了一个多月的羊，他已经形成生物钟了。

张万海的羊放得好好的，他母亲很欣慰：儿子长大了，可以为自己分忧了。就在张万海母亲感到心安的时候，出事了。事情虽然不大，张万海却因此失去了放羊的活计。

那天和往常一样，张万海吃过早饭赶着羊群上了山。临出门之前，母亲特意给张万海多带了几个煮红薯。吃过午饭，张万海照例喝了一肚子山泉水。那天不知怎么了，张万海刚要睡觉，突然觉得肚子疼得厉害，然后就开始拉肚子。

张万海拉了五六次，拉得整个人都虚脱了，好不容易肚子舒服些，他就倚在山洞石壁上迷迷糊糊地睡着了。可能身体太过虚弱，到了傍晚时分，张万海还没有醒。

我父亲经常最后一个回家，他在回家前会把队里所有的劳动工具检查一遍，把羊圈清查一下。可那晚，他左等右等，迟迟不见张万海和羊群的影子。直到天完全黑下来，张万海依然没有回来。

父亲有些担心，张万海毕竟是个孩子，别遇到什么危险。父亲先去了张万海家，他母亲说他没有回来。于是，父亲召集了生产一队的几个村民连夜到山里搜寻。

大家一边找一边喊，可张万海在山洞里睡得正熟，根本听不到大家的呼唤声，倒是羊群率先叫起来。村民们顺着羊叫声一股脑儿涌过去，看到羊群蜷缩在一起，清点了一下数目，一只不少，但是张万海并不在其中。就在大家一筹莫展之际，有村民突然想起来说：“我知道附近有个山洞，张万海会不会在山洞里？”

村民们一起向山洞跑去。他们把火把往山洞里一照，果然发现了熟睡的张万海。张万海的母亲抢先一步跑了进去，一边唤着张万海的名字，一边抓着张万海的肩膀试图把他摇醒。在母亲的摇晃下，张万海一激灵醒了过来。他揉揉惺忪的双眼，不知所措。

大家气坏了，晚饭都没吃，上山来找张万海，结果倒好，他却在山洞里睡着了。父亲问：“到底怎么回事？”

张万海结结巴巴地把下午的事说了一遍。张万海母亲摸了摸他的头，然后扭过头看了看我父亲和村民们，眼泪吧嗒吧嗒地掉。村民们不忍心，纷纷说这次就算了。父亲不说话，绷着脸说：“从今以后，张万海还是别放羊了，免得出什么事情。让他跟我们一起下地，打打零工吧。”

听了父亲的话，张万海母亲止住了眼泪，她用袖子在眼睛上抹了一把，千恩万谢。大家举着火把，深一脚浅一脚地下山。火把在夜色里显得异常明亮，星星点点的，远远望去，煞是好看。

对于张万海的这次过错，我的父亲最终选择了包容，他对村民们说：“张万海是家里独苗，出了意外，家里就完了。让他跟大家一起干活儿，好歹有个照应。”

对张万海而言此事是因祸得福。张万海放羊时经常吃不饱，而跟大家一起下地，中午吃饭时，村民们很照顾他，经常给他分点吃的。吃过午饭，他和村民们就躺在地里午休。吃饱了的张万海心满意足，学着村民们的样子，把手放在肚皮上摩挲着，不一会儿便鼾声震天。

大家对张万海又爱又恨，就睁一只眼闭一只眼。在父亲和村民的帮衬下，张万海度过了六年愉快的时光。

二十岁的张万海长到了一米八八，体重三百多斤，走起路来，虎虎生威。因为力气大，干起活儿来是把好手，重活儿、脏活儿他也抢着干。虽然张万海脑子不灵光，但谁对他怎样他还是分得很清楚。对我的父亲和村民，他言听计从。六年来，他的习性没有什么改变，饭量比之前更大，呼噜声也比之前更响，睡觉的时候，只要没人叫醒他，常常一睡就是半天。

真正让张万海受到村民们的重视，是因为一次“堤坝事件”。

那些年，雨水大，一到夏天，动不动就大雨倾盆。地里庄稼遭了殃，路也被冲垮了，从镇政府到每个村大队都在想各种办法治理水患，但各村只是治理各村的，白费了财力、人力不说，效果还不明显。

为打破各村各自为战的局面，彻底解决水患，新上任的镇长号召全镇一起修建一条拦水堤坝。这条堤坝要把全镇的每一个村子都串联起来，就好似长城一般，把洪水挡在城墙之外。

根据设计，城墙用大石和青砖堆砌而成，高五米，厚度约一米，光是地基就要挖近两米深。这是全镇有史以来最浩大的一次工程。当消息传到张家庄时，全村老少沸腾了，大家奔走相告，这可是一项利民的好工程，一定要为这个工程出份力。

大家有钱的出钱，有力的出力。镇政府决定凡是为这次工程做出贡献的村民，一律把名字刻在功劳碑上。

这可是流芳千古的大好事，大家都很激动，唯有张万海没什么反应。

有村民撩拨张万海：“你怎么不高兴啊？”

张万海懒洋洋地问：“管饭吗？”

“管啊，听说伙食还不错呢。”

张万海一听管饭，眼睛猛地放出光来，说：“管饭就好，管饭我就参加。”

村民们哈哈大笑，张万海也不理会。只要有饭吃，张万海便心满意足。

修建拦水堤坝动工那天，各村村民能出力的都到场了。这次修建拦水堤坝以东石门乡为源头，沿村延伸。原本对于这件事情，张万海并没有多大热情，他对事物的衡量标准非常简单，有吃，有睡，其他一概不管。

大家一边干活儿，一边逗着乐子。

在挖地基时，挖出了一块巨石，懂得行情的村民估算了下，这块巨石重约一千斤。那个时候根本没有大型吊装机器，遇到大石，通常都是分解掉，但这一块石头太大，分解很是浪费时间，抬又抬不出去，试了好几次，都以失败告终。

有村民起哄，谁若是能把这块巨石搬走，给谁“一吃一喝”，还要放假一天。

“一吃一喝”是当地的规矩，在当时可是难得的奖励。“一吃一喝”就是免费吃喝，饭菜丰盛，有酒、有肉，还有鸡蛋，随便吃，直到吃不下为止。

听说了这个提议，附近修建拦水堤坝的村民放下手里的活儿，都跑过来围观。

带头的人还把奖励提高，“一吃一喝”三天，休假三天。有村民跃跃欲试，但费了九牛二虎之力，巨石纹丝不动。

三天过去，许多村民都铩羽而归。后来带头的人决定：“一吃一喝”七天，放假七天，个人事迹载入县志，外加同村的人放假一天。

张家庄的张大虎一直在等。在这件事发生之初，有村民就怂恿张大虎去试试，但张大虎拒绝了，他心里打着算盘：照这样下去，奖励肯定会提高。果不其然，听到奖励提高的消息，张大虎觉得是时候展露自己的本事了。

张大虎势在必得，论力气，还没有谁对他不服，他的人就跟他的名字一样，简直就是一头下山的猛虎。

在众多村民的注视下，张大虎伸伸腿，弯弯腰，做足了准备工作，一步一步朝巨石走去。张大虎围绕巨石转了几圈，他把绳子扛在肩上，大喝一声，脚下、腰部一起用力，巨石竟然动了。在张大虎竭尽全力地拉扯下，巨石真的被拉动了，但只动了一下，随后在村民们兴奋的吆喝声中，张大虎突然一头栽倒了。

大家七手八脚把张大虎抬到一边，赶紧掐人中，过了许久，张大虎才悠悠醒过来。虽然张大虎没有把巨石拉出来，但至少把巨石拉动了，于是获得“一吃一喝”一天、放假一天的奖励。

张大虎都拉不动，那就只能请石匠把巨石分解了。

就在大家议论纷纷的时候，张万海出现了。这几天，他一直在偷懒睡觉。

张万海打了一个哈欠问：“‘一吃一喝’还算数吗？”

“君子一言，快马一鞭。”带头的人说。

“好。”张万海走到巨石边，弯腰捡起地上的绳子扛在肩上。在场的人都睁大了眼睛看着，他们已经不再相信会有奇迹发生。但令他们万万没有想到的是，张万海竟然把巨石从大坑里拉了出来。

张万海既没有发出大喝声，也没有青筋暴涨，看似轻轻松松地就把巨石拉出来了。大家震惊了，忘记了鼓掌，忘记了吆喝，就那么死死地盯着张万海，好像从来不认识这个人一样。

镇长带头鼓起掌来，现场瞬间掌声雷动。镇长问："你是谁，哪里人？"

"我叫张万海，张家庄人。"张万海说。

镇长说："你真是个大力士。"

就这样，张万海的事迹就像龙卷风一样席卷了整个镇子，他的名字在全镇家喻户晓，人们似乎忘记了，他们曾经给张万海起的绰号"张大棒槌"。

张家庄村民最觉得荣耀。对于这些虚头巴脑的东西，张万海根本不予理会，张万海在乎的是"一吃一喝"，吃饱比什么都重要。

拦水堤坝修建了整整一年。竣工后的拦水堤坝非常宏伟，远远望去，似一条长龙盘踞在各个村边。在拦水堤坝的源头，竖立了一块功绩石碑，张万海的事迹也详详细细地刻在了石碑上。

张万海一夜成名。成名之前张万海无忧无虑，成名之后他有了烦恼，原因是家里来了说媒的人。男人有力气，一家人就饿不着，这个简单的逻辑，几百年来张家庄人甚是认可。张万海是少有的大力士，把女儿嫁给他，不会吃亏。

但人们忘记了张万海是"张大棒槌"，他脑子缺根弦，跟常人的思想不同。换作他人，这可是天上掉馅饼的好事，可在张万海这里却行不通。无论媒人怎样劝说，娶妻生子这事，张万海压根儿就不开窍。

张万海母亲着急，急得狠了，就拿木棍使劲儿往他身上打，他却不躲。张万海母亲边打边哭，好不容易把儿子拉扯长大，盼望着他娶妻生子，为张家传宗接代，这可倒好，儿子偏偏是一个油盐不进的榆木疙瘩。

张万海为什么不娶妻，无人知晓。等他过了适婚年龄，就再也没有媒人前来说媒了。村民们议论纷纷，一时间流言蜚语不少。张万海打了一辈子光棍，到死依然孤身一人，不娶妻的原因成了他一生中最大的谜。

关于张万海的传奇故事，还有一个。

我父亲和张万海去镇里换粮食，用玉米换黄豆。临近春节，村里习俗是家家户户要做豆腐。豆腐做出来，切片油炸，然后晒干，这样一个冬天都可以吃到美味的豆腐。

山里不产黄豆，玉米倒是不少。父亲受村民所托，带着生产一队凑集的玉米，赶着驴车，前往镇子里换黄豆。跟父亲同去的有两人，其中一人就是张万海。张万海力气大，在搬卸玉米和黄豆的时候可以帮上忙。

到了镇子里，张万海不一会儿就把玉米卸完了。父亲和另一个村民把换好的黄豆装袋清点好，让张万海装车。装好车后，三个人赶着驴车往张家庄走。

这头驴是生产一队的主力，父亲心疼它，打算三个人先走一会儿，再坐一会儿车，但张万海始终不上车，一直走。父亲观察到，张万海走路姿势很奇怪，他的棉服被撑起来，右腋下好像夹着什么东西，鼓鼓的。父亲认真数了数车上的黄豆袋子，心里明白了，张大海腋下夹着一袋黄豆——他偷了车上的一袋黄豆。父亲有些吃惊，黄豆一百斤一袋，扛在肩上都吃力，更别说夹在腋下了。

父亲不理会张万海，随他，但心里盘算着，张万海到底能坚持到什么时候。

走过二十多里的平坦路段后，从临近张家庄十公里路的地方开始，路变得陡峭，延伸进山。山路两边到处都是茂盛的树木，才傍晚时分，天就已经黑下来。父亲和村民下了车，牵着驴车小心翼翼地走在山路上，三个人都没说话，只有驴车车轮发出吱吱呀呀的声音。

突然从驴车前方的树丛里跳出来一个人，这个人蒙着面，手里端着一条火铳。那个时候镇里还没开始收缴火铳，火铳散落在农户手里，用来打猎。

那人把火铳对准父亲，示意父亲把驴车和黄豆留下。这可是全村老少的命根子，丢了怎么向村民们交代。父亲心里着急，但也不敢轻举妄动。

就在双方僵持之时，跟在驴车后面的张万海突然把腋下的一袋黄豆拿了出来。他“嘿嘿”傻笑，说：“我这里有黄豆，还有钱，你要吗？”

那人向张万海走去，把枪口对准张万海。张万海长得太高了，那人刚到张万海胸口处。就在那人伸手向张万海胸口摸去的时候，张万海突然一把抓住枪口，用力一夺，枪就到了他手里。张万海把枪一扔，趁那人愣神之际，一个熊抱把那人抱住了。

张万海的力气太大了，这用力的一抱谁能受得了。那人被闷在怀里，起初还挣扎一下，没一会儿便不动了。父亲怕闹出人命，慌忙叫张万海松开。张万海一松手，那人“咕咚”一声就躺在了地上。父亲吓坏了，跑过去，探了探鼻息，还好，只是晕过去了。

父亲顾不上那么多，连忙招呼张万海，三人赶着驴车匆匆忙忙向张家庄跑去。一口气跑了好几里路，直到看到村里的灯光，才停下来。父亲和村民累得气喘吁吁，张万海蹲坐在地上喘着粗气。父亲问他：“你为啥偷黄豆？”

张万海上气不接下气地说：“我娘喜欢吃豆腐。”

父亲沉默了一会儿说：“这黄豆是村里的，不管什么原因，你都不能偷。这样吧，我把我家黄豆分一些给你，算是替生产一队谢谢你。”

张万海憨憨地笑了，笑得父亲一阵心酸。那年冬天，父亲把家里大半的黄豆都分给了张万海，母亲只做了很少的豆腐，我们姐弟几个馋得直叫唤。

我对张万海的印象不深刻，关于他的点滴，多半是听父亲口述，另外就是从县志和功劳碑上看的。

读高一那年，我去了县城，每周回家一次。回家之后要么跟随父母下地干活儿，要么闷在家里看书，对于村子里发生的事情很少关注。有一次，在吃晚饭时，我随口问到张万海：“好久没有听到张万海的消息了。”

我向父亲投去询问的目光，父亲淡淡地说：“张万海死了。”

我很吃惊，差点儿把碗筷掉在地上：“怎么死的？他那么壮实。”

张万海死于一场意外。玉米在成熟之前，要多次锄草，只有把杂草锄掉，玉米才能生长得更好。给玉米锄草都是在炎热的夏季，六七月的村庄，天气炎热得厉害，尤其是玉米地里。高高的玉米秧一颗一颗紧紧地挨在一起，风根本吹不进去，而且玉米叶扎到身上，弄得人浑身刺痒。给玉米锄草，是村民们最不愿做的事情。

但如果不锄草，玉米收成就不好。玉米可是村里重要的口粮，怎么也要硬着头皮去锄草。村民一般选择在大清早或是傍晚时分，热气还未上来或是已经散去时去锄草。可张万海却选择了下午两点多钟下地锄草，一同前去的，还有他的两个侄子。两个侄子劝他，他不听。他说，中午去，太阳能把杂草晒死，这样只要锄一遍，以后就不用锄了。

拗不过张万海，两个侄子便跟着他一起来到地里。下午两点多钟正是一天当中最热的时候。

两个侄子长得矮小，身体也瘦，他们可以轻易地蹲下身子，在玉米垄之间活动。一趟锄过去，两个侄子就找个阴凉的树下休息会儿。

而张万海就没那么好过了，他太高、太胖了，锄草的时候根本弯不下腰，只好半趴着身子干活儿。在密不透风的“青纱帐”里，张万海撅着屁股，低着头，不一会儿就汗流浃背了。

两个侄子锄草速度快，加上无心干活儿，走马观花般锄完一趟就停下来休息。在树荫下休息了好一会，他们突然发现张万海不见动静了，有些慌神，赶紧返回地里，结果发现了已经晕死过去的张万海。

天太热，加上自身的状况，张万海严重中暑了。两个侄子费了九牛二虎之力，才把张万海拖到了树荫下。大侄子摸摸张万海的胸口，还有心跳，再探探鼻息，还有呼吸。两个侄子放下心来。他们商量着，叔叔一定是中暑了，在身上泼点凉水，应该就没事了。

在村里一般人都知道，刚干完农活儿，出了许多汗后，是不可以直接喝凉水或冲凉水澡的，那个时候毛孔偾张，凉水一激，很容易出人命。但张万海的两个侄子哪里懂得这些，他们从玉米地旁边的机井里打了一桶凉水上来，舀了一瓢，往张万海身上泼去。

泼了一瓢，张万海没有动静，就又泼一瓢。泼到第三瓢的时候，他们发现张万海的身子抽搐了一下，高兴坏了，以为张万海醒过来了。他们万万没想到，这个时候的张万海已经不行了，那是他最后的挣扎。

张万海的身体开始变凉，脸色开始发青，眼睛再也睁不开了。直到这时，两个侄子才意识到闯了大祸，大侄子赶忙跑到村里去喊医生。

等医生赶到时，张万海已经彻底没了呼吸。张万海被凉水激死了。

张万海的死讯传到村子里，许多村民不敢相信这是真的，他们在惊讶之余说："张万海真不简单，活着被写进县志，就连死，都这样与众不同。"

有村民附和说："是啊，是啊，这张万海真是个大棒槌。"

此时，村民们突然记起来，他们曾经给张万海起的绰号：张大棒槌。